王稼句

——

主编

美食

第一集

九 州 出 版 社

JIUZHOUPRESS

图书在版编目（CIP）数据

美食. 第一集 / 王稼句主编. -- 北京 ： 九州出版
社，2025. 1. -- ISBN 978-7-5225-3465-7

Ⅰ. I267

中国国家版本馆CIP数据核字第2025SY2532号

美食. 第一集

主　　编	王稼句
责任编辑	李黎明
出版发行	九州出版社
地　　址	北京市西城区阜外大街甲 35 号（100037）
发行电话	（010）68992190/3/5/6
网　　址	www.jiuzhoupress.com
印　　刷	鑫艺佳利（天津）印刷有限公司
开　　本	880 毫米 ×1230 毫米　32 开
印　　张	9
字　　数	200 千字
版　　次	2025 年 2 月第 1 版
印　　次	2025 年 2 月第 1 次印刷
书　　号	ISBN 978-7-5225-3465-7
定　　价	78. 00 元

目 录

北平的河鲜

赵　珩

　　七十五年前，北京的人口不到二百万，也就是今天北京常住人口的十分之一不到。一个城市的变化，都是渐变的，绝对没有"忽如一夜春风来"的突变。我小时候生活的五十年代，大抵还是三四十年代北平生活场景的延续。

　　那时一般概念的北京人，也基本局限于内外城区，出了四九城，似乎就算不得"北京人"了。这是时代的局限，但也是那个年代的事实。

　　北京比不得江南，内城只有前后三海这点水域，早年前三海隶属禁苑，一般百姓是不得进入的。只有后三海，也就是什刹海、后海和积水潭才能与普通百姓有些接触。远远不如江南水乡，各种河鲜俯拾皆是，算不得是什么美味珍馐。

　　北京的馆子分三六九等，可以说泾渭分明。一等的叫"饭庄子"，几进的院落，多有戏台，可以承应上百桌的宴席，早年间还有生意，民国以后则江河日下了。于是陆续歇业，存者无几。二等的叫"饭馆子"，大多以"园、堂、楼、居、斋、轩"等字号命名，其规模虽比不上早年的大饭庄子，没那么大的气派。但承接宴席还是胜任有余的，能分等级做燕翅席、海参席、鸡鸭席等，这种馆子旨在特色和技艺，许多都是京中的老字号。三等的就是饭铺了，这些饭铺也有高低之分，档次高些的能做鸡鸭河鲜，低的则只有猪肉和下水，于是对这种饭铺多称之为"二荤铺"，所谓二荤，即指猪肉和猪下水之类，是绝对没有海货与河鲜的，能做的无非是滑溜肉片、酱爆肉丁、熘肝尖、烧肚块、爆三样等。再等而下之的则是切面铺，这种地方只卖烙饼、馒头、切面之类，也卖炒饼和一两样炒菜。

那时大馆子里的海货都是干发的。订了的宴席都要事先发好海参、鱼肚、燕窝、鱼翅，要永远备着，随时听用。以三十年代的物价，一席燕翅席要在十二块大洋以上，海参席也要八到十元大洋。不久前有人拿来一张北海仿膳刚开业不久的燕翅席菜单，黄焖鱼翅和清汤燕菜都是两大海碗，其他大件和热菜都在八件以上，还有席间的点心和甜品，索价竟在二十大洋。

那时没有人吃什么鲜鱿、鲜贝之类，干贝和鱿鱼也都是水发的。大饭庄子陆续歇业后，北京的各色饭馆在民国初年以后十分繁荣，不仅是京鲁菜，在西长安街一带开业的"八大春"主要是江苏菜和淮扬菜系，甚至也有像四如春这样的湘菜馆。江鲜河鲜一类是必不可少的。这些馆子都有自己的进货渠道，当时保存这些江鲜与河鲜却殊为不易。那时没有电冰箱，都是用每天更换的天然冰保鲜。北京不缺冰窖，不要说是馆子，就是许多人家也是一个夏季都要订冰的。每天会有马车把天然冰拉到门口，送冰的背上铺块苫布，光着脊梁把整块的天然冰背到家里。饭馆的用量更大，有硕大的冰箱，把那些江鲜与河鲜用冰镇着，以备不时之需。

北京城的水域物产远远供不上四九城的使用，那时又没有什么怀柔、密云的水库，周边仅有潮白河等有限的水源，各县（那时北京郊区还都称县）几乎没有什么可以供应北京的鲜货。因此，北平所用的河鲜大多是从天津供应。天津面临海河，河鲜物产丰富，而从白洋淀输入的湖鲜和河鲜也足以保障北京的供应。这可以说是北平水产的两大来源。

以彼时北平普通人的生活水平而言，一年四季很少能吃到鱼虾，这也不单单是来源的不足，更是经济实力的问题。金启琮先生曾说，就是当时能以"铁杆庄稼"维持生活的下层旗人而言，"饭桌上能有羊肉、鸡卵以为异味，平时则多以葱、酱佐食"。由此可见，吃到江河中的鱼虾更是奢望了。只有到年节之季，市面上才会偶有鱼虾售卖。不过，平时走街串巷售卖鱼虾也并非没有，这些东西大多是经过两三道手才到走街串巷的小贩手中，而源头多从天津武清一带进货，主要是渤海湾的大对虾。五十年代中，我家的门外经常会有叫卖对虾的，论"对儿"卖，一般的三毛钱一对，最好的有一札长，大约有六七寸，也就卖五毛钱一对儿，这是不能还价的。这种对虾多是渤海湾出产的野生对虾，远比今天的养殖对虾好吃得多。我家当时的厨子叫冯祺，别的菜印象不深，但是他做的炸大虾却是哪里的西餐馆都比不了的。那对虾用刀拍扁，喂好作料，蘸上蛋清和面包屑炸，外酥里嫩。小些的便宜些，做菜极香。冯祺也会用一般对虾做对虾馅的烫面饺，那种鲜美的味道真是无法形容。

这种在胡同里卖对虾的总会有常客主顾，认准的宅门都会有生意，用不着沿着胡同吆喝。一般都在清早，过了九十点钟，对虾就会渐渐腐败了。

那时北平人吃的鱼种类很少，市面上常见的鱼大多是草鱼、青鱼、鲫鱼、鳙鱼（俗称胖头鱼）等，多是北京附近河流中的淡水鱼。北平人也喜欢带鱼和黄花鱼等海鱼，是很多普通家庭常吃的菜肴，但是饭馆子里不太使用。饭馆子里大多使用的是鲤鱼，鲤鱼也是淡水鱼，除了西北高原，在全国几乎所有的水域都有，最为普遍。那时的鲤鱼没有土腥味儿，远比今天的鲤鱼好吃。北平著名的河南馆子厚德福擅做糖醋瓦块鱼和鲤鱼焙面，用的都是鲤鱼。

胡同里清晨就有叫卖黄花鱼的小贩，春秋两季最多，那些黄花鱼的新鲜程度当然比不了海边的，腥气是免不了的，但是北平人吃惯了那味道，多是先用油煎了再烧，绝对没有吃清蒸的。北平人管黄花鱼的肉叫"蒜瓣子肉"，吃惯了，反而对江浙那种清蒸的不习惯。串胡同小贩手里的鱼虾都是几道手趸来的，能够尚且保鲜，实属不易。买鱼的喜欢翻腾鱼，检验黄花鱼的肚子是否是金黄的，专挑肚子黄的买，以为是新鲜的。北京人也喜欢带鱼，那可都是外面运进来的海鱼了，六七十年代物资匮乏时期，凭本供应的品种主要就是带鱼了。

河虾很少见，但大馆子里的清炒虾仁用的都是河虾仁，他们有自己的进货渠道。不像今天饭馆卖的所谓龙井虾仁，竟然是冰冻的海虾仁，还要蘸着醋吃，真是匪夷所思。今天真正新鲜的河虾仁，只有在江南才能吃到。

那时北平人对螃蟹的概念只有河蟹，极少有人会吃海螃蟹。不言而喻，螃蟹指的就是河蟹。那年代很少有人知道什么阳澄湖大闸蟹，只知道天津的"胜芳蟹"。这种螃蟹出产在天津附近的胜芳镇，那里是天然沼泽，出产的螃蟹最为肥美。"七尖八团"指的阴历，大抵也就是阳历的十到十一月了。每到这个季节，走街串巷卖螃蟹的不少。就是普通人家买几只螃蟹应应景，也绝对不是什么十分奢侈的事。买来的螃蟹用带毛的刷子刷干净，就用蒸馒头的大笼屉上锅蒸就可以了。一般都是尖团混杂，单吃一种会稍嫌单调。

北平人吃螃蟹是要蘸姜醋的，鲜姜剁碎末，佐以镇江的香醋，根据不同人的口味，或多或少地加上白糖，调成蘸料。吃什么用什么调料，北平人是不会含糊的。镇江醋在平时生活中虽然用量不大，但是吃螃蟹时却是无可取代的。南方会有人吃螃蟹蘸糟卤或糟油，这在北平是看不到的。北平人吃螃蟹的本事远远赶不上江南，但是速度确比南方人快，当然那种穷尽其极，也是望尘莫及的。北平人爱喝烧刀子、莲花白，但是吃螃蟹时却一定要喝上半斤八两的黄酒。

讲究排场的人，每到这个季节，都会到馆子里去吃顿螃蟹，为的就是应这个景。北平吃螃蟹最好的去处，就是前门外的正阳楼。正阳楼虽然也在北平的八大楼中之列，但是菜肴并无什么特色，倒是两样东西却名扬京城——螃蟹和涮羊肉，因此秋冬两季最旺。正阳楼的螃蟹所以出名，关键是所用的螃蟹是天津胜芳镇精选的，个头大而饱满，尤其是运到店里不能马上使用，而是必须用芝麻喂养七天左右，这样喂出来的螃蟹虽不能增其分量，但是肉和黄都是鲜甜的，公蟹的膏子也香。在正阳楼吃一顿螃蟹的价钱，远比家里买来蒸的要高出几倍，但是讲究排场的人还是会去，秋高马肥时没到正阳楼吃顿螃蟹，总会觉得有些遗憾。

北平的河鲜绝对不限于鱼虾，什刹三海和京西水域的出产，当年也足够供应京城，尤其是夏季的荷花、莲藕等，都不必由外面运进来。北平时代城中没有大菜市场，但是街上也会有沿街叫卖莲藕的。北平人夏季最喜欢熬荷叶粥，说是清热解暑，一张新鲜的大荷叶，在粥熬得差不多了的时候覆在粥上，时候不大，满锅的粥变成淡黄色，发出阵阵清香。无论是趁热还是冰镇了，都是解暑的佳品。莲藕成熟要稍晚些，夏至前后，街上就有卖鲜莲蓬与鲜藕的。北京的藕当然远比不了云梦大泽的粉藕，也很少有人用藕煲汤，鲜藕多是切片用点白糖腌着吃。鲜藕上市时，什刹海的荷花市场就开始卖"果子干"，实际上就是用低等的杏脯、柿饼、山楂等用糖水熬成糊状，盛在小碗里，最上面覆上一片新鲜雪白的鲜嫩藕片，脆嫩清爽。这种"果子干"索价甚廉，一个铜板足矣。带着孩子逛逛炎夏的荷花市场，吃个果子干，也能满足最低的期待。

早年在什刹海的北岸，有家颇具名气的大饭庄子叫"会贤堂"，清末到民初极负盛名，临着什刹海一溜两层的敞轩，推开轩窗，可以俯瞰整个前海。就算几进的院子没有大生意，这临街的一溜楼上，也会卖座儿不错，完全是沾了地理位置的光。那里的"冰碗儿"也是别处没有的，比起荷花市场的果子干，却要讲究多了。这种"冰碗儿"都用冰镇着的河鲜，没有什么粗陋的干果蜜饯，完全用的是什刹海现采摘的莲藕、莲子、菱角、芡实，用白糖稍加腌制即可，冰冰凉凉，吃的就是那种鲜脆的感觉。当然，价格也要比荷花市场的果子干贵多了。

芡实在南方叫鸡头米，用来炒菜、做甜咸羹汤皆可。而在北平则多称之为"老鸡头"，这种东西在北平算得是稀罕物，应季也就卖不多的日子。我至今还能记得串胡同叫卖的声音，虽然那已经消逝了近七十年，"老——鸡头我卖"，"老——鸡头我卖"，那声音却依然回荡在梦中。

苏州蟹宴

华永根

在苏州所有的风物中，阳澄湖的清水大闸蟹总是排在首席，用蟹制作出的各类菜点，又数不胜数。有人说，一蟹上桌，百菜无味。蟹是味绝天下，它的诱惑力真是巨大而无穷，章太炎夫人汤国梨写下名言："不是阳澄湖蟹好，此生何必住苏州！"可见蟹对苏州人生活影响之大了。

入秋后的姑苏城，天高云淡，月明风清，丹桂飘香，登高、赏菊、品蟹乃是不可缺少的雅事。苏州人对吃蟹"自有一套"，认为蟹胸肉胜白鱼，蟹螯肉胜干贝，蟹脚肉胜银鱼，蟹黄蟹膏胜八珍，总之吃蟹是人生、生活中的幸事。

去年中秋后第三天中午，我被邀去一家餐厅吃了一顿"蟹饭"，早就知道这家店菜肴"讲究"，可真要说上些什么，只有去吃了才有发言权。说是吃一顿"蟹饭"，其实却是一席正宗"苏州蟹宴"，同席者有食客，有大厨，还有媒体朋友。

最先登场的是色艳味美的六款精致冷菜，其中四款尤深得我心：

一是"椒卤熟醉大闸蟹"，集鲜香肥腴甜美于为一身，嗦上一口，一个满满的"金秋味道"，我想起金孟远《吴门新竹枝》之咏醉蟹："横行一世卧醉丘，醉蟹居然作醉侯。喜尔秋来风味隽，衔杯伴我酒泉游。"熟醉蟹与冷醉蟹不同，又能吃出另一番的新天地。

二是"藏书羊糕蟹黄冻"，乃极富创意之作，色彩斑斓又味道无限，羊肉与蟹黄冻结在一起，又分金黄枣红上下两层，被切成小型长方块，排列齐整，真是美观极了。吃过之后，就会想起周作人先生在《吃蟹》中说的话："据我看还可以说超过鲜蟹，这可以下饭，但过酒更好。"

三是"金秋菊酪蟹肉盅"，此菜以古法"橘酪鸡"为灵感，以橘子汁做啫喱，佐以柚子肉和蟹肉，共同呈现。虽是旧法，却有新意，微酸微甜，慰藉味蕾，真有"才下舌头，又上心头"的美味，又是一道贯通中西的名菜。

四是"秃黄油皮蛋豆腐"，把顶配高味注入在豆腐里，皮蛋的肥润相镶在周边，吃上一块，口感鲜糯，真有神来之味的感觉！相传苏东坡曾说，有豆腐可吃何必要吃鸡豚也。

还有两款冷菜，也并非"等闲之辈"，只是前面吃多了，余下浅赏为止，感触不深，就不宜多加说评了。

热菜上桌，总会掀起高潮。"蟹粉千张鲃肺汤"，把汤、点、菜融合在一起，千张包子原用百叶或豆腐衣包入馅心成春卷状，加入粉丝及高汤，作为苏州人下午的汤点，现把千张包子馅心改为蟹肉，又与金秋时节里的鲃鱼肝、鱼肉等，多元结合，制作汤菜，美味层次叠加，是一道构思巧妙又不失口味的好菜，即使吃过鲃肺汤的于右任先生，若能再来吃这碗这样的鲃肺汤，更会觉得过瘾。"老姜蟹黄焖土鸡"，鸡与蟹同行，味不可挡，中间媒介是姜,配合相宜,姜又切成细丝,上面又翠绿大葱,形成三色三味,姜丝在此刻既是调味,又是辅料,我吃得十分舒心,那蟹黄的使用,真有"画龙点睛"之意。其焖制的土鸡,吃得真可说是"称霸一方"。

我看到菜单中有一款"烂糊金银大佛手",一直好奇为何等菜肴,上桌后才知晓是采用山东黄金白菜,加入现拆蟹粉,投入适量的苏州东山白果,满满当当的大盆,香气逼人,口感肥腴糯鲜,还有丝丝白果苦味,真是别有一番风味,与以往苏州名菜烂糊白菜有异曲同工之妙。

"糟蟹油金砖白玉",则取白鱼中段去骨,配以金黄蟹黄铺面上,还有朵朵白色贡菊花相伴,高贵之相,一望便知,采用清炖技法,又加入古法制作的地产"糟油",上桌后鲜香四溢,味至顶点,真有"莼鲈之思"的美誉度,人人叫好!

那款"平江王府荤粉皮",用蟹粉与甲鱼裙边搭配烩在一起,在大厨精心调制下,精彩非凡,裙边晶莹透亮,似家常菜中"粉皮",却有着丰富的胶原蛋白,蟹粉色泽金黄,两者相配得相宜。在吃法上有新的变化,每人配以一小碗白米饭,和揉之后食下,大快朵颐之余,我想到来吃"蟹饭",原来是有出典的呀!又感此菜出在旧时富贵人家,故用"王府荤粉皮"之名,也是很贴切的。

在苏州吃"蟹宴",如果没有完整原只大闸蟹,总觉得是不完美的。当"笼蒸原只大闸蟹"上桌,食客们都站了起来,那盆大闸蟹大得出奇,每只重半斤以上,通身彤彤,乃硬菜中之硬菜,调味为传统醋、糖、姜混合物,食之有味。我被分到一只六两重的雌蟹,真是难得一见,我想起袁枚《随园食单》

说的"蟹宜独食","自剥自食为妙",也就放开手去,吃了个痛快!

我等着汤菜上桌了,那是一款新奇又不失传统汤菜——蟹汤,螃蟹煮时蔬,那锅自制的蟹油,配制的高汤放在卡式炉上,煮滚放入碧绿鲜嫩多种时蔬,陪伴的还有切段的油条等,上面又撒满着小螃蟹,清口鲜香得无与伦比,就像宋人林洪《山家清供》提到的"骊塘羹":"曩客骊塘书院,每食后必出菜汤,青白极可爱,饭后得之,醍醐甘露未易及此。"

早就听说那里的春卷好吃,席间上春卷时,我就细细观察,那春卷只只饱满,长度只是寻常春卷的一半大小,但又粗壮许多,金黄灿灿的面上点缀紫色小花,那馅心是蟹柳配萝卜丝,荤素搭配,色泽如白玉,又配上点点碧绿葱花,惹人欢喜。外皮香脆,内馅凸显蟹柳奇特鲜味与萝卜丝嫩脆感。

那顿"蟹饭",我吃得很开心。说实在有许多菜真没吃过,即使有些吃过菜在这里又能翻出新意,吃出新味。苏州在这时段做蟹席、蟹宴的店家比比皆是,但用心去做的人少,潜心发力做菜的大厨更少,我真想为使用传统技法挖掘经典菜肴,与时代节奏、口味相配合,创新发展苏州菜的厨艺人点赞。我更敬佩那些菜馆、饭店的掌门人,把全部精力放在厨艺的提升上,寻求使用高品质本地食材,不惜工本,时时推出佳肴美席,精品力作,来弘扬苏州的饮食文化。

平日里我常被别人请去吃饭品菜,多数时候都以各种原因婉拒,但也有自己想去的,寻味而去,悠然自得,总有些味道的菜肴,会让我感动和欢喜,如这次"蟹饭"就是这样,仿佛是穿越时空而来,又像是当代烹饪结晶,可以窥见苏州蟹宴的无穷魅力。

在许多场合，评说菜肴好坏是一件难事，有些店家做得不怎样，要说好违心，要说不好场面上过不去，最好办法是"让菜肴上台说话"，食客心里有数，口碑就在菜肴本身。

那天的"蟹饭"宴，令我难忘，于是录下菜单，略加点评。

冷菜：

藏书羊糕蟹黄冻（羊糕蟹糕，双色凝冻，好看又好吃）。

秃黄油皮蛋豆腐（油腴润味，一道美肴）。

花椒卤水大闸蟹（极品熟醉蟹，鲜味绝顶）。

馥珍酒玛瑙蟹黄（蟹膏蟹黄结合，馥珍美酒助力，增香去腥）。

桂花蜜汁脆茨菇（脆香中品出秋的味道）。

金秋菊酪蟹肉盅（中西蟹菜代表，微甜微酸口味）。

热菜：

蟹粉千张鲃肺汤（鲃鱼肝配蟹粉、千张包，汤鲜物美）。

糟蟹油金砖白玉（白鱼细肉，蟹黄味腴，糟香鲜洁）。

平江王府荤粉皮（裙边不说说粉皮，内藏乾坤好味道）。

东山石榴汁爆珠（清口佳品，形式讲究）。

老姜蟹黄焖土鸡（老姜作调味，又作辅料，别开生面）。

烂糊金银大佛手（老菜新意，山东大白菜，加东山白果）。

笼蒸原只大闸蟹（有它整桌菜，蟹宴才完美）。

蟹汤螃蟹煮时蔬（时蔬爽口，蟹汤、螃蟹鲜不可挡）。

点心：

蟹柳萝卜丝春卷（高品质苏式春卷）。

主食：

大闸蟹炒软饭（堂内现炒，吃出新的味道）。

甜品：

桂花精选鸡头米（有了桂花香，鸡头米更有价值）。

在流金岁月里总有些请吃的局，吃了不能忘，也忘不了！

扬州馆子（一）

韦明铧

　　有人戏说，西方文化一言以蔽之，是"色文化"；东方文化一言以蔽之，是"食文化"。把东西方文化如此简单地"一言以蔽之"，当然不妥。但是，假如我们不是做学术之争，而是作兴味之谈，这样说说似乎也未尝没有一点道理。

　　"食"对于东方人来说，无论如何是最看重的东西。古训所谓"民以食为天"，说得再也明白不过了。对于扬州来说，扬州的"食"在它的历史文化中占了相当大的比重。清代以来，"扬州馆子"，或者"扬州菜"、"维扬菜"、"淮扬菜"历来在消费者当中享有盛誉，也产生了许多蜚声中外的名菜和名馆。有些名菜名馆，不但在扬州当地有名，在全国各地都很有名。扬州的美名，可以说在一定程度上就是由这些"扬州馆子"播扬出去的。现在提到"扬州炒饭"，提到"扬州包子"，有几个人不知道呢？在近代史上，许多文化名人都曾经尝过扬州菜，并在他们的著作中留下了吉光片羽的文字，记载了扬州名菜名馆的足迹。现在重新翻翻那些记载，还会觉得扬州菜的芳香，仿佛一缕缕地从历史深处飘来。

　　鲁迅曾在北京吃过扬州菜。《鲁迅日记》记道："晚胡孟乐招饮于南味斋。"这家南味斋，就是一家南方馆子，在李铁拐斜街，后改名越香斋，据陈梦痕《京华春梦录》说，南味斋的名菜有糖醋黄鱼、虾子蹄筋等，那都是纯粹的扬州菜。

　　鲁迅二弟知堂，即周作人，他在南京读书时吃过扬州的干丝和小菜，到老不忘。打开他晚年写的《知堂回忆录》，知道他当时常常到下关去，在江边转一圈后，就在"一家扬州茶馆坐下，吃几个素包子，确是价廉物美，不过这须是在上午才行罢了"。他说，他有一位同乡也在南京读书，但喜欢往城南看戏。这种时候，惟有对他说："你明天早上来我这里吃稀饭，有很可口的扬州小菜。"才能羁绊住他。事情过去了几十年，扬州的包子和小菜还深深留在周作人的记忆中。

　　胡适在北京，去吃扬州菜的那家馆子，叫"广陵春"。《胡适的日记》记道："午饭在广陵春，客为吴又陵，主人为马幼渔先生。"广陵春显然是一家扬州馆子，可惜这家馆子的具体菜点不详。但是在胡颂平《胡适之晚年谈话录》里，曾谈到胡适喜欢吃扬州名菜狮子头，他曾从狮子头想到了孔老夫子的名言"食不厌精，脍不厌细"，以为这正是圣人最合人情之处。

　　于是我又想到，在现代文人中，最喜欢吃扬州名菜狮子头的，其实还要数梁实秋。他有一篇散文，题目就叫《狮子头》，说北方的四喜丸子"不及扬州狮子头远甚"，并详细描述了自己制作扬州狮子头的体会。梁实秋的晚年是在台湾度过的，据说台湾人和香港人都是扬州狮子头的忠实崇拜者。

　　经营扬州菜的馆子，一般称为"扬州馆子"，无论它地点是否在扬州，老板是否为扬州人。晚清李伯元在《官场现形记》第八回中写道："且说次日陶子尧一觉困到一点钟方才睡醒。才起来洗脸，便有魏翩仞前来，约他一同出去，到九华楼吃扬州馆子。"这家扬州馆子是在上海。汪曾祺在早期小说《落魄》中写道："有人说，开了个扬州馆子，那就怎么也得巧立名目去吃他一顿。"这家扬州馆子是在昆明。凡是做扬州菜的馆子，不管在天南海北，都叫做"扬州馆子"。

扬州菜在近现代史上，真可以说是香飘九州的。但是，历史上究竟有过多少著名的扬州馆子呢？有过多少名人光顾过扬州馆子并留下了佳话和掌故呢？这是一个很有趣味的话题。挖掘这些资料，对于弘扬扬州美食文化，那是功德无量的。

扬州馆子似乎都有一些好听的名字，如李斗《扬州画舫录》说的"如意馆"（在大东门）、"问鹤楼"（在徐凝门）、"杏春楼"（在缺口门）之类，还有"席珍"、"涌泉"、"双松圃"、"碧芗泉"、"悦来轩"、"别有香"，等等，都富于文化韵味。名字起得很怪的一家清代扬州馆子，叫做"者者居"。王应奎《柳南续笔》卷一"者者馆"条说："王新城为扬州司李，见酒肆招牌大书'者者馆'，遣役唤主肆者，询其命名之意。主肆者曰：'义取近者悦、远者来也。'新城笑而遣之。"这位王新城，就是清初诗坛盟主王士禛，也就是那位用生花妙笔写出"绿杨城郭是扬州"的王渔洋。另一个清人金埴，在《不下带编》卷六记载得更详细一些，说是王士禛见到了这家名字新奇的扬州馆子后，第二天就来喝酒，并且即兴在店中题诗一首："酒牌红字美如何，五马曾询者者居。何但悦来人近远，风流太守也停车。"这样一来，扬州爱好风雅的人士纷纷来此宴饮，小小的"者者居"一时车水马龙，酒价因之扶摇直上。故作者感叹道："扬人以太守物色、诗翁咏吟，于是集饮如云，酿价百倍矣！"这也是一种"名人效应"吧！清人梁章钜《归田琐记》卷一说，扬州大儒阮元虽于文章学问无所不知，但对"者者居"这个新典故却并不知晓。当梁章钜告诉他，扬州有一家名叫"者者居"的酒馆之后，阮元这位饱学之士不禁为之解颐，说："我数十年老扬州，今日始闻所未闻也！"后来，有人把"者者居"同扬州的"兜兜巷"配为绝对，也是一段有趣的扬州掌故。

扬州馆子有许多名菜、名点，如煮干丝、狮子头、小笼包，以及大名鼎鼎的"扬州炒饭"等，已有许多菜谱问世。但若论其极品，应该算是"满汉全席"。这种集各种山珍海味于一席的超豪华筵席，大概除了宫廷之外，只有扬州盐商才能够操办得起。关于"满汉全席"的菜单，要抄写完全的话，那得长长的几页。所以我还是偷一点懒，不去做这种吃力不讨好的事情，就让读者诸君去查《扬州画舫录》吧，那里有着"满汉全席"最早、最全的菜单。我只想抄一段清人平步青《霞外捃屑》卷三"戒杀"里的一段话，用来证明只有扬州盐商才能有此豪举，他先引陈退庵《莲花筏》卷一《戒杀生》："杀业之重，贫家少，富贵家多；寻常富贵家犹少，惟富室、盐商及官场为多，以宴客及送席为常事也。"接着说："余昔在邗上，为水陆往来之冲，宾客过境，则送'满汉席'，合鸡、豚、鱼、虾计之，一席计百余命。其实，受者并未寓目，更无论适口矣。"

这是扬州盐商在康乾盛世之后，仍然举办"满汉全席"的证明。

实际上，除了"满汉全席"，扬州馆子还有许多绝招。掌握这些绝招的扬州厨子，在历史上十分有名。元人李德载有一首散曲《中吕·阳春曲·赠茶肆》说："茶烟一缕轻轻飏，搅动兰膏四座香。烹煎妙手赛维扬！非是谎，下马试来尝。"维扬的厨子，在人们的心目中简直成了高不可攀的"妙手"。直到当代武侠小说大家金庸在《鹿鼎记》第九回中，还借韦小宝之口说："你们这里的点心，做得也挺不错了，不过最好再跟扬州的厨子学学。"

扬州厨子以盐商的家厨手艺最好，《扬州画舫录》卷十一说："烹饪之技，家庖为最。如吴一山炒豆腐，田雁门走炸鸡，江郑堂十样猪头，汪南溪拌鲟鳇，施胖子梨丝炒肉，张四回子全羊，汪银山没骨鱼，江文密蛼螯饼，管大骨董汤、鲝鱼糊涂，孔切庵螃蟹面，文思和尚豆腐，小山和尚马鞍乔，风味皆臻绝胜。"扬州盐商的家厨，每人有一样绝技，是别人不会的。吴趼人《二十年目睹之怪现状》第四十六回写到一个扬州厨子："这厨子是在罗家二十多年，专做鱼翅的，合扬州城里的盐商请客，只有他家的鱼翅最出色，后来无论谁家请客，多有借他这厨子的。"传说有时候扬州盐商举行大宴，各家出一个厨子，各人做一个拿手菜，那真是"调成天上中和鼎，煮出人间富贵家"！

关于扬州厨子的拿手好菜，有太多的书记载过。朱自清《说扬州》说："北平寻常提到江苏菜，总想着是甜甜的腻腻的。现在有了淮扬菜，才知道江苏菜也有不甜的；但还以为油重，和山东菜的清淡不同。其实真正油重的是镇江菜，上桌子常教你腻得无可奈何。扬州菜若是让盐商家的厨子做起来，虽不到山东菜的清淡，却也滋润，利落，决不腻嘴腻舌。不但味道鲜美，颜色也清丽悦目。"清人童岳荐的《调鼎集》，是了解扬州菜的必读书。在扬州厨子面前，我不敢班门弄斧，但我也有一点自己的独到体会，即扬州厨子的厉害不在别的，而在能将最普通的材料，做成最不普通的菜肴。试举几个例子——

先说豆腐，这是再普通不过的食品。在扬州饭店里，可以常常吃到一种豆腐羹，那是把豆腐切成极细的丝丝，加上别的调料制成的羹汤。其味之美，无法形容，而论其主要原料，不过是一般的豆腐而已。据说，它的名字就叫做"文思豆腐"，乃是清代扬州和尚文思发明的。《扬州画舫录》卷四有一段关于文思的记载："文思，字熙甫，工诗，善识人，有鉴虚、惠明之风，一时乡贤、寓公皆与之友。又善为豆腐羹、甜浆粥，至今效其法者，谓之'文思豆腐'。"好像扬州的和尚与吃，一直有缘分。唐代的扬州鉴真和尚，把豆腐的制法传到了日本。晚清的扬州莲性寺僧人，以红烧猪头闻名于世。和尚已经如此善于吃，商人自然更胜一筹。据《清稗类钞·饮食类》"煎豆腐"条说"乾隆戊寅，袁子才与金冬心在扬州程立万家食煎豆腐，诧为精绝！"扬州程立万家的煎豆腐，竟给诗人袁枚留下了深刻的印象。袁枚后来在《随园食单·杂素菜单》中特别提到"程立万豆腐"说："乾隆廿三年，同金寿门在扬州程立万家食煎豆腐，精绝无双。其豆腐两面黄干，无丝毫卤汁，微有蝉螯鲜味，然盘中并无蝉螯及他杂物也。"第二天，袁枚念念不忘此物，把程家美食告诉了友人查某。查某说："这个我也能做的，我特邀你们来我家吃。"过了一天，袁枚和杭世骏同去查家吃豆腐，才伸了一筷，就大笑不已，原来那并非豆腐，而是雀脑，"其费十倍于程，而味远不及也"。袁枚原来是想向程立万讨教豆腐的煎法的，因为妹妹猝亡返宁，没有来得及讨教。不料一年之后，程立万去世，"程立万豆腐"也就成了广陵散！关于扬州的豆腐，还有一件事情可说的，就是连皇帝也喜欢。这一则有趣的故事并非来自民间的采风，却是见于英国人濮兰德、白克好司所著的《清室外记》第五章："乾隆时曾数举巡幸之典，每至一处，则喜访其地特产之精者食之。有一满人，乃世禄之家，言其先代随扈日记中，曾记一事，言帝至江南扬州，食豆腐而甘。此本扬州有名之肴馔也，问其价只三十文耳。乃下谕以后类此价贱味美之馔品，御厨中亦须备之。"回京后，乾隆得知在扬州只须三十文就办到的豆腐，内府竟然开出十二两的价钱！问是何缘故，回禀说："南方之物，不易至北，故价值悬绝如此。"这也可见皇宫内府的虚浮之弊，到了什么程度。

再说糕点，也是寻常之物。从前各地的店铺门前，常常有"维扬细点"的招牌，一个"细"字深得扬州糕点的精华。一切食品，到了扬州，就被改造成为带有艺术性的精致玩意，而同食品原来仅仅用于充饥的原始目的大相径庭。仍以《随园食单·点心单》所述为例，那些扬州小食品，无不小巧玲珑，独具匠心。如"运司糕"："色白如雪，点胭脂，红如桃花，微糖作馅，淡而弥旨。"据说最初这是扬州商人给两淮盐运使卢雅雨定做的，故名"运司糕"。又如"洪府粽子"："取顶高糯米，检其完善长白者，去其半颗散碎者，淘之极熟，用大箬叶裹之，中放好火腿一块；封锅闷煨，一日一夜，柴薪不断。食之滑腻、温柔，肉与米化。"因为这种粽子的做法出于扬州洪府，故名"扬州洪府粽子"。另外，还有一种"千层馒头"："其白如雪，揭之如有千层，金陵人不能也。其法扬州得半，常州、无锡亦得其半。"最妙的是扬州的"小馒头"、"小馄饨"："作馒头如胡桃大，就蒸笼食之，每箸可夹一双，扬州物也。扬州发酵最佳，手捺之不盈半寸，放松仍隆然而高。小馄饨小如龙眼，用鸡汤下之。"
这些食物，看上去都像是一种极为精巧的工艺品，让人舍不得
往嘴里送。此外，小吃花色尚多。焦东周生《扬州梦》卷三极
力赞美扬州的"插酥烧饼"，说："插酥为饼，镂猪脂拌糖、盐，
分包之，号'鸳鸯油'。以胡麻为衣，扑鼻风来，便香满肠臆。"
这种插酥烧饼，现在仍是扬州人爱吃的东西。朱自清《欧游杂记》
有一篇《吃的》，把欧洲的"甜烧饼"比作家乡扬州的"火烧"，
说："甜烧饼仿佛我们的火烧，但是没有馅儿，软软的，略有甜味，
好像掺了米粉做的。"扬州火烧有馅心，而且外面很脆，同西
方甜烧饼（muffin）的没有馅儿而且软，其实是"貌合神离"。

最后谈谈面条，面条是中国人最常吃的一种食物。现在"扬
州馆子"中的面，似乎有些被人淡忘了。但是，历史上的扬州
面的确是独树一帜，而且影响很大的。扬州的面，我以为主要
有两个特色，一是面浇好，二是面汤好，具体说起来自然又有
不少的名堂。

关于面浇，《扬州画舫录》卷十一说："城内食肆多附于面馆，
面有大连、中碗、重二之分。冬用满汤，谓之'大连'；夏用
半汤，谓之'过桥'。面有浇头，以长鱼、鸡、猪为'三鲜'。
大东门有如意馆、席珍，小东门有玉麟、桥园，西门有方鲜、
林店，缺口门有杏楼春，三祝庵有黄毛，教场有常楼，皆此类也。"
所谓"浇头"，主要原料有长鱼（黄鳝）、鸡肉、猪肉，但具体
的做法，各有不同。"浇头"在扬州话里，又念作"高头"。晚
清时焦东周生《扬州梦》卷三说："'高头'有鸡皮、鸡翅、杂
碎、鳝鱼（黄鳝）、河鲀、鲨鱼、金腿、螃蟹，各取所好。"可见，
"浇头"的花样是多种多样的。其中，黄鳝的用量又好像特别

多，以至于扬州曾有专门的“鳝面馆”。清初张潮辑《虞初新志》卷十九，收汪某所作《讱庵偶笔》，其中一条说：“高怀中，业鳝面于扬州小东门，日杀鳝数千。”面馆中有一个婢女怜悯这些黄鳝，每天半夜偷偷起来，将缸中鳝鱼抛一些到后窗外面的河里放生，这样大约有好几年时间。有一天，面馆不慎失火，婢女匆忙逃出，因为被火灼伤，躺在河边不能动弹。到了夜间，忽然惊醒，伤痛已经痊愈。细看伤处，有河泥涂抹着，而身旁都是黄鳝游动的痕迹，她明白是她放生的鳝鱼来救护自己的。店主高怀中感其神异，从此便不再开设“鳝面馆”了。这个故事的宗旨是劝人行善的，但也说明当时扬州鳝鱼面的销售量是很大的。“三鲜”一直是扬州的特色，晚清惺庵居士《望江南百调》有云：“扬州好，面馆数名园。浇别三鲜随客点，肴烹四簋及时陈。饱啖价休论。”只要好吃，价钱是不会计较的。

关于面汤，袁枚曾经竭力称赞过，《随园食单·点心单》“裙带面”条说：“以小刀截面成条，微宽，则号‘裙带面’。大概作面总以汤多为佳，在碗中望不见面为妙，宁使食毕再加，以便引人入胜。此法扬州盛行，恰甚有道理。”又“素面”条说：“先一日，将蘑菇蓬熬汁澄清，次日将笋熬汁，加面滚上。此法，扬州定慧庵僧人制之极精，不肯传人。”袁枚不但是个诗人，也是个美食家，他对扬州的“面汤”几乎是“垂涎三尺”。汤多而面少，扬州人称之为“宽汤窄面”，小时候我常常听我祖父向面馆中堂倌提此要求。晚清桃潭旧主《扬州竹枝词》云：“一钱大面要汤宽，火腿长鱼共一盘。更有稀浇鲜入骨，蛑螯螃蟹烩班肝。”诗中的“汤宽”，即是汤多之意。近人李涵秋《广陵潮》第十二回写到扬州著名面馆“醉仙居”，说有一位何老先生去吃面，"别人早把面碗搁下，他只顾捞完了面，把个脸送入面碗里头咽咽的响个不住，好半会才把头仰起喘了一口气，用左手将胸口摩了两下，右手还捏着一双牙箸，捞那鸡皮、火腿屑子，毕竟费了一番功夫，才把那个大碗底刻的'醉仙居制'四个小字清清白白露出来，这才罢休"。也许我们不能怪何老先生嘴馋失态，只能怪醉仙居的鸡皮、火腿汤熬得太鲜了。扬州的面汤，真是名不虚传，我们看看离家多年的朱自清在《说扬州》里是怎样说的吧："扬州又以面馆著名。好在汤味醇美，是所谓白汤，由种种出汤的东西如鸡鸭鱼肉等熬成，好在它的厚，如啖熊掌一般。也有清汤，就是一味鸡汤，倒并不出奇。"据朱自清说，普通人吃面是将面挑在碗里，再浇上汤而已；内行人吃面却要"大煮"，即将面放在汤里煮一会，这一来更能入味。"大煮"也是扬州人常说的话。"大煮"的面，也就是现在所谓"煨面"，这是一种能将汤汁的鲜美完全透入面条的一种吃法。洪为法在《扬州续梦·扬州面点》里谈到，东台的切面以细若银丝出名，可是扬州的"煨面"却绝非东台及他处所及："煨面之种类很多，大率随时令而异，有刀鱼煨面、螃蟹煨面、野鸭煨面等等。此外更有一般的如虾仁煨面、鸡丝煨面等等。这煨面之妙，在于面汤鲜美，面条软熟，而又不至汤与面混糊不清。"这就基本上把扬州面的好处，都说尽了。

扬州的面，也如同扬州的文化一样，除了扬州人自己的创造之外，与吸收各地的风味和做法有关。

早在清代，扬州人就承认自己的饮食受了各地的影响。例如徽州人的影响，《扬州画舫录》卷十一说："乾隆初年，徽人于河下街卖松毛包子，名'徽包店'。因仿崖镇街没骨鱼面，名其店曰'合鲭',盖以鲭鱼为面也。仿之者,有槐叶楼火腿面。"林苏门《邗江三百吟》卷九《三鲜大连》题注:"扬州有徽面之名'三鲜'者,鸡、鱼、肉也。"就是说,扬州的"三鲜",也来自"徽面"。另据《扬州续梦·扬州面点》说:"在昔伊秉绶曾任扬州知府,伊府面即其所创,而煨面据传亦惜余春主人高乃超所创。伊、高均是福建人,这煨面之创制,看来是颇受伊府面之影响。"

扬州人在接受"外来文化"方面,应该说是很为大度的。

同时,扬州人的好处,在于学习了别人的长处以后,又能融会贯通。拿"徽面"来说,他们就并不停止于亦步亦趋地摹仿。近人陈邦贤《自勉斋随笔》"吃面"条说:"扬州除徽面以外,富春有'小面煨'和'一切浮文免'两种,'小面煨'就是用茼蒿和脆鱼在小汤罐里煨面;'一切浮文免'就是除作料以外没有其他浇头,大都干拌居多。"可见,扬州的面真是要繁则繁,要简则简,或繁或简,随心所欲。

难怪扬州的面,曾经代表扬州馆子走出扬州,而流行各地。赵瑜《海陵竹枝词》云:"面学维扬代酒筵,鸡猪鱼鸭斗新鲜。"这是泰州人说的话,不会无中生有,夸大其词。关于扬州面的流行,在近代笔记小说里屡见不鲜。如汪康年《汪穰卿笔记》卷八云:"粤中时盛行扬州面,汤宽面少,以为时髦。"这是说的广东。毕倚虹《人间地狱》第二十三回说:"姆妈便叫人替她到仙仙馆叫一碗扬州面来吃,我可捞不着吃呢!"这是说的上海。李一氓《存在集·"炒牛河"之忆》谈广州沙河的吃,说当地人把任何食物都叫做"炒"什么"河",他调侃说:"照此办法,仿四川担担面,可成炒担担河,仿扬州炒面,可成炒扬州河。"

也可见"扬州炒面"的名声实在不小。更有意思的是，连堂堂大清两江总督左宗棠，在戎马倥偬之中都念念不忘扬州面。徐珂《清稗类钞·饮食类》"左文襄喜左家面"条云："扬州新城校场街，有左家面铺者，自咸同以来，开两世矣。盖左文襄初为孝廉时，北上道扬州，尝之，美不能忘也。及督两江，阅兵至扬州，地方官之备供张者，问左右以所好。左右云：'公尝言扬州左面佳耳。'时郡城面馆如林，而无此肆，地方官乃令庖人假其名以进。文襄虽未面揭其伪，而退言非真也。繇是'左面'之名，脍炙人口。"

扬州菜肴在全国的影响，首先是在北京。乾隆年间，宫廷御膳中，就有一味"南小菜"，也就是《红楼梦》第八十七回林黛玉吃糯米粥搭的那种"南来的五香大头菜，拌些麻油醋"。《清稗类钞·豪侈类》"某侍郎之饮馔"条说京官所雇的庖人，都是"苏扬名手"，鸭子的制法，"清蒸而肥腻者，仿扬州制也"。朱自清《说扬州》谈到"北平淮扬馆子出卖的汤包，诚哉是好"，那"淮扬馆子"其实就是扬州馆子。李一氓在《存在集》里还谈到，"在王府井一个小胡同里面，有处淮扬菜馆叫玉华台"。这都是扬州菜流传于京城的蛛丝马迹。

南京的扬州馆子，因为得地利之便，当然更多。清人陆寿光《秦淮竹枝词》云："何处名流到此游，语言约略似扬州。"是说扬州人旅居南京的甚多，当然会把扬州人的口味，带到六朝故都。周作人《知堂回想录》已说到下关的扬州馆子，有茶，有干丝，有素包子吃，而且价廉物美。许姬传《七十年见闻录》回忆周信芳，曾"到夫子庙一家扬式点心铺吃鸡肉大馒头，可巧老板是熟人，还了账，盘桓了半响"。

上海的扬州馆子，比北京、南京更多。晚清朱文炳有《海上竹枝词》云："扬州馆子九华楼，楼上房间各自由。只有锅巴汤最好，侵晨饺面也兼优。"这"九华楼"是当时一家老扬州馆子。郑逸梅《拈花微笑录》谈到旧上海有一处小花园，"小花园的尽头，设有两家扬州馆，一家名大吉春，一家名半仙居，盘樽清洁，座位雅致，到此小酌，扑去俗尘"。但上海最有名的扬州馆子，叫做"半斋"，或者"老半斋"，许多民国小说里都提到它。如《人间地狱》第二十二回说："你不是喜欢叫'半斋'的扬州菜吗？我们就叫几样扬州菜吧！"《情海春潮》第三十一回说："一清早正在'半斋'请客，请的是一碗咸菜蹄子面，一盆拌干丝，四两白玫瑰。"这家名叫"半斋"的扬州馆子，在三马路上。后来邓云乡在《吃小馆书感》里也提到这家颇具风味的老店，"比起南京路新雅、大三元来，他家好像偏一点，但在三马路——且靠近大舞台及会乐里等歌台舞榭、声色犬马之所，民国初年的确做过许多年好生意，是著名的扬州馆子。《郑孝胥日记》中就有几次提到它"。后来大概因为有了仿照它的"新半斋"，它就被叫做"老半斋"了。有意味的是，当"新半斋"关闭之后，"老半斋"却依然营业，生姜还是老的辣。

扬州馆子现在已经走向了世界。张伯驹编《春游社琐谈》卷四录稼庵（谢良佐）的一篇《中国菜》，其中说："中国肴馔，制作甚精，各家食谱著录无虑数千百种。近数十年最流行者有广东菜、福建菜、四川菜、扬州菜、苏州菜，皆南菜也。又有山东菜、河南菜，皆北菜也。大抵南菜味浓厚，色泽鲜美，为北菜所不及。"曹聚仁《上海春秋·梅龙镇》说："在上海，而今扬州馆子是非常普遍的。香港的扬州馆，也有红烧鲫鱼，京馆子也有这样菜。在澳门小岛的黑沙湾，有一家小饭店标出的菜单上，竟有'扬州蛋炒饭'，也可见扬州菜食的风行了。"

　　先必须"兼容南北"，而后才能"走向东西"——这是扬州馆子的道路，也是扬州文化的道路。

梅龙镇酒家的书香

鱼　丽

电视剧《繁花》热播，牵惹起人们对沪上美食的记忆。小说中，金宇澄笔下的那位主人公沪生，在梅龙镇酒家请客，书中这般淡淡写道："沪生说，无所谓，下一个礼拜，我请客。到了这天，两人走进梅龙镇酒家，梅瑞一身套装……"

梅龙镇酒家坐落南京西路，那是一幢英国安妮女王复兴风格建筑，精致的清水红砖，典雅繁复的砖雕，真是美观典雅。在那古色古香的牌楼上写着"梅龙镇酒家"五个大字，苍古雄浑，那是刘海粟二十世纪七十年代的手笔。说来也巧，梅龙镇离我工作单位很近。沿着树影婆娑的威海路，穿过静安别墅，来到南京西路上，向左步行百十米，就来到酒家门前了。

熟悉京剧的，都知道"梅龙镇"的由来。在《游龙戏凤》里，正德皇帝吃腻了宫中的珍馐佳馔，微服出游，来到大同梅龙镇，品尝到李凤姐烹制的乡间小吃后，顿觉齿颊留香，不禁拍案称绝，并由此引出一段风流韵事。这个酒家的创始人俞达夫是京剧票友，就随意撷取"梅龙镇"三字做招牌，想不到这三个字后来竟成就了上海一张美食名片。

俞达夫创设的梅龙镇酒家在威海卫路（今威海路），1939年3月8日开业，3月9日《申报》有"梅龙镇酒家开幕"的报道："本埠威海卫路六四八号（慕尔鸣路西首静安别墅口）梅龙镇酒家，筹备数月，业于昨（八）日开幕，一时履展如云，车水马龙，极一时之盛。该酒家布置宜人，菜肴可口，为一新型之维扬名菜专家，全都由女侍应生招待，体贴入微，殷勤周到，光临其境者，无不有戏凤游龙之感。"不久又发布一条广告："地处幽静，交通便利。座位雅致，装潢富丽。淮扬名点，镇江华筵。应时酒菜，无不具备。大吃小酌，允称精美。电话叫菜，随接随送。招待周到，犹其余事。高尚仕女，盍兴一试。"当时酒家只有约六十平方米的一开间门面，主营淮扬菜点，所售镇江肴肉、鸡肉汤包、萝卜酥饼、虾仁烧卖等，受到食客欢迎。早市则另设经济茶点，每客三角。

1940年，进步演员吴湄下海，担任梅龙镇酒家经理。

吴湄（1907—1967），江苏崇明（今属上海）人。1932年肄业于暨南大学文学院，后主持惠群女中校务。与此同时，她是南国社、电通影片公司、青鸟剧社、业余剧人协会和上海救亡演剧队的活跃成员。她在话剧《小丈夫》、《阿Q正传》、《雷雨》、《家》等的出色表演，颇受好评，特别是她在《女子公寓》中担任主角，更受到广泛的赞赏。1935年，她又在电影《自由神》担任主角，受到热烈欢迎，被誉为当时影坛新星。她参加中共地下党和文艺界左翼人士组织的活动，积极宣传抗日救亡；"孤岛"时期冒着生命危险，募捐、义卖、办难民收容所等；上海沦陷后坚持隐蔽斗争，办进步文艺沙龙，赞助进步刊物；解放战争时期，继续坚持地下斗争。

由于梅龙镇酒家生意比较清淡，开设未久，俞达夫就急于脱盘，而吴湄正想找个地方，作为左翼文艺界人士聚会之所，遂由李伯龙牵头，出资盘下，吴湄具体管理。作为梅龙镇的掌门人，她就像在《女子公寓》里饰演的老板娘一样，有一颗玲珑心，能说会道，善于交际，周旋于各方来客之间。她在威海卫路的梅龙镇门前留下一张照片，可以看出她当年的意气风发。

经营不到三年，梅龙镇在威海卫路的租房合同期满，房东要求收回房子，于是梅龙镇酒家只得另辟新址，租赁了虞洽卿的私宅，即今南京西路1801弄，营业面积有一百三十多平方米。1943年2月8日，春寒料峭，迁入新址的梅龙镇隆重开幕，由海上闻人林康侯、袁履登等揭幕，吴湄与演艺圈姐妹孙景璐、蓝兰女士一起喜气洋洋地剪彩，祈祷梅龙镇迎来新的生机。

吴湄每天早上五点钟到小菜场采办食材，下午则在店里料理事务，遇到文艺界朋友来小坐，她总是征求他们对菜点的意见。在吴湄打理下，梅龙镇的营业蒸蒸日上。至抗战后期，她预感到胜利以后，川菜将会在上海形成新的流行趋势，于是增加川菜品种，聘请川菜名厨沈子芳掌勺，以"川扬筵席，中西美点"为号召。抗战胜利后，果然川菜风靡沪市，梅龙镇深受其惠，生意日益兴隆，名声斐然。1947年1月16日《申报》推出整版的《吃在上海特辑》，其中《异军突起的川菜》说："川菜馆里，女老板独多。锦江经理董竹君，原籍江苏，于归四川，故以川菜闻名。梅龙镇上座客，颇多艺术界中人物，这是因为女主人吴湄，有声于话剧界的缘故。新仙林隔壁的上海酒楼也是女主人，乃画家朱尔贞、朱蕴青所设立。艺术家和川菜有缘，她们都是有修养的人，经营方法，当然与众不同。"梅龙镇的菜肴,追求适应性更广的"川扬合流",代表性菜肴有干烧明虾、干烧鲫鱼、贵妃鸡、龙园豆腐、素火腿、蟹粉鱼翅、蝴蝶海参、芹蓼鹌鹑丝、茉莉鸡丝汤、干烧四季豆等。

吴湄是话剧演员出身,演过电影,又是中共地下党员,交游广泛,梅龙镇酒家也就成为上海的"红色沙龙",既是中共地下党和文艺界进步人士的聚会之处,也是接待和掩护进步文艺工作者的场所。

梅龙镇的故事甚多,这里只拈出两件。一是 1946 年 3 月,吴祖光和吕恩结婚,婚礼就放在这里,文艺界许多知名人士都出席了,证婚人是叶圣陶和夏衍,司仪是冯亦代和丁聪,梅龙镇因此而赢得"高堂尽鸿儒,过往皆骚客"的美名。一是 1947 年 8 月,袁雪芬、尹桂芳、竺水招、徐玉兰、范瑞娟、筱丹桂、傅全香、徐天红、吴小楼、张桂凤"越剧十姐妹",联合义演《山河恋》,轰动上海滩;同时"十姐妹"义结金兰,在梅龙镇举行记者招待会。从这两件事,都由吴湄操治,可见得她的干练、热情、周到。据说,《繁花》拍摄中,马伊利扮演玲子,导演王家卫就让她看董竹君和吴湄的故事,学《沙家浜》里的阿庆嫂,以此汲取她们口吐莲花、心有乾坤的明艳形象,创造好这个角色。

1949 年后,吴湄仍担任梅龙镇酒家经理。1956 年公私合营后,担任上海市饮食服务公司副经理。令人惋惜的是,如此高标动人的才女,却因用情至深而孤身终老,最后被迫害致死,年纪不过花甲而已。

除吴湄外,还有两位女作家与梅龙镇也有深深浅浅的缘分。

一位是赵清阁。香港小思到上海访问施蛰存,在梅龙镇的宴席上见到了"一头短发，穿浅灰色布外衣"的赵清阁，小思说："她指点着梅龙镇的某个角落，款款深谈三四十年代的剧坛故事。曹禺、老舍、白杨等身影，从她的神态中，朦胧展现，在昏暗的老饭馆里，我仿佛走进了另一个光影世界。"赵清阁还曾与田汉、吴祖光、于伶、吴仞之、冯亦代、洪深等，相聚在梅龙镇，畅谈、交流剧协筹备会的相关事宜，并合影留念。赵清阁是沪上遗珠，为人低调内敛，梅龙镇留下了她在剧坛的一段佳话。

还有一位是张爱玲。张爱玲离开上海前夕与姑姑曾在重华公寓住过，重华公寓和梅龙镇酒家同在 1801 弄。张爱玲离梅龙镇这样近，一定去用过餐，让人遗憾的是，她没有留下什么文字。张爱玲在重华公寓度过一段沉静的时光，《色戒》中的刺杀地点就在重华公寓楼下，那离梅龙镇很近。

2017 年 8 月 17 日，文汇出版社出版的"开卷书坊"（第六辑），在上海展览中心举行首发式后，下午五时半，大家聚在梅龙镇酒家用餐，忘记是在梅妍厅，还是在幽兰厅。

一桌富有海派梅龙风味的食单是这样的：

香菜顺风，白斩鸡，特色熏鱼，金钩拌西芹，金牌素火腿，马兰头，四喜烤麸，麻辣鹅，爽口秋葵，鲍鱼卷，砂锅母鸡汤，回锅肉夹饼，八宝辣酱，沙茶牛腩肋，水晶虾仁，蟹粉豆腐，炒鳝糊，松鼠鳜鱼，腊味铁棍山药，腐乳空心菜，梅龙镇炒面，梅龙镇炒饭，肉松麻饼，石库门红标，朝日扎啤，菊花枸杞。

因为那天的客人来自杭州、长沙、北京、南京等地，我点的基本是上海本帮菜，想尽量让外地作者能一品沪菜的口味。比如炒鳝糊，它的味道是鲜咸适中，肉质紧实，有嚼劲，酱料调得恰到好处，不咸不甜，好吃得鲜掉眉毛。还有水晶虾仁，虾仁清炒，不加任何配料，满满一盘虾仁，鲜明透亮，而且软中带脆。但梅龙镇的菜，并不是传统的老上海本帮菜，而是淮扬菜和川菜的结合——"海派川菜"，将海派的风味与川扬的鲜香完美结合，滋味很是独特，应是"川扬合流"。席间的麻辣鹅，淮安的鹅，四川的料，就是一道鲜香麻辣的淮扬菜。据说，梅龙镇镇店名菜有一道"富贵鱼镶面"，选用的是野生鳜鱼，每条鱼的分量都保持在一斤二两左右，煎至金黄色后，淋上微辣酸甜的红色秘制酱，佐以软糯翠绿的小棠菜，爽滑劲道的鸡蛋面取一人一口面的分量，卷成一团，镶在鱼边……鱼肉口感鲜嫩，入口的滋味香辣中略带酸甜。也正因为这条鱼，梅龙镇从淮扬菜系加入了川菜系。

这一桌香嫩滑爽、清鲜醇浓的"梅家菜"，共计两千三百一十七元，加上两百三十一元的服务费，总计两千五百四十八元。一道道"梅家菜"品味完毕，各位作家、诗人、画家吃得是否尽兴，没有去问。印象深刻的是董宁文先生，在我们已感到疲倦之际，他还高举酒杯，兴致颇浓地要再喝下去……

近来翻读闲书，看到钱锺书与女弟子何灵琰的一段美食往事。何灵琰在《钱锺书·围城·才人》中追忆："那时候，钱先生每次下午两三点钟到我家来，上完课后，我们经常一起踏着夕阳的余晖，到附近的一家叫梅龙镇的铺子，叫上两客嫩鸡焖面，一边吃东西，一边继续讨论《围城》，所以，《围城》里的人物都有谁？出自哪里？以什么人为原型？对于我来说真的是烂熟于心。"1945年，二十二岁的何灵琰，随钱锺书学英文，何灵琰追述往事，颇让人回味。何灵琰小时候曾在延安路四明村陆小曼处待过，四明村离梅龙镇酒家倒不远，走走逛逛就到了。但"梅龙镇的铺子"是否就是"梅龙镇酒家"，则不得而知了。

也有人写到过梅龙镇，1948年出版的《莫釐风》月刊第二卷第十一期上，有上官父的《家山之恋》，其中就说："梅花镇是一所新式的小吃川菜馆，它并不沿靠马路，反而是藏在公寓里面的，它也没有楼座。经理是一位演过话剧的女子，以新颖的方法布置一个美丽的餐馆，有金碧辉煌的古黄色大厅，墙壁上悬挂着有名人书画。侍役应酬周到，菜肴制味精妙，不腻不淡，不繁不简，亦古亦今，亦中亦西，恰恰迎合了上海人多数的心理。因此坐客常满，门庭若市，它的生意，胜过了许多老牌巨型的酒楼，立于长盛不衰的地位。"

还有一部电影《春风得意梅龙镇》，说是1946年农历除夕，上海梅龙镇酒家的厨房内，梅松孝、李一勺、方元镇和龙恩恩联手烹制出"胜利宴"十三道大菜，尤其是最后一道"龙凤四喜齐临门"，更令众食客拍案称绝。在影片中，方家传人方镇金说过这么一句话："吃饭，不仅可以反映出一个人的修养，而且可以看出一个民族的文化高度。"现实中的梅龙镇酒家，就体现出了浓厚的人文情怀与文化内涵。

从酒家走出来，附近的王家沙、绿杨邨，还有张爱玲笔下的凯司令，都是享誉上海的餐饮店家，也都有着故事，它们与梅龙镇酒家一起成为南京西路上永不褪色的风景。

东山雕花楼饮食记

车前子

东山常来，雕花楼我却只去过两趟。上趟差不多二十五六年前，汽车直接开到雕花楼下，那时年轻单一，偏激又省力用个"俗"字概括、度量与否决物事，那时欣赏不了雕花楼。

近日重游，觉得雕花楼的好，好就好在其俗，俗也是品位，所谓俗出品位，俗也有等级，所谓俗到高级，亦不容易。雅俗一事，未必能够共赏，只要河水不犯井水，能俗到无伤大雅，大雅与之相较，俗，或许更难。

中国传统审美，大致有四种趣味，俗部：皇家趣味，市井趣味，商贾趣味；雅部：士夫趣味。俗部雅部，齐头并进之际，相爱相杀。传说中的第一座私家园林，汉朝大商人所为，画梁雕栋，琳琅满目，我的想象之中，雕花楼是它的局部，是它的缩小版吧。或者这么说，雕花楼是近代商贾趣味的集大成者。

这个头开得像写论文，而随笔一般这样开头：

癸卯春日，友人约在雕花楼夜饮，我下午就到那里，一为看花，梅花欲谢不谢，玉兰含苞待放；二为雕花楼重游。站在二楼过道转角处，近距离看着砖细，心想精雕细刻能到极致，技术能到极致，就是观念，与灵魂。

于是下楼喝茶聊天，等吃晚饭。

晚饭在雕花楼食府水榭，池塘一角，有棵红梅像把扫帚凌空而起，有种江南风景中不多的幽默感，而太阳落山，傍晚料峭，你我不能在梅花树下忆当年了。

吃得太好，睡不着，凌晨看看微信，我就顺手发个朋友圈：

春在楼，俗称雕花楼……说说雕花楼的菜，干干净净，清清爽爽，多用东山本地食材烹饪，夜宴水榭，遥看影梅，不见有庵，桌上痴人，亦无忆语，大伙儿埋头，牛羊一样细嚼慢咽，也是美事。附上菜单备忘：

迎宾春韵八彩碟

沉香松茸鸽蛋草鸡盅

碧螺手剥虾仁

明炉翅汤鳜鱼片

慈菇红煨老鸭

毛豆子蒸臭干

大蒜叶炒鳝背

油焖笋砂锅红烧肉

香椿煎蛋拼盐焗螺蛳

香芹菜炒干丝

水煮肥肠肚尖

香焗生态鲢鱼头

清炒菜茧

雕花楼韭黄春包

雕花楼馄饨、老汤面

餐后水果盘

每一次饮食都是追忆，此刻，我就追忆一下昨晚美味。

八彩碟，八只冷盘，印象最深，青鱼冻！青鱼切丁，雪菜成末（"末"如用"沫"，虽然错别字，却有趣），和光同尘，与时舒卷在白汤鱼冻里，白汤传神，雪菜末更是点睛之笔，是我近十年吃到的上乘鱼冻。刚上桌之际，一眼望去，以为是童年糖果，这糖果名字，就在嘴边，就是说不上来，多少有些接近美味的意味，就像你要我形容美味，形容词在嘴边，就是说不上来，那就说句酸溜溜的话吧，美味如诗，不许一句说破。

那就不说了。

第一道热菜沉香松茸鸽蛋草鸡盅，视觉上十分淡雅，但松茸个性强烈，遮蔽沉香，沉香只得韬光养晦，我辈不易觉察。这道菜拿掉松茸也成立，沉香鸽蛋草鸡盅，做个减法，身无挂碍。当然厨师有厨师想法，食客应该知足，不要添乱。

第二道热菜碧螺手剥虾仁，看上去仿佛湖畔春色，色即是空，空吃一口（空吃，术语，指不蘸佐料），舌上静悄悄生出一股细甜，陌上花开，以致我不舍得调醋了。虾仁如此鲜洁，真是食材为大，情况常常这样，非厨师一代不如一代，而食材一代不如一代，难免有巧媳妇之叹。

第三道热菜明炉翅汤鳜鱼片，我没吃，虽然我是苏州人，却不喜欢吃鱼。所以刚才这么赞美青鱼冻，自己都没想到。

第四道热菜慈菇红煨老鸭，慈菇烧肉，老生常谈，而慈菇红煨老鸭，可以看做养肺的药膳，这药好吃，人间万事如药，只是要自己知道自己的病，我病在话多，要吃哑药。

哦哦嗷嗷咿咿呀呀，再这样写，流水账了，挑一个我平生第一次吃到的菜说说，盐焗螺蛳。我以为就我平生第一次吃到盐焗螺蛳，发个朋友圈，很多人也是惊奇惊艳。清明前的螺蛳，简称"明蛳"，出不出高徒不知道，但最为时令，通常吃法约为五种：酱爆，红烧，清炒，糟蒸，上汤。盐焗真是创意，像一幅画，崇山峻岭之间飘荡着轻微白云。

螺蛳青绿的崇山峻岭之间飘荡着吴盐呢喃的轻微白云，远上寒山石径斜，白云生处有人家，人家都在吃饭，独我想写随笔，真是多事。

东山乃物产丰饶之地，上面所附菜单，如果增加卖相，都可以加上"本地"两字：沉香松茸鸽蛋本地草鸡盅，本地碧螺手剥本地虾仁，明炉翅汤本地鳜鱼片，本地慈菇红煨本地老鸭，本地毛豆子蒸本地臭干，本地大蒜叶炒本地鳝背，油焖本地笋砂锅红烧本地肉，本地香椿煎本地蛋拼盐焗本地螺蛳，本地香芹菜炒本地干丝，水煮本地肥肠本地肚尖，香焗本地生态鲢鱼头，清炒本地菜苗……

菜单上菜苗的"苗"，别有洞天，青菜抽薹开花，不也似破茧而出？至于菜苗的"苗"，到底怎么写法？我也不知道，我有两个猜想：

一写作"菅"，喻其尖长；一写作"芥"，它已变音，喻其纤细，与草芥的"芥"同义，可能写作"芥"，更有出处。

昨晚学到个冷知识，据说本地有句话："留客馄饨送客面"，主人席间请吃馄饨，表示客人可以留下，请吃面，表示客人该回家了。

我吃到的是馄饨，我在雕花楼宾馆住了一宿。

附记

凌晨我在朋友圈说了句"大伙儿埋头,牛羊一样细嚼慢咽",有人不解,以为我在调侃什么,现在补充说明——三十年前我在北方游荡,不时在村里见到吃着干草的牛羊,它们细嚼慢咽,有种庄严相,不免感动——原来饮食是这么庄严的事,我怠慢了。

老苏州茶酒楼的前世今生

平燕曦

老苏州茶酒楼最近在媒体上炙手可热。原因是，这家在苏州人眼中颇有分量的苏帮菜馆，在经历三年疫情的歇业后，被当地一家颇有盛名的实力餐饮企业接手。老店新开，为食客们带来了无限的想象空间。

开张于1995年秋天的老苏州茶酒楼，已经迈入第三十个年头，而它的创办人、作家陆文夫先生也已作古近二十年了。茶酒楼试营业时，我还是在陆文夫麾下编辑《苏州杂志》，而茶酒楼正式开业的时候，我已跳槽去了电视台。当时我特意策划了一部专题片，并亲自撰稿掌镜。今日自媒体热播的当年陆文夫与茶酒楼的资料镜头，便是出自于我手。

能在餐馆林立的苏州城沉浮三十年，并成苏帮菜的美食地标，老苏州茶酒自然有它的独门秘笈。若以一言蔽之，那便是"吃文化"。

"办一本能吃的《苏州杂志》"

陆文夫是江苏泰兴人，四十年代后期，他离开家乡，到苏州中学求学，从此就深深爱上了这座城市。随解放大军重新回到这个城市后，他成为了报人、作家，成为这个城市的观察者和记录者。

他的小说，几乎无一不是以苏州这座江南名城为背景的。五十年代中期，他的短篇小说《小巷深处》，使他崭露头角，在中国文坛上立足。八十年代初期，他的中篇小说《美食家》，更让他赢得了"陆苏州"和"美食家"的美誉。

《美食家》虽是小说，却称得上是苏州饮食殿堂级的教科书。它以主人公朱自治嗜吃如命的人生历程，串起了苏州文化的方方面面，尤其是对苏帮菜栩栩如生的描绘，更成为苏州食客们引以为荣的多年谈资。在苏城有个传说：每当陆文夫光顾某个饭店时，苏帮菜的大厨们既兴奋又紧张，生怕被抓住什么破绽来。

这也不是没有原因的，早在五十年代末六十年代初，在苏州的几位江苏作协会员经常借着"学习"的名义，到松鹤楼去"尝尝味道"，周瘦鹃是召集人，还有范烟桥、程小青等，陆文夫则是小字辈，就跟着那些文化大咖，知道了不少饮食掌故和"吃的门槛"，他还用心去琢磨，去体会。因此，他往往能跳出厨师或食客的身份，用"第三只眼"观察和体会苏帮菜的精妙，其中的细枝末节方方面面，早已烂熟于胸。

拨乱反正后，陆文夫从苏北回到苏州，重新安排工作，除埋头写作外，他对苏州文化，表现出一种更大视野下的观照。

在八十年代末和九十年代初，他做了两件让人感到意外的事，一是创办了反映苏州地方文化的期刊《苏州杂志》，二是开办了倡导苏帮菜的老苏州茶酒楼。

苏州历史悠久，文化博大精深，办个《苏州杂志》，几十年也说不完，高质量的文章来源不成问题，五六年来已获得不少荣誉。但是经费主要靠政府补贴，只能靠"输血"而不能"造血"，这让陆文夫很纠结。虽然当时苏州的"四大名旦"、"五朵金花"（指长城电扇、香雪海冰箱、孔雀电视机、登月手表、春花吸尘器）风头正健，愿意赞助杂志运营的企业不少，但他纯粹得有些偏执，不愿意给人家做软性广告，那扇门也就几乎关上了。

经过深思熟虑之后，陆文夫决定办"一本可以吃的《苏州杂志》"。他在1994年第1期《苏州杂志》的"主编寄语"中开宗明义："一方面是为了保存与发展苏州传统的饮食文化，一方面也想赚几个钱补贴《苏州杂志》。"

1995年8月18日，老苏州茶酒楼在十全街正式开张。它的斜对面是南园宾馆，东面过桥是南林饭店，坐落是很不错的。饭店不大，只是一幢三层小楼，粉墙黛瓦，飞檐层槛，古色古香。有意思的是，六七个包厢都以评弹名篇来命名，如"珍珠塔"、"玉蜻蜓"等。还有一个"灶屋间"，砌了一个灶头，悬了几只铁钩，墙上挂着箬帽蓑衣，中间放一张小桌子。

大门两侧悬着陆文夫撰写的一副对联，惹人眼目："天涯来客茶当酒，一见如故酒当茶。"他还亲自写了一条广告语："小店一爿，呒啥花头。无豪华装修，有姑苏风情；无高级桌椅，有文化氛围。"

"陆文夫开饭店",成了轰动苏城的新鲜事,媒体纷至沓来。这时我刚到电视台,也策划了一部长达四十分钟的专题片——《陆文夫的雅和俗》,算是向他的致敬。

三十年磨成新的"老字号"

陆文夫不但爱吃苏帮菜,还写过大量有关苏州饮食的随笔散文。不仅如此,他还是苏州烹饪协会的顾问,时常鼓动那些大厨们著书立说,并为他们写序。他关于苏帮菜的一些理念观点——比如放盐的理论、上菜的顺序,比如关于食材的选择、时令的讲究……都是对苏帮菜的凝炼与升华,在他的小说《美食家》里都提到过。

有了自己的饭店,陆文夫就有了一个把理论转化为实践的平台。他请来了苏州顶牛的特级厨师"三根一家"——做白案的屈群根、做冷盘的张祖根、做热菜的吴涌根和刘学家当顾问,并请他们的高足、特级厨师毕建民担任总厨。

陆文夫对食材的要求近乎苛求。比如"清炒虾仁",虾仁决不能用冷冻的,一定要手工剥出,上浆一定要用盐,以确保虾仁的新鲜和品相。于是每天下午二三点,河虾由阳澄湖的卖家送达,毕建民便带着一众徒弟围在大圆台前剥虾仁。理所应当,这道菜赢得了美誉——1998年,老苏州茶酒楼的清炒虾仁"碧螺大玉",被评为"江苏省名菜",成为食客们必点的招牌菜。

凡开桌宴集,上菜顺序也有讲究。毕建民回忆说,陆文夫要求冷菜之后,就要上"碧螺大玉"了,这是"凤头",能让食客先入为主,体会到苏帮菜的"细气";连上两道荤菜之后,一定要紧跟一道蔬菜或者点心，这样才不会让人觉得油腻；最后要上鱼菜，这叫"有头有尾"。在陆文夫看来，苏帮菜自有一套完整结构的。"这台完整的戏剧一个人不能看，只看一幕又不能领略其中的含义"。

陆文夫的细致无所不在，比如菜肴的围边，他说一定要用苏州食材——火方要用莲心，酱方要用地产大青菜，雪花蟹斗要用菊花瓣，而清炒虾仁则要用豆苗或鸡毛菜。毕建民说："你用错了，就要被老陆骂的。"

毕建民还清楚地记得，有一天，苏州一位媒体老总在一家著名菜馆请外地同行，陆文夫应邀作陪，吃到一半，他不开心了，直说那里的菜不正宗，并当场打电话给毕建民，让他"明天晚上备一桌，还是原班人马出席"。

老苏州茶酒楼的最初十年，是它的高光时刻，陆文夫在这里招待过很多国内外政商要人和文化名流，可以开出一份长长的名单来。这里只说法国客人，当年《美食家》在法国出版后，引起了以美食为傲的法国人的浓厚兴趣，以后好些年，法国文化部长都要率团访问苏州，陆文夫每次都会在老苏州茶酒楼款待他们，而苏州美食也赢得了法国人的一致好评。

如果客人少，陆文夫都是在"灶屋间"设席。某次，王稼句陪邓云乡来，就在"灶屋间"里，两个美食家侃侃而谈，从十二点一直吃到四点，酒喝得并不多，三人一共才喝了半斤多"洋河"。那时王稼句还只有聆听的资格，或许因为是听得多了，才触发他写了一本《姑苏食话》。

只要是陆文夫请客，都是由毕建民亲自掌勺上灶，他因此也得到了"美食家陆文夫的御用厨师"的美名。当年他在老苏州茶酒楼的一群徒弟，如今也都成了一些大饭店的总厨或经理。

毕建民在老苏州茶酒楼一干就是十三年，在陆文夫的指导下，他研发了不少招牌菜点。比如松鼠鳜鱼、蜜汁火方、苏式烧卖（苏州惟一获"江苏省名点"称号的点心）等。打开大众点评网，老苏州茶酒楼被评为"十全街、凤凰街美食热门榜第一名"，里面三千多条评论，满满的都是食客们的点赞和好评。

2003年，陆文夫爱女、老苏州茶酒楼总经理陆锦英年早逝。陆文夫受到极大打击，只过了两年，就郁郁去世了。毕建民至今还记得，陆文夫住院时，还心心念念着老苏州的经营和毕建民的手艺。毕建民还经常烧了陆文夫喜欢的咸泡饭送去。每过三两天，陆文夫就嚷着要吃他做的酱方。

陆文夫去世后不多久，毕建民也黯然离开了老苏州茶酒楼，饭店被承包了出去，但毕竟还是有底子的，青睐者仍是不少，因此在餐饮业竞争激烈中存活下来。我们一些文化朋友迎来送往，还是愿意去那里，因为它承载着许多美好的回忆。陆文夫应该没有想到，老苏州茶酒楼历经三十年的风雨沉浮，最终成为苏州食客们心中一个新的"老字号"，一个苏州文化的地标品牌。

再现"陆文夫的一天"

三年疫情，全国餐饮业都遭到重创，有的没有挺过去，老苏州茶酒楼也不例外，终于歇业了。

疫情后的某日，我经过十全街，见老苏州茶酒楼已是大门紧闭，人去楼空，心头感到空落落的。前不久，忽然传来好消息，新梅华餐饮有限公司将接办老苏州茶酒楼。我听了不由大喜过望。

对于新梅华，苏州人都不会陌生。这家创办于 1989 年的餐饮企业，目前旗下有新梅华、姑苏食景图、江南雅厨、半庭嘉宴、一善堂等多个餐饮品牌，拥有直营门店四十多家，员工两三千人。曾获评黑珍珠餐厅指南一钻餐厅、中国餐厅年度苏浙菜餐厅推荐、金梧桐江浙年度餐厅、携程美食林铂金餐厅、大众点评必吃榜榜单等。其董事长单正、总经理金洪男都是苏州餐饮界的风云人物。

金洪男是烹饪科班出身，也是个被厨师耽误了的画家。创业伊始，他便十分注重从其他菜系汲取营养，并很看重年轻人的用餐体验。但无论怎样变，苏帮菜的根本他却从未忘记——制作精致，食材新鲜，不时不食。

如今金洪男是中烹协总厨委常务副主席、苏州烹饪学会会长、非物质文化遗产苏帮菜制作技艺代表性传承人。他对陆文夫一直敬慕有加，同时还是毕建民的"江湖弟子"。

能接手老苏州茶酒楼的运营，对他来说是一种荣耀，而他的很多烹饪理念，也与陆文夫不谋而合："以精细为例，苏帮菜的刀工就与绘画的笔工有异曲同工之妙。"

就餐环境也是金洪男最看重的。新装修的茶酒楼一楼，专门辟出了评弹演出的空间，墙上多了不少名家字画、刺绣、苏工作品，以及陆文夫用过的老餐具、茶酒楼开张时的手工宣纸菜单。共享空间里，摆放着《美食家》《苏州杂志》等，让食客随手取阅。让人拍案叫绝的是，二楼三面厅的三面墙全部换成了透明的落地中式排窗，不仅敞亮，窗外的绿树碧水、小桥老街也能尽收眼底，随着季节和色彩的变化，菜肴也会适时翻新。在这种氛围中用餐，怎能不让人心旷神怡？

对市场了然于心的金洪男，很清楚老苏州茶酒楼的旅游属性和文化属性，也深知当前餐饮业的种种艰辛。"说到底，还是要回到菜的本身上。"他说。未来的老苏州茶酒楼，会以"陆文夫的一天"为主线，串起早茶、午餐、下午茶、晚餐、夜宵，全天营业十八个小时，人均消费设置在一百元左右。

其实，苏州的文化圈和美食圈，自古以来就有很好的互动，而作家兼美食家开店，被厨师兼画家接手，则又添一笔人文传奇。除了文化底蕴厚重的苏州，你还能找出第二个例子吗？

或许，这便是人们说的"因缘"吧！

江南雅厨新菜记

高　晴

六月的江南，被烟雨薄雾温柔地包裹着，有一种别致的水灵。杨梅颗颗饱满、鲜艳欲滴，一口咬下，酸甜适口，满嘴都是自然的甘霖。空心菜在雨水的滋润下快速生长，叶片饱满、色泽鲜亮，吃起来口感格外脆嫩多汁。茭白、莲子也正值当季，因为吸收了足够的水分，质地更为洁白细嫩，味道清甜，带着雨季特有的清新气息。

所有的食材都在这个季节蓬勃生长，而那些深谙季节之道的大厨们，是自然与餐桌之间的桥梁，他们以一双巧手和敏锐的味蕾，捕捉并演绎着季节的精髓。江南雅厨的老金——洪男先生，正是这样一位烹饪高手。他不但是餐饮界的大咖，还擅长绘画，师从吴冠南，花鸟蔬果，清供玩器，随意写下，都很有清趣。

饮食江湖，刀光俎影，生存殊为不易。以前那些大师级的厨师，绝大多数都是熟练、谨慎而中庸的，而老金不是。老金的故事，是对"技近乎道，艺无止境"最生动的诠释。他作为苏帮菜烹饪技艺的代表性传承人，要考虑的因素特别多，每一道菜品，味道与呈现，仅仅只是最表面的一部分，怎么传承，怎么创新，苏式风雅的诗情画意、曲水流觞又如何表达？在老金的一菜、一汤里，皆是艺术。他相信艺术与烹饪天然有着共通之处，正如他所言，食分五味，墨分五色，在美食与艺术之间自如穿梭，每一口都是对传统工艺的尊重与创新灵感的表达。

这种过程很有趣，让食客吃饭的过程也变得充满了思考。吃好喝好不是目的，而是通过这一餐一饭，体验一场跨越时空的文化之旅。在前年的农历六月廿四"荷花生日"之际，他精心策划了一场名为"为荷而来"的雅宴。宴上，十三道菜品匠心独运，每道菜皆巧妙以荷入菜，荷味、荷形、荷意，既保留古法烹饪精髓，又不失现代融合菜式的创新，从洛神花茶腌渍的藕片、鲜荷炙烤银鳕鱼，到荷叶包裹下的火松焗饭，再以一片嫩粉的荷花瓣作为点睛之笔，每个细节都不单是为了满足口腹之欲，它们更像是精心布置的展览，实现了荷文化与美食艺术的时令交融。

在老金的餐厅里，食物是一种语言，它能够传达情感、记忆，乃至一方水土一方人的精神风貌。因此，他在设计菜单时，总爱将个人经历、地方特色与当代审美结合起来，创造出既熟悉又新奇的味觉体验。这次品尝新菜，老金开出了这样一份菜单：

开篇·江南韵致
江南冷食汇

续章·姑苏情怀
姑苏三虾面

鲜蔬牛肉羹

探索·风味之旅
醋熘闽东黄鱼
风味炒三果
西兰花大烤鲍墨

中篇·雅致品味
竹荪明月盅
茶香鸡
酸汤雪花牛

深味·自然之赐
松露百合芦笋
白果火丝银芽空心菜梗

尾声·甜蜜收束
玫瑰五仁月饼
苔菜薄荷年糕

特别呈现
鱼子酱三虾炒饭
时令水果拼

选用"三虾面"，是一种特别具有辨识度的"前奏"。籽虾在初夏时节最为肥美，"三虾"是手工剥取的虾仁、虾脑与虾籽的组合。不知从何时起，虾仁因与苏州话中的"欢迎"谐音，逐渐约定俗成变为了苏帮菜宴席上不可或缺的"头道"。面条的 Q 弹，配合三虾的鲜美，两口便下肚，nice，一个惊艳的开场。

苏州饮食之美，在鲜，在时，在意，也在趣。第一次见，盛面条的容器竟然使用了一个黄铜锔钉和锡包修复的青瓷大花碗。这种人为做旧，实则机巧，苏帮菜追求食材本味、顺应时序，欣赏岁月的裂隙与自然变化之美本就契合，在老金的创意下，真是荤素有故事，杯盘皆情趣。

"醋熘闽东黄鱼"作为一道创意改良菜品，其灵感源自经典苏式菜肴"松鼠鳜鱼"。将传统松鼠鳜鱼里的番茄酱改用香醋进行醋熘，一改原来的甜腻感，以肉嫩刺少的大黄鱼替代鳜鱼，在炸鱼的过程中，融入了分子料理的技术，鱼皮更加酥脆，还拗出了一个漂亮的"神鱼摆尾"造型。看着大鱼端上桌时，现场淋酸醋汁，那绝对是一种很带感的体验了。老金对菜品的悦目感看得很重。他觉得，食物除了味道与营养外，也要看着舒服。食物本身就有色与有形，就有像艺术里讲究的色彩、造型和构图，烹饪成一道道看上去精美、有创意的美味，那就是一件件艺术品了。

老金深知，真正的烹饪艺术不在于单纯追求技术的高超或是食材的昂贵，而在于那份用心与情怀，他也利用食材的色彩与质感，模拟笔墨的浓淡与干湿。"火丝银芽空心菜梗"中的火腿丝，味道咸鲜，颜色鲜艳，如同传统国画颜料里的朱砂，也代表了笔墨的"浓"与"干"。银芽是质地脆嫩、颜色洁白的豆芽，其银白色的外观，就像传统书画中的留白或是淡墨，用以表现"淡"与"湿"的意境。空心菜梗是这个时节苏州人饭桌上的应季菜，其独特的形态和清脆的口感，为这道菜增添层次感。造型展现出了笔触的线条感，既可模拟书法中的飞白效果，又能为整幅"画作"增加结构与韵律。通过这样的食材搭配与处理，不仅是在准备一道菜，更是在创作一件可以品尝的艺术品。

传统和常见的茶香鸡制作，多使用整片的茶叶来烹饪。老金使用苏州碧螺春的茶叶梗制作"茶香鸡"，这是一种较为独特的做法。餐饮做得好，无非就三件事：高到顶，特到位，要么就土到渣。茶叶梗虽然不如幼嫩的碧螺春茶叶更细腻，但这种农家的边角料反而更能带来惊喜，茶叶梗的木质感与茶香鸡的肉更搭，鸡肉特别有嚼劲，茶叶味没那么浓，咀嚼时，更能关注鸡肉本身的味道。

"竹荪明月盅"是一道汤品。"明月"特指鸽子蛋，因其形状圆润，色泽洁白，宛如皎洁的明月，故得此雅名。这道菜要加入提香的火腿，慢火细吊至少十个钟头，过细箩出醇汤，此时吊制出的汤是"汤清如水，色如淡茶"的清汤。在每个盅内放入适量泡发好的竹荪，再用小勺放置鸽子蛋于竹荪之上。看起来分明是清汤寡水，啥调料也没有放的样子，却鲜美得令人咋舌。

"酸汤雪花牛"乍一看菜名是道江湖菜，尤其是"酸汤"两个字出现，就天经地义很江湖。只是没想到，老金在这道菜里其实埋了一个关子，他在新鲜番茄做出的酸汤里用了吴江平望辣酱。对于苏州人而言，真的很少吃辣。很多人完全不碰辣，有人难得吃了湖南的辣，轻者吐舌哈气，剧烈咳嗽，鼻子通红，重者头脑空白，肠似刀绞，行为失控。然而也有特例，苏州人对平望辣酱却是种特殊的偏爱，吃苏式小馄饨、藏书羊肉、咸肉菜饭时，都会挖一小勺平望辣酱调味。平望辣酱以"辣、甜、鲜、香"闻名，不算辣，却有十足的鲜味。喝一口鲜鲜稠稠的酸辣牛肉，尽得食材的精髓。老金对菜品的审美要求极高，烹饪创作中，红色的番茄酸汤里放了一种大自然原生态新鲜的大雪耳，就像水面上开出了一朵巨大的白荷。老金说，如果把美食仅仅定义为"一幅好吃的画"，这还不够。就像画画谁都会，但当今的艺术家更多注重自我表达。先把基础建好，之后才能追求上层建筑。上层的东西，是对艺术高度的追求。有可能是味道，有可能是原材料，有可能是菜品造型，也有可能是一种创意。

有一道加入海苔味道的"苔菜薄荷年糕"，最受年轻人欢迎。创意是用日本海苔包裹着油炸过的薄荷年糕吃，外酥里嫩。老金说，他的玫瑰五仁月饼也很特别，"一定要热着吃"，尤其是刚从烤箱拿出来时，饼皮里大块的糖猪油透出诱人的光泽，看起来亮晶晶的，吃起来满嘴玫瑰香。好菜，要配好酒，红葡萄酒的酒瓶上标签也都是老金设计的画，雅致得很。众人喝酒喝得尤其开心，一杯接着一杯，好几杯下肚，赞不绝口。

酒毕，还以为要收场了，老金突然又端出了"鱼子酱三虾炒饭"，这饭极诱人，米粒颗颗分明，干爽有弹性，说明火候恰到好处，之后，将三虾快速翻炒至半熟，保持鲜嫩口感，再与事先炒好的荠菜丁混合。颗颗米粒包裹着切碎的荠菜丁，最后撒上黑色的鱼子酱。此时，说已经饱了的众人，都毫无抵抗力地各吃下一大碗。

美食和艺术追求，对老金而言，两种放在一起从来不冲突，只是一个递进关系而已。作为厨师，老金既要顾及荤素搭配、南北咸宜，又要思忖如何把菜做到精致，讲究，好吃，要在食客的味蕾里留下浓墨重彩的一笔，就像他的画，颜色艳丽、大开大合。他希望能在许多年后，自己创立的餐饮品牌，不仅是现在的全省数一数二，关键还是苏州人津津乐道的味道。

这几年的餐饮行业，从南到北，从东到西，都有一种山雨欲来的气息。精品餐饮的市场在萎缩，核心消费人群在减少，是不可争辩的事实。这需要一种认知的整体升级，过去二十年，中国餐饮业跟着城市化进程迅猛发展，时代总是轰隆隆地裹挟一切，不容任何一个人脱身旁观。许多品牌几乎是在无意识中实现了高速扩张。时代变化了，操作手法和底层逻辑都也要有变化。在老城区的街头，岁月感扑面而来，老金在自家几十年的老店里开了一个小馄饨店，每天店门前来来往往背着书包放学的孩子，周围飘来各种炸萝卜丝饼、糍饭糕的香气，这是一种凝固的场景，似乎童年就在身后，一阵风吹来，人人都是那个有梦想的少年。

陈从周《说园》有一段文字："万顷之园难以紧凑，数亩之园难以宽绰。紧凑不觉其大，游无倦意，宽绰不觉局促，览之有物，故以静动观园，有缩地扩基之妙。而大胆落墨，小心收拾，更为要谛，使宽处可容走马，密处难以藏针。"园子很小，却曲折从容，妙处无穷。

文人、园林、饮食支撑起苏州菜的文化架构。其中园林是依托，文化人雅集，醉翁之意，在于诗情画意，有酒一壶，熏鱼一碟，白汤面如数，也就尽兴了。苏州人自古在有限空间中会创造出无限可能的艺术。造园、做事、为人，天下一理，须控制事物发展的节奏，若胸中格局足够，无论大小都不足惧，关键是大处能容天地，小处能觅细针。好人生，亦当如是。这些道理，都是人在中年以后才慢慢体悟出来的。

所以，老金并不悲观，艺术本身就是一个美丽易碎而又不断新生出美丽的世界，凡有努力与等待，就有启程与结果。

这顿饭菜固然是好吃的，更难得的东西，却在饭菜之外。外观世界，内观自己才是目的，当吃饭也成了修行，许多获得感就完全不同了。

我在孔府吃桌宴

何　频

梁实秋《雅舍谈吃》之《由熊掌说起》，回忆当年和他的父亲一块下馆子，某次到经常去的东兴楼用餐，因为外交部长王正廷宴客，父子俩意外获得一次品尝熊掌的机会。对于这个"天上掉下馅饼"的巧遇，梁实秋说，他并不感兴趣——黏糊糊的熊掌无味。

不要说贵为"八珍"的熊掌，就是野鸭、大雁，甚至包括雉鸡、野兔，等等，分明属于"滥食野生动物"，现已被明令禁止，往后再也没有吃熊掌的机会了。我不是妄想"天鹅肉"，说实话，打当初第一次读到此文开始，我兴奋颤动一下——不是因为熊掌，而是和外交部长同一处宴饮有一说。

我居然也有在宴会时，和外交部长同堂。外交部副部长是才去世不久的刘华秋先生，而他陪同的外宾，竟然是西哈努克亲王与莫尼克王后。

小时候在县城，我和爸爸一块到街头的大澡堂洗澡，爸爸偶尔会买点烧鸡或卤肉，土产的麦草黄纸包着，休息时，就着跑堂送的茶水吃肉。只是肉太少，根本不过瘾。另一次印象深是爸爸去武汉看我，我俩在洪山公园圆通寺吃素斋，小份素斋，和尚将豆腐、面筋制成荤菜形状。因为是初夏六月，武汉不是吃红菜薹的季节。

大学毕业后，参加工作又跳槽，一度跑到了河南省国际信托投资公司，在总经理刘和生手下当秘书。1989 年春末，我们开车到济南，被安排住进了千佛山下的齐鲁饭店。这是 1986 年才开业的大酒店，既是济南当年的最高建筑，也是济南首家涉外四星级酒店。我们住进去两三天时间，来了西哈努克亲王和莫尼克王后，由外交部副部长刘华秋陪着。我们都关心时事新闻，知道西哈努克亲王和我们同在一个饭店。

我们回北京，顺路还游了泰山和曲阜。在曲阜入住阙里宾舍，又和西哈努克亲王一行在一起了。没有想到，我们的晚餐，和欢迎西哈努克亲王的宴会同在一个大堂里，只是隔着屏风遮挡。刘华秋副部长致辞的时候，不少记者拍照，灯光齐闪。我要站起来探头看一下，刘和生拉下脸，认为我小样，丢他人了。

第二天上午游孔府，也没有清场处理，四方游人不少，我们再次与亲王夫妇相遇。直到现在，莫尼克皇太后还不时到北京做客，看到新闻，想那时在孔府大院相遇的情景，感想万分。1970 年代初，我在老家山区上初中，有个笔记本，抄优美诗文名句，也抄了好多首赞颂中国和中国人民的歌曲，是西哈努克亲王亲自谱曲作词。

下午就要分别了，中午东道主安排我们吃孔府家宴，就在孔府大院里。食物精美，程序很复杂，很繁琐。

赵荣光著《衍圣公府档案食事研究》，有一章专门记述孔府各类宴饮宴会——祭祀宴、延宾宴、寿庆宴、婚庆宴、喜庆宴、居常家宴，等等。其中婚庆宴之"三大件筵式"，与我们当时吃的大致相符：

三大件：红烧海参、清蒸鸭子、红烧大鱼（黄河鲤）；

八凉盘：熏鱼、盐卤鸡、松花、焙虾、海蜇、花川、长生仁、瓜子；

八热盘：炒鱼、炒软鸡、炒玉兰片、烩口蘑、汤泡肚、炸胗干、鸡塔、山药；

四饭菜：红肉、清炒鸡丝、烧肉饼、海米白菜；

点心：甜、咸各一道；

大米干饭每桌全。

这还不包括酒水。我们那次，有红酒、饮料和孔府家酒。香烟是大将军烟。服务员都是古装打扮的姑娘。

后来，我又去过济南和曲阜。但齐鲁饭店被拆了成一片废墟。2016 年夏末在曲阜，阙里宾舍也不成样子了，被更多新的酒店比下去了，而我专门再住了一回……

2024 年 4 月 23 日，"世界读书日"于甘草居

清季民国的广州外江菜馆

周松芳

笔者治岭南饮食文化史二十余年，早年提出的"食在广州"之谚起源于晚清民初的观点，得到越来越多的史料印证，也得到越来越广泛的接受；而其形成，却也深受外江菜馆尤其是姑苏菜馆的影响。因此，考述晚清民初的外江菜馆，实在是非常有价值和意义的事。

执掌权柄的姑苏酒楼

且从戆叟《珠江回忆录·饮食琐谈》(《粤风》1935 年第 1 卷第 5 期)谈广东鱼翅烹饪变迁历史的文章说起，"从前广州姑苏酒楼所烹饪之鱼翅"都是用熟翅，直到一个潮州籍的陈姓官厨出来，才改造成后来通行的生翅烹饪法。由此"陈厨子之名大著，宦场中人，宴上官嘉宾者，非声明借重陈厨子帮忙不为欢，亦不成为敬意"。等到其官员主人调任他方，便"以所蓄营肆筵堂酒庄于卫边街……宦场中人酬酢趋之若鹜"。"续后同兴居、一品升、贵连升等，随之蜂起"，则可证其资格之老，也恰恰便于说明"食在广州"与姑苏风味之关系，因为作者又特别强调陈厨的肆筵堂并"不入姑苏酒楼同行公会"，兼之前述广州姑苏酒楼烹翅皆熟制，可见姑苏酒楼在广州得有多大势力，才可能建立同行公会。而在此之前，后来闻名遐迩的广州本土著名酒楼如一品升，特别是以鱼翅著称的贵联升，还没"出世"呢。由此则可推知，早在同光之前，即便有"食在广州"声名，也应当是姑苏酒楼当道；直到光绪中叶后，才有"西关泰和馆文园等崛起竞争，记者已客苍梧……贵连升烹饪佳妙，风靡一时"。

广州市越秀区地方志办公室等主编的《越秀史稿》（广东经济出版社 2015 年版），也认为后起的贵联升仍然是姑苏风味："民国前期有食肆名包办馆，以上门包办筵席为主要经营方式，也有将筵席菜式做好送上主家的，例不设堂面。贵联升是其中名铺，创办于清同治九年（1870），址设司后街（越华路），名菜式有姑苏食谱的香槽鲈鱼球。清光绪时人胡子晋撰《广州竹枝词》云：'由来好食是广州，菜式家家别样味。鱼翅干烧银六十，人人休说贵联升。'并附注：'干烧鱼翅每碗六十元。贵联升在广州西门卫边街，乃著名之老酒楼，然近日如南关之南园，西关之漠觞，惠爱路之玉醪春，亦脍炙人口也。'"

可以作为佐证的是，何炳棣先生在《中国会馆史论》（台湾学生书局 1966 年版）中，综合民国文献及道光十年（1830）《忠义乡志》，认为以一乡而为工商业大都市的佛山，不仅会馆众多，同行公所也不少，"京布一行是南京、苏州和松江人的天下；苏裱行和酒席茶点两行中的'姑苏行'，也反映苏州长川在此经营者的人数是相当可观"。

姑苏菜为什么能执掌早期"食在广州"的权柄？可以从官厨这个角度来加以理解。冼冠生《广州菜点之研究》（《食品界》1933 年第 2 期）说：

"广州是省政治、省经济的纽枢，向来宦游于该地的人，大都携带本乡庖师，以快口腹。然而，做官非终身职，一旦罢官他去，他们的厨司，便流落在广州，开设菜馆，或当酒肆的庖手维持生计。所以今日的广州菜，有挂炉鸭、油鸡（南京式），炸八块、鸡汤泡肚子（北平式），炒鸡片、炒虾仁（江苏式），辣子鸡、川烩鱼（湖北式），干烧鲍鱼、叉烧云南腿（四川式），香糟鱼球、干菜蒸肉（绍兴式）。关于点心方面，又有扬州式的汤包、烧卖。总之，集合各地的名菜，形成一种新的广菜。可见'吃'在广州，并非毫无根据。广州与佛山镇之饮食店，现尚有挂姑苏馆之名称，与四马路之广东消夜馆相同。官场酬应，吃是一种工具，各家厨手，无不勾心斗角，创造新异的菜点，以博主人欢心。汀州伊秉绶宴客的伊府大面，便是一例；李鸿章也很讲求食品的，国外都很有名，他在广州，第一人发明烧乳猪、李公集会汤，都在李府首次款客之后，才流传到整个社会；岑西林宴客，常备广西梧州产之蛤蚧蛇、海狗鱼、大山瑞等，近则此种风味，已吹至申江之广式酒家。"

我们知道，异地为官是清代的制度性安排，而官员产生的正途为科举，因为江苏文教发达，历来是科举大户，官员渊薮，故为官岭南者多江苏人，自不待言。与此同时，自明隆庆以后，基本上是一口通商，明代即有时谚曰"走广"，类似于二十世纪改革开放后流行的"东西南北中，发财到广东"之说；"走广"的主体则是江南之人，因为江南自唐末以后即成中国最重要的经济中心，到明清更是臻于鼎盛。因此，无论官民，都需要相应的饮食服务相配套。当时的外江菜馆多集中于旧城官署附近，也说明了这一点。署名朴的专栏《食话》之一百二十五篇（广州《民国日报》1926 年 1 月 11 日）说："广州市当未拆城筑路时，有西关老新城之区别。河南则几视同瓯脱地矣。各酒家之厨子，亦有派别。老城除包办官宴之大酒楼外，以外江小食馆为最盛。"《食话》之五十一篇（广州《民国日报》1925 年 9 月 3 日）就直接说到外江官厨对"食在广州"的贡献："通来外省政客，云集粤中，一般大酒家，亦有专配厨人，泡制京都嫌烧卤腊诸馔，可谓无美不备，食在广州一语，洵非过誉之词矣。"

再近一点，一些老广州的回忆，更可印证这一层。《食在广州史话》（《广州文史资料》第四十一辑，广东人民出版社1991 年版）有冯汉等撰《广州的大肴馆》，说从前有一种"大肴馆"，又称为包办馆，相传已有百多年历史，到清末形成了聚馨、冠珍、品荣升、南阳堂、玉醪春、元升、八珍、新瑞和等八家代表性店号，他们都是"属'姑苏馆'组织的，它以接待当时的官宦政客，上门包办筵席为主要业务"。到上世纪二三十年代全盛时期，全市有一百多家，多集中在西关一带繁盛富庶之区，可见"姑苏馆"的影响力及其流风余韵之绵延不绝！

姑苏馆聚丰园及其他

《食在广州史话》所收陈培《北方风味在广州》，提到了具体的姑苏馆："汉民路（今北京路）的越香村和越华路的聚丰园菜馆，经营姑苏食品。"也提到了淮扬、上海风味的菜馆："淮扬风味的四时春（长堤，后迁龙津路再搬上九路）、三六九（长堤二马路），上海风味的稻香村（中山四路）、喜鹊（北京南路）。"聚丰园堪称民国姑苏馆诗酒风流的典范。在当时广州《民国日报》上，署名朴的《食话》专栏，署名文的《茶经》专栏，对聚丰园有较多描述——使它成为无论本土还是外江餐馆的对标餐馆，我们在从中领略其风采之余，更可知道其具体的风味情形。

《食话》之二十一篇（广州《民国日报》1925年7月9日）说它的蟹黄灌汤包在广州首屈一指："余前言点心之制，尚未详尽，兹再忆及之。市肆以蟹黄灌汤包著名者，当推城内聚丰园……浓香扑鼻，调以姜醋，味犹渊永也。"《食话》之六十条（广州《民国日报》1925年9月22日）说："聚丰园之窝烧羊肉，甘脆莫能言状。"《食话》之续篇（广州《民国日报》1926年4月30日）说到窝烧羊的具体做法："羊肉之制，以窝烧羊为甘美。窝烧羊即用肥肉精肉夹片，外涂鸡卵豆粉，油锅炸之，入口松脆，且无腥之气。盖羊之本质已膻，肥肉尤甚，久炸则酥，但觉其甘香浓腻。蘸以淮盐汁，大可助饮客之食欲也。"

烧卤本是外江菜馆的强项，聚丰园则更是强中之强，《食话》之七十二篇（广州《民国日报》1925年10月17日）说："外江食品熏卤之味，带有烟火气，殊不可取，惟聚丰园之汾酒牛肉、香糟鸡，则别饶风味。秋凉思饮，取一二小馔，佐以绍酒，亦自不俗。"至于清炒虾仁之类，乃姑苏菜馆的拿手好菜，聚丰园也不例外："聚丰园厨子之技，碌碌无所长，惟炒滑鲜虾仁，则可登大雅之堂，能与大酒家媲美；醋熘黄菜味至恶，然

食之 自不少，所谓嗜好与俗殊，不能一慨论 。"《食话》之七十七篇（广州《民国日报》1925 年 10 月 28 日）认为这成为粤菜馆的最佳对标："评春之厨子，炒滑鲜虾仁甚妙，驾聚丰园而上之。虾仁炒至仅熟，肉微赭而透明，鲜美适口，又无生熟不匀之弊。余询厨子，用何法致此，则笑而不答。是所谓绝技不传者欤。"

其实炒虾仁还不算聚丰园最拿手的，抢虾和醉虾才是，《食话》续篇（广州《民国日报》1926 年 8 月 18 日）说："外江人士之食虾，除炒虾仁外，尚有抢虾一种，至为特别。本市聚丰园所制之醉虾，人人得而食之矣。惟抢虾则略异。其法先择活虾剪去须爪，纳绍酒姜粒麻油之中，急以碗覆之。活虾受腌则跳，其肉更鲜滑。食时略揭碗盖，伸箸探取，防虾之外跃也，故其名为抢虾，亦别致，亦可口，驾醉虾而上之。然此食法多行于春秋两季，夏太热而冬太冷，均不宜也。"同是水产的鳝鱼，聚丰园也烧得好，《食话》之一百七十六篇（广州《民国日报》1926 年 3 月 22 日）说："聚丰园之炒马鞍鳝，颇为著名。因其选用极粗之白鳝，切作骨牌形，炒之仅熟，则爽滑均备，而所用配料，冬菇笋尖之外，略加冬菜，尤饶冶味。窃谓炒马鞍鳝，配以冬菜，不独能除其腥息，且可增食客之胃欲。外江菜中有炒三冬，即以冬菇冬笋冬菜同炒，今以之配炒白鳝，安得不味美而适口。炒鳝时不必用甜酸之酱，仅加胡椒末及茫茜作香料，便可上篚矣。"

在民国中期，下江大闸蟹抢滩风行广州，才更可见出姑苏饮食势力对"食在广州"的影响。《食话》之续篇（广州《民国日报》1926 年 6 月 3 日）说："外江之毛蟹（大闸蟹），运粤后价颇昂,以秋冬间为盛。蟹有黄膏黑膏之分,黑膏者风味独绝。此类毛蟹,烹熟后,肉凸壳外,脂肪质甚富,胜于澳门所产……绍兴之老紫阳观醉毛蟹,其风味又与生毛蟹略别。醉蟹酒香扑鼻,生剥叹之,肉滑如脂,味美于回,虽嫌香糟过重,然仍不失其鲜美之致。"而聚丰园所制大闸醉蟹,更驾其上:"本市聚丰园,专营外江酒菜之业,故其绍酒及醉蟹诸品,均胜于别家,要非虚誉也。"

《茶经》也力赞聚丰园,其七十七篇《现代茶楼之我评》(广州《民国日报》1925 年 12 月 15 日)说:"省署前聚丰园,乃专营外江酒食而兼卖茶点者,地方湫隘,原无可取,惟食品则颇多特制出色。如烧饼,如蟹黄灌汤包等是。烧饼分咸甜两样,初出炭炉,甘香可口,外江人尤喜嗜之。灌汤包皮薄如纸,满灌肉液,及肉松蟹黄等料,食时必置之小碗,否则一经咬破,肉液淋漓四溢矣。南园及陆羽居初办时,曾仿其制,仍不及聚丰园之件大料多,今且无矣,惟聚丰园独照常制卖……彼营外江酒菜,有汾酒牛肉,卤珍肝,香糟鸡,醉虾,醉蟹等小碟,价不过一二毫。绍兴酒味美而价又廉,四两八两均有沽,故茶客往往选一二小碟,佐以绍酒,所费数角,足快朵颐。"

聚丰园不独执姑苏馆之权柄,即在外江馆子中,也是佼佼者。《粤人茶酒之癖》(广州《民国日报》1926 年 5 月 10 日)说:"外江馆子全盛时代,如卫边街之陶然亭,惠爱街之陶陶居,旧仓巷之添福斋,城隍庙之福来居,花塔街之知者来,最近公园前之某某馆,司后街之聚丰园,皆其选也。就中以聚丰园为最美备,福来居次之,其余不过小规模之饭店。迩者吉祥路亦有一两家出现。"芸芸《夕阳班荆录》之十二(广州《民国日报》

1927 年 11 月 5 日）记上聚丰园,则颇增其逸韵:"三人词锋渐歇,园中行人亦渐稀,仰视碧云在天,落霞散绮,夕阳无语中黄花满地……相将出,饮于聚丰园。此间食品有外省风,北人客粤者多饮于此,不啻张翰莼鲈也。杯盘狼藉,酒酣耳热,谈锋又起,武林客复道歇浦风俗人物之盛,令人神往。此一叙也,为余三人十年来未始有也。"

谭延闿则专注其饮食,去吃了之后大为叫好,还要他的私厨曹四现学现做,仍然称好,《谭延闿日记》(中华书局 2019 年版)记道:

〔1924 年 4 月 8 日〕"偕丹父渡海,径至省长公署,晤萧、吴,邀同步至聚丰园,吃汤包及其他点心、炸酱面,去三元四元,丹甫惠钞。"

〔1926 年 6 月 17 日〕"与大毛同食烧饼,曹厨仿聚丰园制也,一咸一甜,尚有似处,吾遂不更饭。"

这一咸一甜的风味,也是明显的姑苏风味。最关键的,广州的外江菜馆那么多,谭延闿则独独对聚丰园青睐有加,最堪铭记。

浙江籍作家郁达夫以及湖南籍作家成仿吾 1926 年在中山大学任教期间,即曾聚饮于此,郁达夫告别广州,成仿吾、郑伯奇亦在此为之饯行。《病闲日记》(《郁达夫文集》第九卷,花城出版社、生活·读书·新知三联书店香港分店 1981 年版)记道:

〔1926 年 11 月 9 日〕"晚上聚丰园饮酒,和仿吾他们,谈到半夜才回来。"

〔1926 年 11 月 26 日〕"午后五时约学生数人在聚丰园吃饭。"

〔1926 年 12 月 13 日〕"晚上仿吾、伯奇饯行，在聚丰园闹了一晚。"

顾颉刚先生 1927 年至 1929 年在中山大学任教期间，流连餐馆，诗酒人生，两至聚丰园。《顾颉刚日记》（台北联经图书公司 2007 年版）第二卷记道：

〔1928 年 2 月 8 日〕"到校，开教务会议，议开学事。偕孟真、金甫到聚丰园吃饭，商量研究所事。"

〔1928 年 3 月 13 日〕"启鑅邀至聚丰园吃饭……今日同席：信甫、予（客），启鑅、鸿福、福瑠（主）。"

容庚先生自 1922 年携《金文编》北上京华后，终民国之世，绝大多数时间在北京工作生活，偶回广州，就一往聚丰园。《容庚北平日记》（中华书局 2019 年版）记道：

〔1932 年 10 月 1 日〕"六时至广州，寓三弟处。访伦学圃、徐公植、仲生叔。与仲生叔、三弟往聚丰园晚膳。"

黄际遇教授 1936 年回归中大任教，也曾两度至聚丰园买醉。《黄际遇日记类编：国立中山大学时期》（中山大学出版社 2019 年版）记道：

〔1936 年 4 月 19 日〕文柏驾邀张在衡买聚丰园之醉，三人对影，倾爵者屡矣，慨然思归，罗、张远送至石牌，坚约五日痛饮之约。"

〔1936 年 9 月 12 日〕"晚赴秋老酒约于聚丰园。乡友之外，有陈达夫量雅韵流，藏钩剧话，南中佳会也。"

连香港太平戏院院主出差到广州，都专门跑去喝了顿早茶。《太平戏院纪事：院主源詹勋日记选辑》（程美宝编，香港三联书店 2022 年版）：

［1937 年 1 月 14 日］"与马高往聚丰园品茗。"

除聚丰园外，广州的姑苏馆子还有不少。比如陈培提到的越香村姑苏菜馆，顾颉刚曾经履席，《顾颉刚日记》记道：

［1927 年 12 月 24 日］"与缉斋、金甫到越香村吃饭，予作东。"

也有人称青莲阁为广州最早的姑苏馆，《茶经》之一百三十篇《各式茶楼之补评》（广州《民国日报》1926 年 3 月 20 日）说："关部前'青莲阁'为姑苏茶室之最老字号者。闻昔为茶烟馆，与'茶香室'同一性质，后乃专事姑苏酒菜，仍有茶面。回字门口，入其中为斗方形，位置编列两行。再进则为房座，房甚小，如鸽笼形，每房辄有一炕，品茗即在炕上，此其本色也。食品甚精巧，汤水亦佳，点心尤多新奇，炸水饺为其杰作。上汤水饭及窝面等，皆有可取。但久弗往品茗，不知近况何如耳。"

《茶经》续编（广州《民国日报》1926 年 4 月 29 日）又说留园也是姑苏馆，且具道其出品："惠爱中路'留园'，旧式姑苏馆也。二楼大堂，三楼房座，察其地方陈设，远不知年。只骑楼一部分为新建筑，此外则陈旧不堪。地方狭窄，为一竹笼形，二楼大堂，截分三级，其低陷者为三楼所压，令人坐为不安，且黑暗异常，不啻谈话馆。独骑楼为最高之级，且有窗棂，光线空气均佳，稍堪留恋耳。茶价甚廉，大堂、骑楼一律二分四，茶叶极劣，味淡不香。通行如红茶，亦称欠佳。点心星期更换，效法茶室，每款二分四厘，饺子三件，尚算廉价，烧卖二件与半毫三件者等耳。饺卖材料欠精，肥肉过夥。又烧包用卤肉，均非佳制。独半毫之春卷最佳，料精味浓堪与真光媲美，且长度过之，二条能切八件，可称抵食。甜品如蛋糕拉糕苏蓉

饱等，平平无足奇。千层糕则堪称杰作，茶客颇多呼用。面食款式甚多，价廉质劣，如炸酱面二分四，南乳肉面五分六，滑肉面亦不过一毫。炒面窝面，价亦非昂，但面质奇劣逾常，腐不爽口，根本既劣，任何制法皆无可取矣。"

回过头来，再说姑苏饮食对"食在广州"的影响，还可从另一个侧面找到佐证。例如，民国时期，广州百货业雄视寰中，上海四大百货虽然后起更秀，但均可视为广州四大百货在上海的分店。殊不知，广州百货业，早先却被称为"苏杭什货"！为何？因为南宋以降，苏杭"户口蕃盛，商贾买卖，十倍于昔"，街市买卖，昼夜不绝，杭州更有"习以工巧，衣被天下"之说。广州一口通商，苏杭货物，更是纷纷南下，时有"走广"之谚，"苏杭什货"于焉形成（罗伯华、邓广彪《从苏杭到百货——解放前广州的百货业》，《广州文史资料》第二十辑，广东人民出版社 1980 年版）有意思的是，自洋货大行我国之后，加之广州因外贸刺激的各种产品行销国内，内地的百货却又称"洋广杂货店"或"广货店"。这与岭南饮食在充分吸收外来元素之后形成"食在广州"走向全国，实属异曲同工。

此外，绍兴馆子紫阳观，以醉蟹著名，因坊间常以江浙并称，故附记于此。《食话》之五十一篇（广州《民国日报》1925 年9 月 3 日）说：

"外江菜之醉蟹，较醉虾尤胜，以老紫阳观所制为精。蟹有黑膏者，以之下酒，风味佳绝。友人某君，谓生毛蟹色味鲜美，醉蟹则未免流于俗矣。惟以余所见，生毛蟹肉实膏厚，未为不佳，但失馨逸之致。若醉蟹则开罂之初，即芳冽触鼻观，未尝一脔，涎垂三尺，非酒人不知真趣也。"

晚清民国时期，与外江菜馆相配的绍酒，即今之花雕黄酒，一时风行广州，亦略附一则于此，以尽饮食"饮"之一义。《食话》之续编（广州《民国日报》1926 年 8 月 25 日）说：

"饮绍酒者，不可不另具一副肠胃。初试之必嫌其质酸，其味淡，再试则觉其清，及三试则醇香扑鼻不忍释盏，非如洋酒之拔兰地，土酒之膏粱，及粤中所谓龙山、佛山诸甑所比拟，绍酒自有一种丰格。上述诸式美酒，或如猛将，或如奇士，惟绍酒则若美人，婉媚可爱，亲炙之下，直有魂销骨醉，但觉其腻，不觉其骄，非如猛将奇士，有时狂不可及也。下绍酒不在美馔，浓厚之肉味，转足掩去酒香。故小碟之中，兰花豆极可取，毛豆次之，若肉类蛏子、糟鸭，其味亦渊永。以粤馔下绍酒，颇费斟酌，盖粤馔以汤菜及清鲜之品见长，绍酒则宜于浓厚之馔。此其差别之处。"

广州市政府 1934 年印行的《广州指南》有"外省酒菜馆"一条，开列了七家菜馆："福来居，惠爱东路城隍庙内六号；随园成记酒家，越华路四号；新时代，财政厅前；别有春，吉祥路一二八号；越香村，永汉北路；越香村支店，惠爱东路；稻香村，惠爱东路。"其中随园、越香村及其支店以及稻香村四家，当为姑苏酒家。

以福来居为首的北方馆子

如果说姑苏菜馆曾执"食在广州"之权柄，是由于经济文化以及官员政治之影响，北方馆子在广州具有影响，一方面是因为帝京体制使得以京味为代表的泛北方馆子，在边疆都市广州有着不期然而然的威严，就像上海也曾以京馆骅骝开道一样；另一方面则清初南下旗人军事体制的影响——当日旧城之内，多为旗人居留之地，不少房屋业产都是属于旗人的。

文献可征的最早的北方馆子，当属福来居，如其1946年广告称"城隍庙前忠佑大街四十号，全市最老酒家福来居，享誉百余年，风行遍全国，京沪名馔，四时食谱，星期美点，包办筵席"（《广州工商年鉴》，广州工商年鉴出版社1946版）。浙江籍书画家余绍宋因曾祖父余恩鑅宦粤近三十年，姑母嫁与粤人，母亲也系粤人，家族则有七人埋骨于穗，1935年归来扫墓，《余绍宋日记》（中华书局2012年版）记道：

［1936年3月10日］"在福来居便饭，此饭店有百余年之久，往闻四叔言，昔日祖父大人与外祖父恒宴集于此，今此店一切装饰犹存古风，惜其堂倌最久者仅四十余年，无有能道五十年前事者，肴馔亦不染时习。"

而再退回近十年，已有人认为福来居是仅次于聚丰园的上等外江馆子：文《粤人茶酒之癖》（广州《民国日报》1926年5月10日）说："外江馆子全盛时代，如卫边街之陶然亭，惠爱街之陶陶居，旧仓巷之添福斋，城隍庙之福来居，花塔街之知者来，最近公园前之某某馆，司后街之聚丰园，皆其选也。就中以聚丰园为最美备，福来居次之，其余不过小规模之饭店。"也注意到其历史悠久与规模宏敞，《茶经》之一百零四篇《无点心之茶话》（广州《民国日报》1926年2月3日）说："福来居在城隍庙内，设肆甚久，地方宏敞，但陈旧不堪，房座面积，较普通大逾倍，树阴日影，夏日颇清凉。"并具道其设肆缘由："闻此肆有一历史，缘昔有外省人某，孑身来粤候缺，日久盘川告罄，而缺犹未放出。异乡沦落，贫无所归，身无长物，乃脱靴附质，得资制白菜水饺，在城隍庙之右廊摆卖。人食之而甘，利市倍蓰，遂以为业。然当时仍木桌长凳，如街边摆卖白粥状，往游城隍庙之乡人，尤多光顾。食三二十钱，大可果腹，蘸海鲜酱，浓爽异常，因而其名盛著。殆获厚利，始在左廊辟筑铺址，兼卖酒菜烧烤食品，外省人尤喜顾之。后腰缠累累，始顶受与人，束装归里，不复作宦海之游矣。而此福来居，迄今犹存。"

《食话》之三十七篇（广州《民国日报》1925 年 8 月 5 日）从侧面写出福来居曾是食客首选："未拆城之前，有老新城西关之分。老新城之厨人，又与西关有别。所谓嗜好不同，限于区域也。一品升为老官僚聚合之地，福来居为胥吏辈麇集之区。"《食话》之二十一篇（《民国日报》广州版 1925 年 7 月 9 日）又谈到来福居的水饺："以水饺子著称者，玉醪春为首屈一指，福来居膛乎后矣。廿年前城隍庙之福来居，借赁神庑，设座备客，穷措试子，趋之若鹜，俨有登诸上篚之概。余曾与友人，亦作此间食客，蹲踞板上，曲股呒舌，路人见之不真，几疑神庑中之小鬼，今则忽忽十余年矣。"《食话》之五十五篇（广州《民国日报》1925 年 9 月 16 日）又谈到炸鸡子："福来居之炸子鸡，盖以老牌著称，震其名者，谓福来居厨人，炸鸡必亲上，待携砧匕，向筵前奏技。"《食话》之一百七十六篇（广州《民国日报》1926 年 3 月 22 日）还谈到酥味鲫鱼及其做法："大尾之鲫鱼，可以清蒸，鱼卵极甘，配以冬菇肉丝，味亦鲜美。惟须捣姜汁先拌，以碟盛之，隔水炖熟，则姜汁辟鱼腥矣。或有略加红零丝同蒸，亦能除腥秽。惟鲜鱼之骨极多，故时人恒喜食酥鲫，因其骨软故也。酥鲫之制，以福来居最著，味浓美，无有与匹。闻其制法，即先将巨尾之鲫，入油镬泡焦，随以蒜茸糖醋复炆之，故鲫鱼之骨皆软。后加辣椒丝及生蒜数条垫底，则能事矣。"

事实上，福来居也是我们能够检索得到的广州最早餐馆之一，光绪时任广东按察使的傅肇敏就不止一次去过，《傅肇敏日记》（邱明整理，凤凰出版社 2022 年版）记道：

[1894 年 9 月 3 日]"遇陶朴臣，约城隍庙内福来酒馆小酌，同座者张干臣、张□□。"

[1896 年 10 月 23 日]"九老会改是日，在福来居便酌。"

[1897 年 5 月 17 日]"九老期，陈庆门值月，在福来居约饮。"

民国后，曾任驻意公使的旗人黄浩退居广州老家，也频频上福来居，《意公使黄浩日记》（《民国稿抄本》第一辑第五册，广东人民出版社 2016 年版）记道：

[1916 年 3 月 3 日]"益弟请福来居。"

[1916 年 5 月 23 日]"请客在福来居。"

[1916 年 6 月 2 日]"益弟在福来居请局。"

[1916 年 8 月 5 日]"福来居公钱益弟。"

[1916 年 10 月 28 日]"冯玉甫请福来居。"

[1916 年 11 月 3 日]"益弟在福来居请酒。"

[1916 年 11 月 7 日]"益弟请福来居。"

[1917 年 6 月 8 日]"请佘爱树在福来居小酌。"

据《顾颉刚日记》第二卷记载，1927 年，顾颉刚应聘中山大学历史学系主任兼图书馆馆长，4 月 17 日抵广州，寄居客栈，不遑休整，即访容肇祖（元胎），中午即"与元胎夫妇及其妹到城隍庙福来居饭"。1928 年 8 月 6 日再去，则与北京归来的史学家陈垣（援庵）同席，"太玄来，同到福来居……今日同席：援庵先生、太玄、定友、予（以上客），德芸（主）。"还有一次是1928年9月4日，"在北门外饮茶，回至城隍庙福来居吃饭"。

广州的北方馆子的产生和发展，在前清时代与对外贸易与朝廷政制有关；入民国后，与北方的革命同志南下广州共谋北伐大业有关；北伐之后，陈济棠联络各地同志通电讨蒋，也一度带旺广州的外江馆子包括北方馆子。《革命同志翻然莅止，旅店酒馆畅旺一时，近数年来无此景况》（广州《民国日报》1931年7月8日）"自两粤通电讨蒋，各省革命同志，联翩来省，或则代表某方，或则静候工作，于是广州一隅，顿呈热闹景象……外省客人，颇不喜在（旅）店中开饭，多系三五成群，赴各大饭店或外江饭店，如半斋、越香村、聚丰园、福来居等开餐，陈皆忙于应酬，而有所接洽也。如此一来，各酒家生意，亦如旅馆一般，勃然兴隆，莫不利市三倍，较之昔日门前冷落之情形，不可同日而语也。"

《食话》之七十八篇（广州《民国日报》1925年10月29日）还提到一家添福斋，观其菜式出品，应该也是北方馆子："添福斋外江酒肆也，设在城内（忘记在大北或小北），地方尚整洁，亦有房座。二十年前，每当重九扫墓，归途必随父执之后，就添福斋午餐。犹记余父对人言，添福斋之炸水饺，较别家为胜，福来居且不及之。盖添福斋之水饺，白菜琢肉，拌以鲜虾，调味甚匀，而所制甜酸之酱，蘸水饺而食，别有一种风趣。余亦盛赞之，此为余评骘市肆食品之嚆矢，父执辈目余而笑，意谓小子何知味也。添福斋尤有窝炸羊肉炖鸭腿面甚佳，其时余不敢饮酒，陪侍座侧，第嚼一二片窝炸羊肉，已觉鲜美绝伦，若鸭腿面则更甘之如饴耳。据父执言，添福之白汤面、炸酱面均有名，自叹腹俭，不能一试。"

其实在三十多年前，添福斋就是名店了，傅肇敏就几度前往，《傅肇敏日记》记道：

［1892 年 4 月 13 日］"与仲辅道喜，就便约仲辅、幼溪、东元并夏师爷到添福斋吃羊肉。"

［1892 年 4 月 23 日］"发给各员奖赏、试卷。访陈澄甫，未见。访仲辅长谈。伊约同幼溪、东元联玉斋扶□，到添福斋吃羊肉。"

陈培《北方风味在广州》还提到不少其他北方馆子："较为有名的北方菜馆还有：京津风味的天津馆（广大路，后迁西濠二马路）、一条龙（吉祥路）、会宾楼（太平沙，后迁中山五路）、京津食堂（黄沙）……河南风味的北味香（长堤二马路）、奇香园（人民南路）、新生园（海珠南路）……山东风味的五味斋（广大路）"。惜无材料加以补充。而按文《粤人茶酒之癖》（广州《民国日报》1926 年 5 月 10 日）说，北方或外江馆子还有不少，连现在百年老字号的粤菜馆陶陶居，还被认为是外江馆子呢，"外江馆子全盛时代，如卫边街之陶然亭，惠爱街之陶陶居，旧仓巷之添福斋，城隍庙之福来居，花塔街之知者来，最近公园前之某某馆，司后街之聚丰园，皆其选也。就中以聚丰园为最美备，福来居次之，其余不过小规模之饭店。迩者吉祥路亦有一两家出现"。

《食话》续编（广州《民国日报》1926 年 8 月 28 日）说，当时外江小馆子颇多，曾具体提到两家："年前粤中之外江小食馆颇多，如知者来、嘉乐园等，皆有小菜及外江面点。"只不知是属于北方馆子还是南方馆子。1947 年版《中华民国红十字会广州分会特刊》刊登平津南北大饭店的广告："包办筵席，随意小酌，招呼妥当，价廉物美，地方舒适，诸君光顾，无任欢迎。特制驰名烧饼，北平拉面，天津包子。地址：广九车站对面，即广九马路一号至二号。"再如 1948 年版《广州大观》刊登上海京都饭店广告："京沪口味，包饺面食，镇江肴肉，扬州干丝。六二三路十二号（沙面东桥前）。"但到底是下江菜馆呢，还是北方菜馆，难以明辨。

民国广州的川菜馆及其他

按照广东人的习惯，出了韶关就算北方，但我们还是按传统意义来，在介绍完正宗的北方菜馆之后，再介绍一下非正宗的"北方"菜馆——川湘菜馆。陈培《北方风味在广州》说："中华北路的半斋、福来居，经营湘菜"。"较为有名的北方菜馆还有……四川风味的川味馆（长堤二马路），湘味的湖南馆（十八甫南）。"回忆颇多错误。半斋是川菜馆，福来居是北方馆。老行尊的回忆尚多错讹，认真梳理考证史实就更必要了。

在广州川菜馆出现之前，人们早就能吃到川菜了。1923 年春，谭延闿从上海前往广州投奔孙中山，《谭延闿日记》就多次提及川菜：

［1923 年 6 月 1 日］"午饭，今日新易厨役（云曾在古渝轩者），菜不漂亮而味尚相近，为之加餐。"

［1923 年 6 月 2 日］"食烫面饺，甚佳，令人思赵厨子。又有四川菜多种，则乡气胜于午间之四川厨耳。"

［1924 年 5 月 23 日］"晚，同沧白吃晚饭，有辣子鱼尚佳，令人忆陶乐春也。"

古渝轩和陶乐春都是上海著名川菜馆。

当时报章，也屡屡言及川菜，《食话》之十一篇（广州《民国日报》1925 年 6 月 25 日）说："试举余家庭宴客之菜式如下（暂以暑天为例）。"其中"大菜"，有"（一）扒齿萝卜炖鸭，（二）川菜笋尖羊肉片，（三）咖喱鸭，（四）韭黄会鲍丝"。《食话》之三十一篇（广州《民国日报》1925 年 7 月 30 日）又说："四川有炸（榨）菜，极宜泡汤，粤惟外江食品馆用之。炸菜虽略有花椒八角配制，惟辛辣味甚微，若以之泡汤，鲜美尤胜肉类。但泡汤时不宜过久，久则炸菜便失清味。煮粥时若加炸菜少许，其风味佳于肉蓉，及舶来之味之素也。且为值非昂，每斤不过小洋四五角，但贮藏不易，南方为卑湿之地，尤不宜多购，物久贮则易霉坏。选择川菜，当以菜远反有青绿之芽为佳，切勿贪大块之菜头，盖菜远极脆，菜头则少逊矣。"

早在 1936 年 9 月 27 日，黄际遇教授就已写到川菜馆了，《黄际遇日记类编：国立中山大学时期》记道："傍午出饮蜀馆锦江春，秋老复柬达夫来共觖匀，适彦华亦入此小肆……锦江春悬梁曰：'锦里酒初香，应将郫竹千筒分来岭外；江南春正好，可许梅花一曲唱到尊前。'署名但懋辛（蜀人）。"

到民国末年，川菜馆更多了，1948 年版《广州大观》说："广州的宴会场所，除了一部分西式餐馆之外，中式的自然以广府菜馆为多，可是，别的如客家菜馆、四川菜馆、江浙菜馆、回菜馆、素菜馆等等，也都不少。"在后面列出的菜馆中，中华北路七号的半斋川菜馆，可以确认；还有一家西堤二马路十号的四川菜馆，当然也是。特别是半斋川菜馆的广告："请到开设数十年老字号口味好价公道之半斋川菜馆，社团宴会，随意小酌，地方通爽，招呼周到。"充分显示以此馆为代表的川菜在广州的源远流长。而东坡酒舫广告推举其招牌菜曰"瓦罉煸海鲜、四川煎焗虾蟹、东坡凤髓鸭"，则不管其是否川菜馆，均显示川菜已深得广州市民之心了。

1947 年版《中华民国红十字会广州分会特刊》除了刊登有中华北路七号半斋川菜馆的广告外，还刊登了四川大饭店的广告："名厨料理，正式川菜，酒席便酌，尽情接待，早午夜市，全日供应。地址：西堤二马路十号。"

川菜馆在民国后期的广州突然走红，既与抗战胜利后大量广东人从云贵川大后方回撤有关，也与国民党节节败退而渐至广东有关。所以《国华报》1948 年 12 月 15 日有一则《食在广州，外江菜馆时运红》的报道说："'食在广州'，可是外江佬却不喜爱广州的味道，所以近来四川饭店、天津馆、稻香村等几家'外江馆'，生意突旺，大走红运。"

在广州，与川菜馆相近的湘菜馆，在游览指南录之类有登载，但没有别的佐证性记录。不过应该主要属于湘菜馆的三楚馆，倒多见记载，《食话》之四十三篇（广州《民国日报》1925 年 8 月 13 日）："云吞本为外江人所陈，故有外江扁食之称。其初乃三楚馆创之，厥后小食馆纷纷仿制。廿年前十八甫之江幌记，上西关之江超记等均著名，每家分设云吞担十余担，喊卖于市井之间，一肩炉灶柴水碗箸，各器均备。盖云吞以仅熟为美，必须乘热而食也。"如此，则至迟在民前清末，三楚馆已经流行于广州了。《食话》续篇（广州《民国日报》1926

年 5 月 13 日）又说："酥炒扁食，亦为三楚馆及炒卖馆所特制。率多以熟剥之虾，及又烧肉片，调甜酸之茨，将已炸之云吞会炒，并以辣椒红姜为配，味浓郁而肥甘。云吞肉馅不多，外皮甚阔，俨如薄脆。间有兼以鹅鸭之肉，一炉共黄冶，有如李鸿章之杂碎式。嗜者多为酒徒，每喜其肴多而味甘也。"

中山大学黄国声教授则把三楚馆的设立上推到同治年间，并直接归之于湖湘，他在《云吞面是扬州版》（《羊城谈旧录》，广东人民出版社 2015 年版）中说："到了同治年间，外省人士带来了扬州面。安徽人方濬颐在广州做官，与同僚浙江人朱启仁来往密切，他曾在朱家吃到过扬州风味的面……也就在此前后，有张姓的湖南人在双门底（今北京路）开了家三楚面馆，这是第一家专营面食的食肆，也开启了云吞面在广州开枝散叶的历程。"

陈培《北方风味在广州》认为，广州的北方菜起源于广州的官厨，即北方来的官员所携带的私厨。这些私厨有的并未随官迁转，落地生根，开馆揾食，不仅使北菜或外江菜在广州开枝散叶，也对"食在广州"的形成及发展产生重要影响。所以"食在广州"形成过程中的官厨影响，时人也有论及，且同样非常看重，只是今人不知不重而已。

新食客《闲话粤菜:官厨风味硕果仅存,又一楼中明星熠熠》（《快活林》1946 年第 16 期）说：

"食在广州，往昔已驰名。粤厨人材，英雄济济，有官厨，有私厨，有酒家之厨，斗角钩心，各出奇以竞胜。所谓粤厨者，其实咸有兼治天下味之才，无论淮扬苏锡之菜馔，川闽燕鲁之肴馔，满汉欧美之食品，调盐和豉，各有精研，故能独擅胜场，驰名于海内外。而羊城以发祥关系，食家尤多，知味论风，自然上有好而下必有甚焉者，相互发明，蔚为巨擘。故督府张鸣岐家之宴客，豪贵珍奇一时称盛，名厨子出身其中，且有厨官之名，因若辈见多识广，百味遍尝，堪称一时之全材也。"

这里既强调官厨的影响，也强调了粤菜兼容并蓄、博采众长的特点，并举出著名官厨冯唐之例：

"冯幼年即入督府厨房行走，历有年时，后来仅以及冠之年，居然上席会菜。改世后，又入广州贵联升酒家，所为各菜，多督府秘笈，遂驰誉一时。后各酒家乃竞相罗致，旋为沪上粤南酒家所聘。绅商大贾，入席试其热炒，顿觉有异，不久即名满歇浦，近年国际饭店孔雀厅厨事即由其主持。东亚又一楼为食客下海所创办者，如章蕋农吴权盛等，咸惯试其风味，即厚聘之。食客宾至如归，每月大宴会，冯必洗手入厨，亲自出马。"

这官厨的影响，最可见出外江菜对"食在广州"的贡献，毕竟官厨官厨，官既外来者，厨多外江人。

板鸭·盐水鸭·桂花鸭

余　斌

　　有个熟人跟我谈到南京的吃食，大赞鸭血粉丝汤之余，对自家的一个盲区表示惭愧：到现在也不知，南京板鸭、盐水鸭、桂花鸭是一回事还是几回事。我对他的求甚解表示欣赏，同时安慰道，第一，别说你这样的过客，不少南京人也拎不清，只好含糊其辞；第二，不耽误吃就行了，管那么多干吗？

　　话虽如此，为南京的鸭子"正名"还是大有必要。我提纲挈领给出了这么几条：板鸭属腌腊，风干过的，盐水鸭现做现吃；板鸭须蒸煮，盐水鸭是熟食；桂花鸭即盐水鸭，可以算它的别称。——就这么简单。

一

　　南京板鸭名声在外，往前推二十年，说起南京土特产，不是首选，也绝对位于前列。南京人反而灯下黑：板鸭当然知道，但其实很少会吃，通常吃的是盐水鸭。好多土特产，是因外地人而存在的，本地人反而莫名其妙，板鸭即是显例。

很长一段时间里，南京作为"鸭都"的名声，都是板鸭挣下的。明清时南京有民谣："古书院（南京国子监），琉璃塔（大报恩寺），玄色缎子（云锦），咸板鸭。"还有种夸张的说法，称南京板鸭、镇江香醋、苏州刺绣并称"江苏三宝"，此外又有"北烤鸭南板鸭"之说——说的都是板鸭。民谣的背景是南京，"三宝"扩大到江苏，最后一条"景深"更大，北方也拉进来。在我看来，都属于民间的"外宣"性质，对象乃是外地人，尤其是后两条。直到新世纪之后，"板鸭"的盛誉，才被"盐水鸭"夺得。其中的"权势转移"，外人哪里闹得清？二名并用，混为一谈，认板鸭为盐水鸭，或相反，将盐水鸭呼为板鸭，皆在所难免。

先有板鸭还是先有盐水鸭，是一个问题。有个说法是，盐水鸭是板鸭的衍生物，我觉得可疑：源起上说，腌渍、风干，都是食物难以久存想出的招，哪有舍了新鲜先来"做旧"的道理？后来的人讲论南京鸭子"前世今生"，会一直追溯到东吴，说那时已经"筑地养鸭"，养鸭是拿来吃的，怎么吃？没说。按照"六朝风味，白门佳品"的追认，板鸭那时候已见雏形。其由来还伴以传奇性的故事：近人夏仁虎引《齐春秋》，言之凿凿："板鸭始于六朝，当时两军对垒，战激烈，无暇顾及饭食，便炊米煮鸭，用荷叶裹之，以为军粮，称荷叶裹鸭。"

《齐春秋》是梁武帝时代吴均做的史，因犯忌被皇上烧了，夏仁虎从哪抄来的？此其一。其二，从"炊米煮鸭"、"荷叶裹鸭"似乎很推断出那是板鸭。对阵的不是远征军，无暇顾及的饭食也并不是用干粮代替。"炊米"如就是煮饭，那米饭不能久放，无须板鸭来搭档，"煮鸭"单凭一"煮"字，听上去倒更像是盐水鸭。

但穷源追本非我所能也非我所欲，我感兴趣的是够得着的过去，板鸭和盐水鸭在日常生活里扮演的角色。

先看板鸭。板鸭墙内开花墙外香，和它在外地的可及性正相关，饶是盐水鸭怎样可口，在前高铁时代，须得现做现吃这一条，就让它的号召力出不了南京。板鸭在此尽显优势。是故早早就有了"馈赠佳品"的定位。清朝时候，是要孝敬到宫里去的，故称"贡鸭"，官员互相送礼，又称"官礼板鸭"。

板鸭的"板"是平板的板，也是板实的板。既指板鸭腌制风干时压制呈板状，也是喻其制作之后肉质的紧实——凡以"板"形容者，多少都与紧实、劲道有关，如徽州腌肉称"刀板香"，河南、安徽一些地方的"板面"。"板鸭"之号，也不是尽属南京，湖南有酱板鸭，福建有建瓯板鸭，安徽有无为板鸭，江西则有南安板鸭，做法各各不同，"板"到何种程度不一，其为腌腊，趋于板状，则是一样的。南京板鸭名声独大，除了因是大码头的特产之外，多半还因顶着"贡鸭"之名。

这名头食之无味，弃之可惜。一物如主要的用途尽归于请客送礼，多半就是这个命。南京板鸭几乎是馈赠专用，请客时都少见——请吃饭是客来南京，这时候盐水鸭可以登场了，何劳板鸭？忝为南京人，我只有数得过来的几次吃板鸭的经历。印象无一例外，止得一个"咸"字。经"干、板、酥、烂、香"的赞语的提示，"干"和"板"可以补上，"酥"、"烂"、"香"实在说不上。还有称其"肉质细嫩紧密"的，则更是不知从何说起。在腌腊制品那儿找"细嫩"，是不是找错了地方？

"咸板鸭"吃起来咸味重，是意料中的（一如咸肉必咸），但很少有人对它能咸到什么程度有充分的估计。食不得法，会感到板鸭简直没法吃。正确的"打开方式"，应该是在清水里久泡，去其咸意，而后再蒸或煮。外地人不知就里，往往是洗一洗就上锅下锅，结果是咸到难以入口。即使泡过且你以为泡得时间够长了，亦难改其咸。吃一次如此，以为是制鸭师傅下手重了，回回如此，就要怀疑是通例，做板鸭似乎以能久藏为终极目标，宁咸勿淡遂成为制做时的"政治正确"。

送礼是"聊表寸心"，送出手则目的已然达成，没有几个人会连带着把注意事项一起奉赠。我猜后来的板鸭已然不是早先的"裸"赠，包装上必有食法的提示，问题是有几人会去遵照执行，且我们的说明大多是含糊其词的，明白的自然明白，不懂的还是不懂。结果馈赠的"贡鸭"，其命运很可能是束之高阁地供着，等最后不得不处理了，不明不白弄了吃一下，伴随着对板鸭美名极度的困惑。

还有一条，所谓食得其法，应包括上桌前的分解，鸭子应该是"斩"了吃的，就是得连骨剁成块，湖南酱板鸭或是后起的啤酒烤鸭可手撕，南京人的吃鸭一定要"斩"，否则吃起来感觉大大地不对。斩鸭子非鸭子店专业人士不办，你想，收下板鸭大礼的，谁家里有人会这一手？最后必是对付着吃。

曾不止一次面对外地人挑衅性地发问：你们的板鸭有什么好吃的？！我的反应，从里到外都是不抵抗主义的，因在我这个本地人看来，板鸭同样一无是处。所以就出现了很吊诡的局面：令南京鸭子名满天下的，是板鸭；坏了南京鸭子名头的，也是板鸭。我觉得板鸭给南京美食带来的负面效应，与西湖醋鱼在造就杭州"美食荒漠"恶名上起的作用，有得一拼。

据说几成杭州美食符号的"西湖醋鱼",本地人其实不屑一顾,南京人里,好咸板鸭这一口的老人,还是有的,但我敢打包票,百分之九十以上的南京人,他们说喜欢吃鸭子,指的不是盐水鸭,就是烤鸭——"斩鸭子",两者必居其一,没有板鸭的份。

南京鸭子晚近的历史,若要不避戏剧化,单道一个侧面,可以描述为板鸭的消亡史。小时逛南北货商店,腌腊制品柜台,火腿之外,最抢眼的就要数板鸭。曾几何时,南北货店没了,卤菜店则少见板鸭现身,高铁时代,土特产名存实亡,板鸭乏人问津,当真成了一个概念了。它的"有名无实"的现状,从网上也可看出:若想网购,输入"板鸭"二字,跳将出来的多是湖南酱板鸭、安徽无为板鸭、江西腊板鸭……"南京板鸭"也有的,基本上是盐水鸭在"冒名顶替",那是将错就错,利用外人只晓板鸭不知盐水鸭的暗度陈仓。鸭子店有仍然高举板鸭大旗的,比如大名鼎鼎的"章云板鸭"就是,问题是,不论本地人外地人,大排长队者,多半都是冲他家的烤鸭而去的。

二

将板鸭置换为盐水鸭,是不是就可以挽回外地人心目中南京鸭子的声誉,不知道。这里特别提到外地人,实因南京烤鸭的口味,与盐水鸭相比,据我想来,要更容易接受。对于南京人来说,未必爱上盐水鸭,才算是对鸭子"真爱",然而烤鸭是别地也有的(虽然有差异),盐水鸭则是独一份,所以盐水鸭才是够不够"南京"的试金石。

以南京人吃鸭的实况论，已是烤鸭、盐水鸭平分天下的局面，烤鸭的拥趸多于盐水鸭也说不定，但"对外窗口"，盐水鸭仍是首选。比较像样的餐馆，整桌的席面，十有八九，还是它作为南京鸭界的代表，出面应酬。有个熟人是盐水鸭的铁杆，坚称盐水鸭"上得厅堂，下得厨房"，雍容大方，是大婆之相，反观烤鸭，只合在家里吃吃。此说我不能接受：且不说扯到大老婆小老婆的拟于不伦，就事论事，烤鸭哪里就显得小家子气了呢？首选盐水鸭，除了未有间断（烤鸭一度销声匿迹，且名声也为北京烤鸭所掩）之外，还是因它的区分度吧？——烤鸭不少地方有，盐水鸭则南京独一份。

"盐水鸭"的命名很直白，和"烤鸭"一样，提示的是做法；也一样的大而化之，却更容易产生误导，让人以为就是拿盐水一煮了之。的确有人在家里自己炮制简版，就是花椒、葱姜塞肚子里，加料酒等一顿狂煮，大道至简，"亦复不恶"。当然这是业余的，专业版即店家所制，要讲究得多。正宗的南京盐水鸭，做起来是有口诀的，所谓"熟盐搓、老卤复、吹得干、煮得足"。

何为"熟盐搓"，何为"老卤复"，凡说到盐水鸭，必会有一番详解。强调的就一点：程序很复杂，断不是"盐水"那么简单。哪一种卤味都会渲染自家独有的配方如何复杂玄妙，手续的繁复，香料的众多，盐水鸭这上面未能免俗。"熟盐搓"所以去腥，"老卤复"所以入味，其实不管卤什么，店家都是标榜老卤的，没什么特别。若要比什么药材、香料的话，更是乏"善"足陈——盐水鸭做的绝对是减法，盐、花椒、八角而外，啥也不用，而且所用几种香料，也用得很节制，分寸感极强，以致让人产生错觉，仿佛只有简单一味的咸。

看来看去，盐水鸭与众不同处，还在低温卤制。小火慢卤，温度控制在90度以下，就是说，并不在小沸的状态，竟像是保温，让我想起使用煨炖锅。"煮得足"的替代说法是"焐得透"——与其说是煮熟的，不如说是焐熟的。

我更感兴趣不是技术流的角度，而是一番复杂操作之后呈现的简单味。陈作霖《金陵土产风物志》称"淡而旨，肥而不腻"，张通之《白门食谱》说"清而旨，久食不厌"。我觉得"淡而旨"、"清而旨"言简意赅，最得要领。陈在前，张在后，应该是张抄了陈，但"口之于味，有同嗜焉"，也许是不约而同，一样的感觉。

"清"、"淡"既可以是味觉、口感上的"肥而不腻"，也可以是视觉上的皮白肉粉红，清爽悦目。两相交融，复合，生出清淡之意。"旨"是味道美妙的意思，合在一起用大白话说，就是好吃不腻。我甚至怀疑盐水鸭予人的清淡感首先来自视觉。比起红烧，清蒸显得清淡，盐水鸭是白卤，就清淡这一点看来，可比为卤味中的清蒸。

白卤不用酱或酱油，只用最本色最基本的咸，就是盐（酱或酱油则是合成的咸，复合的咸）。盐在所有的调味品中是最朴素、最"透明"的一种咸，不显山露水，最能将食物的本味和盘托出，"原音重现"。诸味当中，咸通常最易被忽略，盐因此不大有存在感，却最是润物无形，所谓"如盐入水，有味无痕"。江南人最习惯的味型曰"咸鲜"，盐于鲜，实有点化之功。我曾有过好几次，鲜鱼鲜肉煨汤，久炖之下，满屋飘香，尝一口却聊无"鲜"意，原来是忘了搁盐，待加了盐，立马咸鲜尽出。盐水鸭中盐的重要已是写在额头上了，妙就妙在咸诱出食物本身的鲜而一点不抢戏。

　　鸭子的鲜美，端在鸭肉特有的一种清香。按照中医的说法，鸡是热性的，鸭是凉性的，那一套阴阳分类的说法很让人头昏，我也不大信，但或许多少受到一点心理暗示，总觉鸭子有一种凉意，就出自那份清香之中，而没有哪一种做法，比盐水鸭更能还原出这份清香。"清水出芙蓉，天然去雕饰"，大有讲究，看上去又似浑不费力的文章，江南美食的讲究咸鲜本味，要的就是这境界吧？南京不南不北、亦南亦北的地理特征，投射在吃上面，是南京人的口味忽南忽北，在苏锡常一带的人看来，当然是偏北，但一款盐水鸭，却出落得比苏杭还苏杭，比江南还江南。

　　盐水鸭不仅俘虏南京人，外地人中的接受度也很高，然真正"久食不厌"的，当然还是南京人。对"盐水"的情有独钟甚至超乎鸭子，别有寄托，也就在情理之中。鸽子的吃法，几乎是广式的一统天下，"脆皮乳鸽"已然走向全国了，惟独"南京大牌档"挑头创出了"盐水乳鸽"。"大牌档"还有一道"清汤老卤鹅翅"亦大受欢迎。这两道菜的研发，店家很有理由得意，我不知配料、做法，口味上总可以归为"盐水"一脉，想来不是凭空而来——盐水鸭的提示，不言而喻。本地的餐饮品牌"小厨娘"也做盐水乳鸽，据说颇受欢迎。我不知外地人接受度如何，在南京肯定是有市场的。无他，吃盐水鸭的老底子绝对可以是直通车。

　　这就见出盐水鸭在南京的底蕴了。当然，这些都是"盐水"的变奏，就"基本面"而言，最可观者不在大餐馆，而在街头巷尾星罗棋布的鸭子店/卤菜店。"韩复兴"、"桂花鸭"这些品牌店，号召力不言而喻，但事实上居家不出一公里，必有那一带的人谁谁的某家小店，以菜场周边可能性最大，好比地方名牌。我新近相中的一家，叫作"白门食居"——看店名再想不到家鸭子店。

三

了然了盐水鸭，解释桂花鸭是怎么回事几乎全无必要：桂花鸭即盐水鸭，不过是盐水鸭的美称而已。较真地说，原本是指八月桂花开时制作的盐水鸭，此时的鸭子最是肥美，做出来色味俱佳。《白门食谱》说，"金陵八月时期，盐水鸭最著名，人人以为肉内有桂花香也。"先是随口这么叫，其后白纸黑字，遂成定谳。南京的桂花鸭集团，以"桂花"为商标，出处也在这里。顶着"桂花鸭"招牌的连锁店四处开花，当然不是金秋时节才营业，桂花鸭与盐水鸭也早就一而二，二而一，不分彼此完全重合了。好比南京又称金陵，如此而已。

就是说，桂花是一个时令的概念，桂花鸭可视为南京人的"不时不食，顺时而食"不限于野菜，食鸭也有讲究的。偏偏有人要强作解人，我在网上还看到过一种踵事增华的解释，说命名之来，是因制鸭时放入了桂花。不好说一定没有好事者做过这样的实验，只是既或有之，想来也是"于事无补"。此说未曾"谬种流传"，我回过头去找，已然找不见，显然这里的"想当然"太过生造，无人采信。

甚至《白门食谱》"人人以为肉内有桂花香"一说，我也以为不能当真。张通之自己联想丰富也就罢了，偏要为全体食客代言，号称"人人"。凡说盐水鸭者，十有八九都会引证张说，既然对盐水鸭未免有情，对张通之的美言成人之美，顺理成章，较真就煞风景了。但是还要说，你借我十个鼻子我也闻不出桂花味来，吃也吃不出来。

"肉内有桂花香"的认定，从何而来呢？只通是联想。只说吃本身，那是饮食，浮想联翩起来，才是饮食文化。张通之的联想是味觉上的，我的联想偏视觉，——"看桂花鸭"三字，就恍惚是古服的人坐在桂花树下饮酒吃盐水鸭。那么，桂花香当是从树上飘来。

吃盐水鸭，有个桂花的背景板，也不错。

金陵小吃

薛国安

有朋友自东北来，说想吃吃南京的小吃。这让我很为难。——虽然夫子庙有好几家标榜为金陵小吃或秦淮小吃的店家，但都是徒有其名；现在要吃到地道的金陵小吃，不知道到哪里去找了。

曾经，应该还是二十世纪八十年代吧，好多外地来南京的亲戚朋友都很喜欢南京小吃的。其中记忆深刻的，是鸭血汤、鸭油酥烧饼和鸡汁回卤干。初冬，中山路上的法国梧桐树叶已经飘零，如果在大华电影院看了电影，或者在煦园喝了茶出来，寒风中坐到街边巷口的摊点上，吃一碗鸭血汤，周身就热了，舒畅了。这与在苏州，冬夜里喝藏书乡羊汤的感觉好有一比。

那时的鸭血汤很清，汤里没有粉丝，只有切得薄薄的十来片鸭血，短短几根鸭肠；鸭血很新鲜很嫩，鸭肠很脆很有筋道；偶尔汤里会有几片鸭肝，再加点细碎的榨菜末子。汤从锅里舀起来，撒上一撮蒜叶，闻着就香；一入口，烫热味美。

鸭血汤摊点边上，总有买烧饼的摊子。烧饼是南京特有的鸭油酥烧饼。烧饼不大，还没手掌大，薄薄的，面上撒着白芝麻，咬一口，酥软香脆。往往是一碗鸭血汤，两只鸭油酥烧饼，就享受到了南京特有的风味小吃。

现在夫子庙那些买小吃的店里上小吃时，总是一次上两道小吃，名为干湿搭配，比如上豆腐脑时，可能就会同时上五香蛋（茶叶蛋）。我每次陪客人在那里吃的时候，都会想起从前吃一碗鸭血汤、再加两块酥烧饼的情景。

再说鸡汁回卤干。那时在新街口，或者就是在夫子庙吧，当街摆一个炉子，炉上是一口大锅，回卤干、黄豆芽就放在锅里，满满地做一锅煮。回卤干是用薄片豆腐油炸而成，其实就是"油豆腐"，只不过切成三角，更薄。黄豆芽，又名如意菜。所以这道小吃又叫如意回卤干。鸡汁呢？放心，锅里总是会有一两只鸡同时在煮。——让人看得清楚，吃得明白，也能从中看出南京人的诚意和实在。

这鸡汁回卤干可谓色香味俱全。一碗回卤干端起来，看上去色泽金黄，淡黄的汤里飘着一层金黄的油；闻起来，既有鸡汁汤的香，也有卤干和豆芽的香。小心翼翼地咬一口干子，干子里面饱饱的全是鸡汁汤，鲜美无比。虽是小吃，却也是荤素搭配的营养美食。

我这里说的鸭血汤、鸭油酥烧饼和鸡汁回卤干，现在在夫子庙那些堂皇的店堂里是绝对吃不到的了。

南京的夫子庙，就像苏州的玄妙观，上海的城隍庙，地处城市中心，既有人文历史，又是商家林立，自是游人必到之处。那里也曾经是小吃摊贩云集的地方。

大概是二十世纪八十年代末，南京开始夫子庙地区综合整治，其中内容之一，就是取缔各种沿街的摊贩，比如，盖了一个叫青年城的商铺，把原先沿街叫卖各种服饰、物件的摊主集中到里面经营；又开设了花市一条街，专门供喜爱花鸟虫鱼的人们在那里买卖交换。可是，各种小吃摊点因为上下水和卫生方面的原因，就难以集中了。

于是，有关方面就想出了一个点子，在大成殿东面盖了个饭店，起名叫"晚晴楼"，专门做小吃生意。这在全国恐怕也是首创。大概是怕人家不认可，要造造势，那"有关方面"又弄了个风味小吃研究会，命名八套风味小吃为"秦淮八绝"。兹照单全录：

"一绝"为魁光阁的五香茶叶蛋、五香豆、雨花茶；"二绝"为永和园的开洋干丝、蟹壳黄烧饼；"三绝"为奇芳阁的麻油干丝、鸭油酥烧饼；"四绝"为六凤居的豆腐涝、葱油饼；"五绝"为奇芳阁的什锦菜包、鸡丝面；"六绝"为蒋有记的牛肉汤、牛肉锅贴；"七绝"为瞻园面馆的薄皮包饺、红汤爆鱼面；"八绝"为莲湖甜食店的桂花夹心小元宵、五色糕团。

为什么是"八绝"，而不是"五绝"、"六绝"或者"十绝"，大概是应了"秦淮八艳"的名头吧。

这所谓的"八绝"，我私心始终是不敢苟同的。

地方小吃，当是适合当地人口味，取材、用料和制作又是本地特有的，才能形成一个地方特有的风味。如魁光阁、奇芳阁，原就是茶楼，他们所出的五香茶叶蛋、五香豆、豆腐脑等，本身也是茶点，是供南来北往的客人取用的，并不是南京所特有。五香豆绝对不如上海城隍庙，鸡丝面也绝对不如苏州朱鸿兴。倒是蒋有记的牛肉汤、牛肉锅贴倒是很独特，因为南京有回民近十万人，很多居住在城南，以蒋有记为代表的清真美食是很多人喜爱的。至今人们还在怀念七家湾的牛肉锅贴。

但是，晚晴楼就是凭借着这研究会"研究"出来的"秦淮八绝"，红红火火地开张了。店堂是中式布置，大堂里还专门弄了个小小的舞台，客人一边吃着小吃，一边可以看艺人的演出，大抵是民乐的演奏、民歌的演唱之类。——居然就很火，俨然成了南京地面上的一个特色，招引了很多人去吃，其中当然是外地来的居多。结果火爆到要预约或者等翻台的程度。

这一来二去，晚晴楼就又在夫子庙开了二部、三部。而其他附近的宾馆饭店，像秦淮人家、贵宾楼、状元楼、金陵春等，也纷纷效仿，除了维扬大菜、生猛海鲜之外，无一不设小吃。据说那年连战到夫子庙，就是在状元楼吃的小吃。而小吃的品种也增加了不少，如酒酿元宵、桂花糖藕、肉丁小粽、小笼汤包，等等，但都不是有南京地方特色的风味小吃了。

小吃进了宾馆饭店，就像寻常百姓家的阿二、阿三进了王府做起了填房甚至是正室，身份和层次当然是上去了，但拿腔拿调，涂脂抹粉，失去了原先的可爱。这时的小吃，已不是原先的小吃了。

前几年，经研究会"研究"，对这"秦淮八绝"又进行了调整，并制定了《"秦淮八绝"小吃地方标准》，据说是首个由国家质量监督检验检疫总局审批通过的小吃地方标准。《"秦淮八绝"小吃地方标准》规定，"秦淮八绝"的八套小吃品种为：一绝是茶叶蛋、五香豆、雨花茶；二绝是鸭油酥烧饼、麻油烫干丝；三绝是什锦蔬菜包、回卤干；四绝是小茶馓、豆腐脑；五绝是汽锅乌鸡、油炸臭干；六绝是小烧卖、鸭血汤；七绝是牛肉煎锅贴、牛肉粉丝汤；八绝是雨花石汤圆、梅花蒸儿糕。

这其中，到底哪几样真正是南京人记忆中的小吃呢？小吃不是由本地的百姓来品评，倒是由有关专家甚至是有关部门来评定、调整、审批，这是我一直没想通的。

小吃，还是民间的好，民间的正宗。

今年再到台湾，专门又去了台北的士林夜市。从前，士林夜市的小吃摊点就在街巷随意摆放。后来，专门辟地盖起了一间很大的市场，有点像内地的农贸市场，但更大，里面纵横罗列了几百个大大小小的小吃摊、小吃屋，各个摊主、屋主各做各的，俨然就是一个"小吃城"。天南海北的人来，可以吃到天南海北的各式小吃，什么刀削面、猪肝汤、蚵仔煎、高雄肉丸、生煎包、药炖排骨，等等，更有太阳饼、凤梨酥、澎湖鱼干、新埔柿饼、乌鱼子等台湾风情小吃，完全是草根饮食文化的荟萃地，由此它也成了台北城市文化的重要组成部分。

相比较而言，士林夜市的小吃，才是真正意义上的小吃。

东北的朋友来点名要吃南京的小吃，我知道他们是冲着夫子庙小吃的名气去的，所以也就随了他们的愿，介绍他们去了贵宾楼——晚晴楼和秦淮人家前一天就已经挂牌客满了。一来，即使是我带着他们街头巷尾地去找，也早已不知道在哪里能找到口味正宗的南京小吃，如我前面所说的鸭血汤、鸭油酥烧饼和鸡汁回卤干，还有用椒盐蘸了吃的旺鸡蛋。二来呢，反正他们没有吃过真正的南京小吃，也没有比较，所以也就正好省点事。

写这些文字的时候，他们可能已经回到东北，回到他们各自的家了。就此打住吧。

素食八记

胡竹峰

韭菜豇豆扁豆的怀想

砧板上的韭菜，像砍倒的柴禾，堆在那里，远望仿佛绿色的云。见过金色的云，见过黄色的云，见过灰色的云，也见过红色的云，但没见过绿色的云。

前不久去岳西明堂山玩，漫步小道，远望峰峦，我说杂树的叶子仿佛一簇簇蘑菇，小冬说像绿色的云。见我恍惚，她跟着说，你看那些树叶，多像绿色的云，风一吹，更像了。远望得意，细观见形，凝神去看，却不像了。有些事就怕认真，一认真则拘泥。一个专攻瓜果蔬菜的画家，他会画香蕉、菠萝、苹果、葡萄、荔枝、枇杷……也会画笋、茄子、辣椒、豇豆、葫芦、白菜、马铃薯……就是不会画韭菜。他说韭菜难画，搞不好就是团乱草。有次看见以白乐天诗句"浅草才能没马蹄"为题跋的水墨斗方，马蹄旁的浅草，细笔草草，倒有点像嫩韭菜。

喜欢韭菜炒鸡蛋，绿中透黄，俨然金镶玉，镶的还是碧玉。这样的菜，装在描金细瓷盘里，有钟鸣鼎食之家的气象。用蛋清炒韭菜，金黄变成嫩白，富贵宅第换了门庭，成为清白世家。清白难得，世家可贵，清白世家，祖上福泽源远流长。

餐桌上有一盘韭菜炒鸡蛋，就觉得美味。不仅韭菜炒鸡蛋，只要有炒鸡蛋，我都欢喜。譬如西红柿炒鸡蛋、青椒炒鸡蛋、丝瓜炒鸡蛋、毛豆炒鸡蛋……

小时候听祖母说，七夕那天，睡卧韭菜地，夜深人静时，能听到牛郎织女的私语。假想一个多情惆怅而又好奇心颇重的少年，睡在韭菜地里。夜深了，露珠濡湿了他的头发和睫毛。睡意不来，皓月悬空，繁星零落。少年兀自睁大了眼睛。风过韭菜地，发出轻轻的声音，少年以为是牛郎织女在卿卿我我，少年枕着好梦，终于睡着了。

韭菜像头发，割了又长。割过一茬的韭菜根撒些草木灰，不过几天，满眼翠绿。

春天的黄昏，从市集买来一把韭菜，回家做春卷。韭菜，四季皆有，最美者，春韭也。春韭秋菘，名不虚传。春日韭菜极嫩极香。

一朋友开餐馆，说包饺子、包子，无论素荤，放一些韭菜和馅，可以调香。又说韭菜类别近百种。长见识了。

天热，不想吃饭，只有炒豇豆让人有点食欲。豇豆是我喜好的下饭菜。豇豆俗称角豆、姜豆、带豆，也的确像带子、粗鞋带、松紧带。去画廊玩，看见有人把长豇豆画得像截绿色的松紧带，或者就是一条条绿线。长豇豆难画，不怪他手拙。

长在园子里的豇豆好看，伸蔓爬藤。除了蔓生，也有矮生的，豇豆种类颇多。《本草纲目》上说处处三四月种之，一种蔓长丈余，一种蔓短。

豇豆的做法很多，可以凉拌可以干炒。如果掺上茄子，配两个红辣椒，豇豆段、茄子丁、辣椒丝炒在一起，山河逶迤，红男绿女，有一份温婉的家常。

北方人常做凉拌豇豆，将鲜嫩的豇豆放开水里滚两滚，捞出装盘，撒上陈醋、蒜泥。滋味一般，清脆罢了。

北方凉菜品类繁多，南方炒菜花样百出。这是南北差异。北方人饮食简单，南方人口味复杂。北方人倘若复杂起来，南方人又望尘莫及，无奈之下，求新求怪——索性吃蛇，吃蝎子，吃老鼠，吃蟑螂，吃猫头鹰，几乎无所不吃，北方人目瞪口呆。

将豇豆和米饭一起煮，搁点盐，既是菜，又是饭，一举两得。夏天农忙，母亲经常这样。烧豇豆饭，起锅前，放坨猪油，青翠的豇豆像翡翠一样，白米饭油润润发光。

立秋后，豇豆谢季了，这时外皮会长出锈迹。锈迹像老年斑，让年轻的豇豆有了故事，吃在嘴里，也多了回味。

老家有一种叫洋胖子的豇豆，粗且长，肉质肥厚。邻家有女，又胖又高，我们喊她洋胖子豇豆。前不久回家，遇到她，女大十八变，如今瘦得行动似弱柳扶风，成窈窕丝瓜了。以豇豆喻人，无独有偶，老夫子自况瘦得像一条老豇豆悬摇在秋风里，母亲说邻家翁干得像长豇豆。

以前在工厂上班，夏天食堂有豇豆炒肉。厨师知好色慕少艾，总会慢慢舀上一瓢晃悠悠送到漂亮女工碗头。男女饮食，饮食男女，后来果然有一对鸳鸯琴瑟和谐，这是后话。

吃不完的豇豆，过水焯一下，晒成豇豆干。也有人剪开嫩豇豆，晒成干丝。吃时温水发泡，其色泽微绿，犹如初生。大雪封山的夜，用火锅煨豇豆干，切一块新鲜的猪肉，或者腊肉，一碗米饭在手，将那些滚烫豇豆干一筷子又一筷子地夹到饭头上，寒夜不冷。干豆丝扣肉也是餐桌一绝，格调比梅菜扣肉来得高。炒豇豆放两瓣蒜，味道会更香。

扁豆扁，长瓜长，青菜青，黄豆黄。写这篇文章的时候，脑袋里掉出这四个句子。好在还形象，有些趣味。小品文的写作，如果写不了自己的情绪，就写情趣。没有情趣，文章朝有趣路子上写，不失为手段。

写作要真手段，机心难测，走着瞧，看谁手段高明。纸上风波起，手段自然生。真是见笑方家了。都说文章无技巧，我却大谈手段。方家见笑。

既然说起写作，索性荡开一笔。手段要活学，倘若拘泥不化，纵然熟稔了规范，也只是写字匠一个。人活到老，手段用到老，文章有技巧如无技巧，存其意无其形，文字随心所欲，或变化莫测如鬼似魅，或老老实实板上钉钉。

写了多年文章，去年才开始迷恋。也就是说，写了四五年之后才略知文章味。文章是庙堂，也是瓦屋；是端庄典雅的夫人，也是小鸟依人的女子；是夏夜的小吃，也是冬天的大餐。文章之道比不得邯郸路，如行山阴道上应接不暇，却也抬头见喜。每每作文，我总有喜气，喜气里有人的性情志趣。

本想写一篇关于扁豆的文章，文章先锋，直捣黄龙，另起炉灶重来：

老家院子外的瓜蔓地上栽有扁豆，春天时，母亲砍来很多树枝搭架子，扁豆的藤叶攀缘而上，渐渐长满一地。架子太矮，扁豆藤垂延至地，或顺势爬到桃树上缠着桃枝。三四月，扁豆开花，有白色的有紫色的，小巧可爱。花谢之后，长出小小的一片片豆荚。这些豆荚，又嫩又绿，颜色有深有浅，上端是浓绿，往下则变为淡青，有些甚至抹有一层淡紫。

"多少时候，没有到菜圃里去了，我们种的扁豆，应当成熟了罢？"康立在凉台的栏边，眼望那络满了荒青老翠的菜畦，有意无意地说着。谁也不曾想到暑假前随意种的扁豆了，经康一提，我恍然记起。"我们去看看，如果熟了，便采撷些来煮吃，好吗？"康点头，我便到厨房里拿了一只小竹篮，和康走下石阶，一直到园的北头。（苏雪林《扁豆》）

苏雪林是对的。扁豆难熟，制不得法，容易食物中毒。每次烧扁豆总要放水煮透后才装盘上桌。再抄老车的一句话："我不论清炒扁豆还是红烧扁豆，都要放姜，一放放不少，否则我会觉得有腥气，这是我吃扁豆时候的习惯。"（录自《茶饭思·吃扁豆时候的习惯》）

扁豆煮食虽好，也不过得法而已，还是干煸手段高强。有一次在郑州街头吃饭，点了盘干煸扁豆。端上桌来，眼前一亮：扁豆去了两边茎丝，油不多，熟得透，软软的，配上焦脆的花生米，软硬兼施，厨师勺下功夫非同小可。难得还别具匠心配有干辣椒，恰好去净扁豆的腥气，入嘴多了一股淡淡的辣香。我们吃光一盘，又上了一盘，结果连吃三盘，大家还意犹未尽。

扁豆斜切细丝，放姜、葱花、辣椒末，加盐拌匀腌一会，下锅滚几滚就起盘，滋味甚妙。

萝　卜

新糊的窗纸洁净如棉。天有些冷了，呵气成烟成雾，时令大概是初冬吧。一道烧萝卜放在铁皮锅里，锅底陶罐炉子旧旧的。陶罐炉子即便是新的，也让人觉得旧。这个陶罐炉子有道裂纹，被铁丝捆住，格外显旧。火炭通红，铁皮锅冒泡，开始沸腾。一个农民空口吃萝卜，白萝卜煮成微黄的颜色，辣椒粉星星点点。筷子头上的萝卜，汁水淋淋，吃萝卜的人旁若无人。这是二十年多前的乡村一幕。今天想起，突然觉得那农民是八大山人转世。

萝卜品种繁多，我多以颜色分。白萝卜、红萝卜、青萝卜、紫萝卜，此外是胡萝卜与水萝卜。吃过的青萝卜，天津与青岛所产者第一。其萝卜圆筒形，细长，皮翠绿，尾端玉白色。萝卜上部甘甜少辣味，至尾部辣味渐增，适合生食或炖煮。东北红萝卜也好，浑圆一团，皮红色，肉为白色或淡粉色。切片切丝，放盐糖，拌了吃，顺气消食。

平生所食萝卜，我乡所产的水萝卜为上，有甜味，清凌凌的，富水分，空口生吃，极脆嫩，经霜之后，口感甜糯。秋天里放在墙角的戽桶里，可以吃到春节。很多年没有吃过那样好吃的萝卜了。

萝卜一年到头都有，春萝卜、夏萝卜、秋萝卜、冬萝卜，四季萝卜各有其美，皆蔬中妙品，只要不糠心就好。

萝卜入画，颇雅。金农、吴昌硕、齐白石画的红萝卜青萝卜紫萝卜胡萝卜真好看，比真萝卜风雅。白萝卜似乎不入画，难在假以颜色。八大山人的白萝卜例外。

一张纸上一个白萝卜，落笔清淡，情味却浓，肥大饱满喜庆富余。这么清白的画，寄情于味，让人看了隐隐感动。总觉得这一天下雪，八大山人家陶炉子里炖白萝卜的香气从厨房弥漫到画室。

喜欢白萝卜，不怎么喜欢红萝卜青萝卜紫萝卜胡萝卜。

冬天霜打后的白萝卜尤好，荤素皆可，烧得烂，吃在嘴里雍容宽厚，仿佛蔼然儒者的文墨。

丝瓜与白菜以及豌豆糊

"欲把西湖比西子，淡妆浓抹总相宜。"以物喻人，苏东坡并非首开先河。西湖比作西子，有奇味，并不怪异。西湖是山水里的女子，丝瓜则是蔬菜里的女子。几线春雨几线光，丝瓜靠着瓜架蔓延，不知不觉，片绿中忽忽冒出几朵黄花，开始三五朵，很快变成几十朵，金灿灿的，像黄铜制成的小喇叭。

然后，丝瓜挂枝了，细嫩地从青藤绿叶间垂下来，绿叶如裾，包裹着修长的身躯，如精巧怡人的小碧玉，半遮半掩，有种温润的风情。

昨天在路上，迎面走来一个女孩，遮阳伞是浅绿色的，裙子是浅绿色的。她右手戴有翡翠镯子，镯子本是富贵的，戴在清凌凌藕节一般的手腕上，却变得朴素。她轻轻说着什么，没有笑，脸上有笑意，也就是说脸上能看出笑的意思。眼见她心情不错，我也精神大好：丝瓜女孩，你好啊。她是出色的女子，文静、优雅，二十几年的教养在举止投足之间显露了出来。绿色的裙子在风中摇摆，满是草木清香，天地间一股活泼的灵气。

丝瓜性阴，有清丝丝的女子气，这么说或许勉强。与别的瓜类蔬菜比，它的身段口感都是细腻婉约的女性派。丝瓜尤其适合夏天吃，做汤，清炒，甚是爽口。

丝瓜切成丝状清炒，添水若干烧开，淋入蛋液即可，也可以加入青菜叶之类。成汤后，蛋黄，瓜绿，浮浮沉沉，俨然夕阳山外山。夕阳是鸡蛋，山外山是丝瓜。丝瓜蛋汤入眼黄绿，绿是浅的，黄是淡的，浅淡之间，娉婷袅袅，实在不是凡物。我当它是餐桌上的逸品，逸是清逸，品是品格。丝瓜烧毛豆也颇可观，不要太多作料，油盐足矣。炒好盛入浅口圆盘，有黛玉扶柳之妙，口感清而不淡，独得一份幽远。隐隐有老杜诗意："绝代有佳人，幽居在空谷。自云良家子，零落依草木。"

夏月乡村，瓜果蔬菜在原野的风中，畦田有农人种白菜。白菜好吃，虽是常物，新嫩多汁，风味清雅如秋月春风，宜于送饭也适合下酒。

白菜是冬天的菜。寒冬腊月，一家人围坐在八仙桌旁，地底放盆炭火，熬一锅大白菜，掺上粉条，放点肉片，边吃边炖。劳动人家的日子，俨然锦衣玉食的富贵。也真是富贵，白菜好吃又好看。经常看见玉雕的白菜，敦实，憨厚，一副自得的模样，将别的玉件映得黯然失色。

白菜是菜之王，人们常常尊其为大。但王者身份得不到承认，齐白石抱不平，在一幅画上如此题跋："牡丹为花之王，荔枝为果之先，独不论白菜为蔬之王，何也？"

韩国泡菜，原料用的就是白菜。在杭州吃到正宗的泡菜，厨师是韩国人，泡菜吃在嘴里，清爽甜脆中有一丝香辣，并非浪得虚名。

白菜是中庸的菜，不卑不亢，富贵不淫，威武不屈，贫贱不移。和粉条一锅煮，白菜礼让三先，锋芒紧敛。和虾仁放一起，虽沾了海鲜味，本色不变，固守住一份家常。

老家岳西，乡民将吃不完的白菜做成咸菜干。腊肉放进去埋起来，能保存一年，滋味不变。

在南方居家过日子，不大吃白菜，偶尔做一次，也只是点缀。到了北方，忽然体会出白菜的好，连名字听在耳里，也有说不出的熨帖。这和北方白菜的品质是分不开的。鲁迅《藤野先生》一文言及，北京的白菜运往浙江，便用红头绳系住菜根，倒挂在水果店头，尊为胶菜。倒不是物以稀为贵，北方白菜的品质实在上乘。黄河边的白菜，菜嫩多汁，适宜存放，随意堆在家里，十天半月，依然新嫩。

北方名菜芥末墩是用白菜做成的。有一年去北京，在朋友家吃到了著名的芥末墩，酸甜脆辣香，五味俱全。当年老舍家的芥末墩，也不过如此吧。有人著文称赞：老舍家的芥末墩是我吃过的最好的芥末墩！

向朋友讨教芥末墩的做法，他说：将白菜心去掉叶子部分，切成四五厘米长的圆墩，用开水烫一下，码入坛中，一层白菜一层芥末糊和白糖，最后淋上米醋，捂严，一日即成。我做过两次，始终只得两三味，不能酸甜脆辣香俱全。想必自有一份功力在里头吧，非初学者所能也，也或者制作过程中有只可意会不可言传的地方。

鱼生火，肉生痰，白菜豆腐久久长。中国民间认为百菜不如白菜。冬天，大雪纷飞，家里有堆白菜，心里踏实。

我会做酸辣白菜、醋熘白菜。

皖北菜硬朗，一桌草泽野气，有山大王派头。在太和早餐，遇见白菜和豌豆糊。是炒白菜，清烂里居然有香脆。像风雨苍茫里走来一佳人，又像山大王的女将，是刀马旦，俨若扈三娘，马踏清秋而来。生平吃过白菜无数，东北人炖肉炖粉条，好在厚实、入味。川菜有开水白菜，用鸡汤熬制，脱了白菜的味道又得了白菜的味道，唇齿间万丈光芒。

豌豆糊做法不详，以米粉和黄豆粉熬制而成，掺入豆皮、海带、面筋。装碗食用时配以炒熟的芝麻盐、碧绿的芹菜丁或是豆角丁，青青白白一碗，淡淡的咸鲜和豆香。豌豆是点睛之笔。豌豆糊近似中原的胡辣汤，口感少些麻辣，多了绵软，是中正之味。因为豌豆，又多了鲜，咸鲜冲激融合。一碗皖北的苍茫，透着青黄翠绿。

车过平原，窗外疏柳复苏，长长短短垂丝入目琳琅。

葫　芦

黄昏街头，车声灯影里有女子挑担卖葫芦。

"葫芦是早上刚摘的。"

"附近菜农种葫芦的多吗？"

"不多了，就在自家地角上种了几棵，吃不完，摘点卖。"

选个一斤多重的嫩葫芦，路过肉铺，顺便买了点排骨，打算做葫芦排骨汤。

近来餐桌上少见以葫芦为食的了。大抵是因形害意，葫芦外形太好看，大都舍不得吃。经常见人把葫芦当案头清供，或者刻上文图闲来把玩。地间的茶叶不过俗物，经人一喝就雅了。

瓜棚下的葫芦本是雅器，经人一吃就俗了。吃葫芦是煞风景的事，忘记谁告诉我的。

葫芦吃法多样，烧汤，做菜，腌制，干晒。元人王祯《农书》说葫芦累然而生，摘下又长出来，是很佳妙的菜蔬，烹饪无不适宜。大的可以煮作素羹，也可以掺肉煮作荤羹，还能蜜饯作点心，削条作干菜。

喜欢葫芦烧汤，清香四飘，其味甚美。我会做冬菇葫芦汤，将冬菇、葫芦、木耳、莲子、瘦肉、姜片混成一锅，先以大火烧开，再用文火慢煲，下盐调味即可食之。只是烹制稍嫌麻烦，近来不大做了。夏日黄昏，将去皮葫芦切丝清炒，少油少盐，有一股清香，可下饭可佐粥。

鲁迅小说《高老夫子》中，有段描写挺有意思：

他大吃一惊，至于连《中国历史教科书》也失手落在地上了，因为脑壳上突然遭了什么东西的一击。他倒退两步，定睛看时，一枝夭斜的树枝横在他的面前，已被他的头撞得树叶都微微发抖。他赶紧弯腰去拾书本，书旁边竖着一块木牌，上面写道——
桑，桑科。

有一次我看见标识：
葫芦，葫芦科。
忍不住轻轻一笑。

与其他瓜果不同，葫芦嫩时方能食用，老熟后就不能吃了。相对其他果蔬，葫芦营养价值较低。天下好事，岂能让葫芦占尽了？

前几天看见几只彩绘葫芦，画的是古典仕女，衣袂飘飘，眉目姣好。

小时候玩过一个小油葫芦，食指长短，下身大肚处绘了一朵娇艳的荷花。

藕心菜

到安庆后，才知道有种菜叫藕心菜。到安庆后，才吃到藕心菜。藕心菜，我爱吃，不爱吃的人，我没见过。

藕心菜颜色如玉，不是说像容颜如玉的女人，而是它色泽俨然璞玉，淡淡一层籽皮，泛着微黄。当你看到藕心菜的微黄时，在视觉和味道上，她是温润的，近乎雨后荷叶滚珠，有夏夜露水的清凉。夏夜的露水，如果有月亮，更添诗意，诗意中还有几分神秘。

月亮下的露水，是神秘的，气息的神秘。突然觉得藕心菜也是神秘的，味觉的神秘。有藕的清脆，有蔬菜的香甜。所谓藕心，实则是空的，可称无心。近来向往空无境，无常难得久，不妨空无物。

藕心菜是轻的，也是灵的，但不轻灵。当你觉得它轻灵的时候，就适合在夏天吃了。地点不拘，重要的是有一盘清炒藕心菜，放点青椒，喝酒吃饭。最好是吃饭，藕心菜是下饭菜。吃饭本是家常事，餐桌上有藕心菜则变得风雅了。

藕心菜淡甜幽香，吃的时候，"小荷才露尖尖角""映日荷花别样红""误入藕花深处"之类的诗句蜂拥而至。感觉像春天荡着秋千，或者睡在棉花堆中，或者坐在布沙发上。灯光是乳白的，墙壁是乳白的，地板是乳白的，仿佛少年的梦。在乳白的世界里读宋词，想着婉约的未来，泛黄的少年情怀浮出水面。

关于藕心菜种种，问过菜农。说是种藕发芽后，还没成形为藕，尚未分节，生长极快，十天半月即长成细如手指的藕茎。

藕心菜最常见的做法是用猪油清炒，放红椒清炒，快熟时加入蒜末，翻炒均匀即可出锅了。还有人炒前将藕心菜用少许盐腌两分钟，据说滋味更正。

藕心菜独属夏秋，并非一年四季都有，是典型的季节菜。每年的四月底或五月初的时候陆续上市，可吃到七八月。藕心菜属原生态水生物，受水质和泥质的影响，外加温度等因素，只能处淤泥之中，不能居大棚内。

在北方多年，没见过藕心菜，没吃过藕心菜，但我吃过藕，藕是藕心菜的阿姨。

藕心菜，又名藕茎菜、藕丝菜，不管叫什么菜，它是一道好菜。喜欢藕心菜的名字，仿佛青葱岁月的女子。时间真快，阿姨家调皮的小女儿亭亭玉立，转眼这么大了。

黄瓜之黄与黄瓜之瓜

黄瓜，像个人名，再加一瓜，黄瓜瓜，越发像人名了，或者说像笔名。昨天，翻旧报纸，看见黄瓜瓜文章，心头一愣，不知哪位高人，读了几句，却是区区在下。近来，记忆越来越差了。

黄瓜原名胡瓜。《贞观政要》说隋炀帝性情好猜防，专信邪道，大忌胡人，于是称胡床为交床，胡瓜为黄瓜，筑长城以避胡。《食疗本草》里又说因石勒为胡人，北人避其讳，因而呼胡瓜为黄瓜。

不爱吃黄瓜，小时候吃多了，至今犹自反胃。反的不是胃，是对乡村贫瘠岁月的不堪回首。上一次吃黄瓜还是十年前在天津，朋友点了盘木樨肉。黄瓜散装盘内，片片如翠玉。

路过菜市场，卖菜大娘说：自家种的黄瓜，买两根尝尝？心下一动，买两根尝尝吧。回家后，洗净，一刀切下去，淡淡的生瓜之清香。应该说轻薄之香，轻轻的薄薄的香从砧板上袅起。做了两盘菜，一盘是黄瓜炒鸡蛋，绿黄相间，味道不错。又做了一盘凉拌黄瓜。轻拍黄瓜，切成段，加入两瓣蒜末，放盐，添醋，淋芝麻油若干，滋味甚爽口。不知道是久别重逢，还是口味变了，那顿黄瓜吃得不亦乐乎。看着光光的盘子，意犹未尽。

黄瓜不是黄的，也并非瓜。《辞海》上说黄瓜属于葫芦科。习惯上我们称它作瓜，瓜乎？葫芦乎？黄瓜非瓜，黄瓜也不是葫芦，黄瓜就是黄瓜。黄瓜的做法很多，不论炒、炝、凉拌，均称佳，亦可入口生吃，清脆解腻。黄瓜初生时，旧年母亲摘细嫩者腌制，脆而鲜。书上见过一味扦瓜皮：

黄瓜（不太老即可）切成寸段，用水果刀从外至内旋成薄条，如带，成卷。剩下的黄籽的瓜心不用。酱油、糖、花椒、大料、桂皮、胡椒（破粒）、干红辣椒（整个）、味精、料酒调匀。将扦好的瓜皮投入料汁，不时以筷子翻动，待瓜皮蘸透料汁，腌约一小时，取出瓜皮装盘。先装中心，然后以瓜皮瓜面朝外，层层码好，如一小馒头，仍以所余料汁自满头顶淋下。

这样的文字是纸上美味，或者说是纸上烹饪，初看如清风，再看，清风拂面，继续看，清风拂面通体舒泰。有一类作家文字，貌似平白如水，水里却藏着一个大千世界，琢磨复琢磨，其味方出。文字也暗藏有玄机的，王羲之如此，柳宗元如此，张岱如此，鲁迅如此，知堂如此，尤其他们晚年文字。

黄瓜如今不过平民蔬食，古时候却极珍贵，陆游诗道得好，白苣黄瓜上市稀。《帝京景物略》记载明朝北京食俗，元旦进椿芽、黄瓜……一芽一瓜，几半千钱。足见其价之昂。晚清时，夏日一根黄瓜三文钱。若正月间则一碟须京钱十吊，合外省制钱一千也。

南瓜记

院墙外几株瓜蔓挂着大大小小三五只南瓜，青幽可爱。雨后皮色越发碧绿，映得水滴如翠，可玩可馔，切丝清炒，甘鲜爽口。南瓜外形圆鼓鼓的，有世俗气，霜降后，其味苍老。常从乡下带来老南瓜，放案头，极妙。

欢喜白菜，喜欢南瓜，有平淡的风致。

南瓜有喜气。近来心情晦暗，写写南瓜，让心情明亮一点。是不是因为颜色，所以有喜气？外形上看，南瓜亦带喜气，圆圆的像车轮。岁数还小的时候，扛不动它，只能推着滚，仿佛滚铁环。

长形的南瓜像冬瓜，我不喜欢。我爱物，有时仅慕其形。正如有人爱女人，只在乎外表。孔子说："吾未见好德如好色者也。"

　　夏日黄昏，买只大南瓜回来，削皮切成块熬粥，仿佛品尝一段过往岁月，怀旧感顿生。从小就喜欢吃南瓜，味觉的质朴与嗅觉的清香，时至今日，犹觉是莫大享受。

　　祖父生前说过一个故事，说某少年聪慧异常，苦于家贫，不得入学，听闻杭州大儒丁敬学问了得，想拜他为师，于是背几个大南瓜送过去。来客皆讪笑，丁敬欣然受之，剖瓜熬粥，招待少年，留馆内读书。这样的故事有人情味。人情味是天下至味，山珍之味，海鲜之味，五谷之味，蔬菜之味，瓜果之味，皆远不及人情有味。

　　南瓜嫩时有嫩时吃法，切丝清炒，堪称餐桌的齐白石小品；老来有老来的吃法，南瓜粥、南瓜饭，可谓桐城派老夫子古文。

　　时间还不够老，如果是深秋，早晚无妨，切几块老南瓜，掺糯米红枣一起熬上半个时辰。瓜入米粒，恍恍惚惚如靡，米粒迷离，红枣之味扶摇锅上，最是暖老温贫之具。晨光初亮或者暮色将至，捧一大碗南瓜粥，佐酱姜、咸菜若干，缩颈啜食，得以周身俱暖，亦人生大情趣。

　　在金陵，有一道美味可口的传统小吃南瓜粑粑——南瓜洗净去瓤刨丝。加盐、面粉、水搅拌均匀，放入菜籽油中，炸至两面金黄色即可出锅。

　　南瓜粑粑，色泽金黄，软糯可口，香甜味美。

　　伊吃南瓜，切小块放在饭锅上蒸。饭好了，南瓜也熟了。有人用南瓜汤下面条，据说滋味一绝，录此存照。

　　南瓜在老家被称为北瓜。

山药记

很多菜名是绰号。有朋友精瘦，我们喊他山药。有朋友矮胖，我们喊他洋葱头。周围还有朋友叫豇豆、扁豆、苦瓜、茄子、番茄、红薯、菜头。好在没有人叫大米、小麦、面条，若不然可以开餐馆了。

在南方没吃过山药，山楂吃过不少。南方山楂果肉薄，入嘴酸涩，远不如北方的味道好。那年在京郊，漫山遍野山楂，红彤彤挂满枝头。随摘随吃，果肉肥滋。

老家山多，可惜不产山药，草药漫山遍野。颇识得一些草药，很多人以为我识物，不过少年在乡村生活的缘故。

第一次吃山药在洛阳，配大米熬粥，味道清正。后来在饭馆吃到了山药排骨汤，滋味甚好。若去菜市，偶遇山药，也就买了。

山药食用前得去皮。削山药之际，水汽在掌心弥漫，滑腻腻冰凉凉仿佛手握一条蛇。祖父给我吃过一种叫乌梢的蛇。蛇抓在手里，滑腻腻冰凉凉的。或许滑腻腻是掌心之汗，冰凉凉的确是乌梢的体感。

山药去皮后鲜活黏稠，削着削着冷不丁会从手上溜出去摔在地上。去皮山药常常使人过敏，有一回弄得手痒，挠挠肚皮，肚皮也痒，钻心入骨。用火烤方才止住，据说也可以用醋擦洗。山药去皮，像擀面杖，又仿佛象牙。前天路过一家饭店，看到一篮子去皮的山药堆在茶几上，觉得富贵。

多年前和焦作温县的朋友聊天，他说我们那里山药多，误听成山妖多。《聊斋》读得熟，当时的想法是有空去看看山妖。

　　山药壮阳滋阴，男人吃了女人受不了，女人吃了男人受不了，男女都吃了床受不了。此话少儿不宜，却使山药多了成人心领神会又秘而不宣的色泽。山药之名品是铁棍山药，铁棍让人想起男根。

　　铁棍山药分两种，一种垆土生，一种沙土生。垆土色黑坚硬而质粗不黏，山药长得歪歪扭扭。沙土质松软，长出的铁棍山药也口感软滑。

　　山药蘸糖吃，颇美味。垆土铁棍山药细腻，白里透黄，质坚粉足，黏液质少，味香，微甜，口感像大冬天的清晨睡懒觉，咀嚼之际，恍惚微甜，一片宁静。

　　山药，学名薯蓣。唐朝避代宗李豫名讳改为薯药，宋朝避英宗赵曙名讳改为山药。词典"薯蓣"条释名：多年生草本植物，茎蔓生，常带紫色，块根圆柱形，叶子对生，卵形或椭圆形，花乳白色，雌雄异株。块根含淀粉和蛋白质，可以吃。

在菜地里

潘　敏

番　茄

　　番茄不稀奇，家里总是常备几只，丢在柳条编的小筐里，算它水果也好，算它蔬菜也好，都可以。

　　我在乡村长大，对各种蔬菜知根知底。以前的番茄都是种在露天的，要搭人字形竹头棚。番茄的枝蔓绑靠在细竹头边上，这样不会塌地，也窜得高，日后也撑得起番茄的重量。番茄的枝枝叶叶上有一层绒毛，如同敷了一层薄薄的霜。番茄花是明黄色的，一小朵一小朵，形状像是微型的百合花。番茄花开的时候要上药水，菜农们叫做点药水。拿一只缺了口的碗或者旧搪瓷盆（新的碗盆是舍不得的），调了药水，轻轻地将花按下去碰一碰，为的是催番茄早点结果。现在不知道还是不是这样。现在的番茄也都长在土里吧，但头顶上不一样了，有的是天空，有的是塑料布。塑料大棚早已把季节打乱。番茄不只是夏季才有的物事了，和我们小时候不一样。

　　番茄生长要热，愈热长得愈好。但青番茄是万万不能吃的，据说有毒，谁都不敢咬一口尝尝。番茄最好在顶红肩绿时采下来，过两天吃也不会太熟。太熟容易烂。顶红肩绿是文雅的说法，说的是番茄顶上红了，底部还是青的。我所在的乡下，人们说得通俗，把番茄底部说成屁股，常常叫青屁股番茄。而且，你不知道，那种顶上嫣红，底部有一点点青有一点点微裂的番茄特别甜，特别鲜洁。这样的番茄要采下来就吃，一洗就吃，水淋淋的，味道好。

番茄真是通俗。通俗到了生吃好，熟食也好，悦人且宜人，和人类一路相亲相爱。番茄的营养都知道，我们不去说它。只说番茄的味道，有点酸，酸得开胃，酸得婉转养人。夏天，只要家里有谁身体不舒服，或者胃口不好，我的母亲会天天烧一大碗番茄汤端出来。这是有由来的，据我母亲说，我的小姨年轻时像林黛玉，动不动就生病，还常常不想吃东西。有一年夏天，一个老中医在方子上一个字也没写，只关照小姨天天吃一大碗番茄土豆汤。一个月后，小姨胃口好起来了，脸色也好看了许多。番茄是蔬菜，是水果，还是一帖药。

在我，番茄还有感情上的牵牵连连。

早年，父亲从北京下放，回到苏州老家种地。他拼足一股劲，把各式各样的蔬菜侍候得红红绿绿，异常出色。说起来都让人不相信，父亲种的蔬菜竟然比村里任何一个老农民好。最好的证明便是，我父亲种的蔬菜价钱卖得高，而且出手特别快。这是让我父亲十分自得的事：聪明能干的人做什么都像样。其实是因为父亲买了种番茄的书，知道怎么调药水，怎么整枝，侍候得合理而已。父亲曾经告诉我，点药水这活有技术，关键在调药水上。药量重，长出来的番茄底部会裂很多条缝。药量轻的话也不行，花要脱落，结不牢果。我父亲下放的头几年种了一分地的番茄，到了酷暑季节，一天隔一天可以采四百多斤，基本上每只在半斤以上。番茄、黄瓜、冬瓜……这些个蔬菜颜色明亮，凸现在过往岁月里一个个夏天的早晨和黄昏，一担一担挑出去卖，换几个钱，多少缓解了当时生活的艰难。

我喜欢听我母亲描绘采番茄时的一景：大清早，太阳还没有出来，天已经大热。地里放着几只塘篮，也就是竹筐，筐里放满了一只只大番茄。番茄是码齐了沿着筐一圈圈一层层地盘起来的，绿的蒂，红得亮晶晶的番茄，像硕大的玛瑙。但有一只筐装的不是番茄，也不是其他蔬果，是我。尚不会走路的我盘坐在筐里，手脚摇晃，口中咿咿呀呀，说着谁也听不懂的话。我的母亲说，他们在干活时常常要看看我，怕我别一头跌出筐去。至今，人到中年的我为这一幕心存温暖。

青　菜

傍晚，天黑风冷，三两个菜农还蹲在路边卖菜，大篮或者蛇皮袋里多是些青菜，萝卜，菠菜。低头，挑三四棵青菜，矮脚，青梗，这就是我要的。

我说过，我生长在乡村，而且是专事种菜的乡村，对各种蔬菜可以说是知根知底。比如青菜，我知道什么样的青菜是最好吃的，也就是我现在挑的这种，落过霜的，矮脚，青梗，叶子颜色绿得发暗。

现在我闭上眼睛，便可以看到冬天的菜地。清早，田野寂静无声。远远地看，肥矮的青菜一大棵一大棵，像绿色的花，在冻土上木头木脑长着,有些瑟瑟缩缩的样子。即使是远望,也看得见,菜叶上的一层白,那是霜。浓的霜如雪一样。老人们常常这么说:落一架浓霜之后青菜就好吃了,甜。怎么形容霜为一架,我至今不明白,为什么不叫一场?他们有时也这么说雨,落了一架雨。当然意思我懂。

落过霜之后的青菜确实好吃。到田里起几棵肥笃笃的矮脚大青菜,立时在井上洗好,在灶头上用菜籽油起个大油镬,青烟袅袅的时候哗啦倒下去,用铁铲翻来覆去几个回合,便可以盛在青边大碗里了。黄米饭香青菜熟。更加好的是新米饭香青菜熟吧,米白得发亮而且香糯,菜汤里汪起一层金黄的油,青菜冒着热腾腾的香气,连菜梗也酥了,吃口有甜味。似乎霜里面有糖,落过了霜,青菜就甜了。人说吃这样的饭,可以扒三大碗。

霜后的青菜还特别适合做菜饭。去年冬天,在太湖边的古村陆巷,请老袁家在土灶头上烧菜饭。你如果吃过,一定知道灶头和电饭锅里烧出来的饭是不一样的。铁镬子,菜籽油,新鲜的矮脚大青菜,自家腌的咸肉,灶膛里烧的是果树的枯枝和落叶。如此焖出来的一镬菜饭,米是白的,菜依旧是绿的,咸肉粒有点红,如果再拌点猪油,香气更加蓬勃了。还有咸肉菜饭的饭糍,也就是通常说的锅巴,比平常的更加香。菜籽油和着咸肉的脂油烧出来的锅巴,油光光的,有点微焦,咬上去松而脆,香得也滋润。用老话来说便是:打耳光也不肯放碗了。

我问过我的父亲,为什么矮脚青菜特别好吃。他也说不出什么来,只说矮脚青菜梗子短,叶子肥厚,烧起来容易糯吧。或许,矮脚青菜的好吃大概也是天时地利,霜一落,什么样的菜都好吃了。说到这里想起一件趣事，多年前的一个冬天，我陪同一个年轻女记者下乡采访，她眉眼长得漂亮，说起话来珠落玉盘的，虽偏胖偏矮，但十分讨喜。被采访的对象是一个分管农业的中年男乡长，见着女记者十分热情。我们一行走在冬天的田埂上，听乡长滔滔不绝地回答女记者的问题，恰好走到一片青菜地边，一棵棵矮脚大青菜叶大梗粗，长相肥笃笃的喜人。那一刻，乡长正说到高兴处，指着女记者说，你，也像我伲的矮脚青。女记者一呆，然后脸就拉下来了，快快的，就此没了笑脸。事后，我和那个乡长说，你怎么这么比喻的，人家小姑娘不开心了。乡长大呼冤枉，说自己在表扬女记者，说她好啊。我也大笑，乡长心里的美人是矮脚大青菜。

再说夏季的青菜。此时的青菜不糯，吃的是嫩。夏天的日子仓促，菜也长得风风火火，怕来不及似的，使足了劲地长。一把菜籽撒下去，十几天就长出来了，那是鸡毛菜，小而嫩，轻得果然像风一吹飘得起的鸡毛。鸡毛菜落在汤里，飘得恍恍惚惚，像青涩少年的心事，没着没落。还有火青菜，也只不过二十来天就可以上市了。火青菜长得细长，一把把交错搭放在篮子里拎出去，叶绿梗青，也有梗白的，分明是好人家孩子的模样，让人看着清爽可喜。夏季虫多，要让青菜生青碧绿有点难，少不得要喷点农药，可以让青菜叶子少点疤洞。虽说正常喷点农药不要紧，只要不超标就行，但到底是药啊，终究让人心里不舒服。可是，一向谨慎的苏州人看见火青菜的绿，也不管不顾了，不吃青菜怎么过三伏天呢，喉咙都要烧起来了。农药？眼不见为净吧。

山　芋

上菜市买山芋，兜来兜去没找到我要的栗子山芋。有点失望。我知道这又是我的怀旧心理的缘故，并不是说红心山芋有什么不好。

从来没有吃厌过栗子山芋，这是真的，天天吃也不讨厌，自己也有点奇怪，这是什么癖？不过要吃热烫的，刚出镬的最好。小时候吃得最多的是干山芋。在一只铁镬里放上半锅栗子小山芋，放一大勺水，搁在煤炉上烧，等水收干，山芋也熟了，这就是我说的干山芋。好的栗子山芋红皮，白心，烧熟了特别香。干烧的栗子山芋熟了的时候，山芋皮常常会爆裂开一两条缝，露出里面白而松的肉，剥开皮，一股栗子香味就扑出来了。栗子山芋冷了吃不香，肉质也会木一点。

回头望望，我看见一垄一垄的山芋田上，泛红的山芋藤肆意蔓延，覆盖了我整个童年。早晨，我背上书包，掀开小铁镬子的盖，拿两只山芋，一只放在衣袋里，另一只边走边剥皮吃。衣袋里的山芋贴着身子，暖暖的，像只小热水袋。手上的山芋更加贴心，松，香，甜，吃起来还干净方便。大概干烧山芋吃得习惯了，至今我不太喜欢吃汤山芋，放糖放桂花什么的，多麻烦。山芋加上糯米粳米一起熬粥还好，粥也香甜了。

栗子山芋要种在地势高的地方，土质干而松为好。由此，我生长的乡村就比较有利了，有许多坟地，亦有许多土墩，高出几米的地上种山芋特别好。江南地窖不多，但我知道山芋种要放在地窖里。入秋，山芋起来了，挑特别大，没有疤斑的好山芋放在一边，这是不能吃的，要做山芋种。冬天开始的时候，找一个高地，挖个窖，下面铺上草干或者山芋藤干，把山芋种放上去，再铺一层草干或者山芋藤，然后用土盖上封好。开春，拨开土，取出山芋种发芽。吃酒酿的当口，也就是立夏时节，在地里排好垄，再把山芋种上蹿出的山芋藤剪了，种到垄上。

山芋地的垄要筑得高而尖，这样可以泄水，不会积水。积水的粘土宜长土蚕。土蚕，这是一种可恶的虫，样子和蚕宝宝差不多，颜色是黑的，总是在太阳还没有升起来的时候出动，山芋，土豆，四季豆，见什么咬什么，咬过的地方便是一个疤一个洞，很难看。等太阳起来土蚕就钻到土里，死也不肯出来了。我的父亲说，春天过后他常常一早起来，到蔬菜地里捉土蚕，一定要早，太阳光一点也没有的时候，准能捉到好多土蚕。我的父亲大概是一个唯美的人，他不能忍受他种的蔬果出现黑不溜秋的疤洞。

高地上种出的栗子山芋有一点不好，水分少，生吃太干。放暑假的时候，小孩子就野开了，借口去割猪草，一伙人跑到松林里玩。玩得饿了，也许是馋了，没什么吃，就到山芋地里拔山芋藤，一拔，尚未长足的山芋就顺藤牵出来了。顺藤摸瓜，顺藤也可以摸山芋。哦，山芋也是瓜，地瓜。低田里有水沟，那时水沟的水还比较清，即使不太清也不管了，洗掉山芋上的泥，便吃了。栗子山芋生吃除了有点甜，口感木渣渣的，吃它实在是没什么美感，这大概是荒芜年代里贫困的吃，有聊胜于无的吃。前一阵在一家饭店，吃罢饭上水果，水果里夹杂着几片生山芋，许多人说好，好啊杂粮。这样木渣渣的杂粮要是天天让你吃，你大概不会叫好的，好在你天天油腻，难得吃两片生山芋，才会说好吧。

天黑了，小孩子的篮子里还是空的，不要紧，小人自有小算盘，山芋地里割点山芋藤，权作猪草，在大人面前有了交代。回家去了，小孩子背的篮子里，红藤绿叶的山芋藤一耸一耸，毕活鲜跳。回望那时岁月，感谢山芋，还有山芋藤。

茄　子

落苏，是茄子的另一个名字。我不喜欢吃茄子，但喜欢茄子的颜色，也喜欢落苏这个名字。

落苏，默默念这个词时，有从高的坡地上往低处走的感觉，微风吹来，青草低伏，心里一片寂静。这意象从哪里来？来便来了，不问出处。

然落苏，到底是冷僻的一个名字，你到菜场要是说，我要买落苏，基本上是白说，谁知道你要买什么样的东西。那么，我们还叫它茄子。

茄子，有紫茄和白茄。我从没有看见过白茄，只见过圆茄和长茄，都是紫得发亮的颜色。茄子茄子，我会想作茄紫茄紫。在苏州，茄是紫的，也是长的，圆茄很少看见。据说圆茄可以削了皮生吃，长茄要熟吃，炒或者蒸。蒸茄子比较好吃，蒸熟后撒上盐，淋上麻油，吃口糯。

从前家里有一间花厢，花厢里有一排地厢，地厢里要育茄子秧、黄瓜秧、番茄秧等蔬菜秧。花厢其实就是玻璃暖房，地厢是在地上划地为格，再在格上罩上玻璃移窗。花厢在冬天很温暖，人走进去骨头也焐得热。不过花厢里太闷，且有说不清的腐气，或许是白兰树、茉莉树的叶子落到盆里烂了，或许是地厢里的泥土深处的气息，空气不清。我宁可到花厢外晒太阳。花厢的地厢里，肯定更加热。热了，秧苗在冬天就窜出来了。地厢里一排排绿色的小秧苗，看着令人欢喜。对，也有不绿的秧，那就是茄子的秧，它是紫的，紫梗紫叶，紫模紫样，很漂亮。等我稍大，父亲敲掉了地厢，花厢翻成了住屋，不育秧，住人了。想想，其实人也是一棵秧，长大了，结果了，老掉了，一轮一轮，岁月就这么过去了。

清明断雪，谷雨断霜。在江南谷雨之后的半个来月中，要把茄子秧从地厢里取出来，栽到地里去了。那天在友人家的院子里，看她栽种的各种蔬菜，我说，你的茄子种得紧了点。我记得我父亲说过，种茄子一脚半。就是秧与秧之间要差开一脚半的距离，大约25公分左右。一脚半之外，茄子生长如沐春风。信不信由你，我父亲可是种菜高手。

茄子紫黑，茄子花紫红，娇嫩的颜色，是茄子的少年心事。茄子可以生两季，仿佛人，怀过一胎再怀一胎。不过，这要看种的人，种不好，茄子在夏天生过一季后，会老得再也生不出了。采完夏天的茄子，种菜的好手，比如我的父亲，会给茄子施肥，整枝，让茄子在歇息之后再生长。

半个月，也许是二十天后，秋茄长出来了。秋茄时常比夏茄结得更多，天凉好个秋，这心情是真正的好，是欢喜在心的一声叹息。摘了吃，吃不完卖，还可以酱，可以晒干。说到酱茄子，我自然想到我的祖母，我吃了许多年她的酱茄子，现在再也吃不到了。我曾经买过，但买来的酱茄子的鲜味是浮在外面的，是激烈的，也是虚张声势的，不能让我喜欢。从前院中酱缸里的酱茄子，它的美味，早已随着祖母的仙逝而消失了。

我已经说过，我不喜欢吃茄子，我的喉咙对炒茄子特别反感，吃时常常会痒。祖母的蒸茄子酱茄子除外。但对吃茄子，我依然有好奇心。某一天，我父亲和我聊天说吃食，我说长豇豆干烧肉好吃。父亲说，茄子蒂烧肉才好吃。我说听也没听见过。父亲得意，说你不知道吧，秋天把茄子蒂洗干净晒干，到冬天烧红烧肉，格个好吃啊。我听得口水连连，可是，谁去帮我弄来茄子蒂干呢？由此，对吃茄子我还没有失去最后的兴致。

蚕　豆

去年秋天的时候，看朋友在地里点种蚕豆时，便起了吃的心。春天，挑荠菜，见蚕豆花开着，紫黑的花一朵一朵躲在叶子底下，我想起小时候唱的一句童谣：蚕豆花开黑良心。蚕豆花的心处是黑色的。

蚕豆一上市，我总是买三斤，剥出来正好一碗。蚕豆按种皮颜色不同可分为青皮蚕豆、白皮蚕豆和红皮蚕豆，苏州的是青皮蚕豆，我们平时说的日本蚕豆，它的学名叫陵西一寸，老熟后的豆种皮呈浅红色。白色的没见过，据说四川那一带的蚕豆皮是白颜色的。外地的蚕豆比苏州本地的上市早，蚕豆荚大，皮厚，新鲜的话入口也沙中带糯，但烧好后不像本地的颜色碧绿，也不清甜，总是有点遗憾。

今年的蚕豆上市稍晚。立夏后，知道本地的蚕豆少量上市了，便去了农贸市场淘。农贸市场有两个出口，我从东口进，兜了一圈也不见本地蚕豆，便挑了新鲜一点的外地蚕豆称了三斤。从西口出的时候，见一老妇在路边守着一只蛇皮袋，露出几结蚕豆。一看，便知道那是本地蚕豆，个小巧。我蹲下摸摸，又看看蚕豆，不新鲜，估计是前一天采的，打消了再买的念头。

过了两天，去南京溧水的一个地方，在停车场见有几个村妇卖农产品，一眼扫去，不见有蚕豆，便问：有没有蚕豆？"有！"一个老妇急急回答。她从树阴处拖出一只黑塑料袋打开，我一看一喜，应该和苏州的本地豆差不多，碧绿，个小，且是刚采的，蚕豆蒂青白，不乌，便称了三斤。到家已半夜，赶紧放进冰箱。隔天吃的时候，心里可惜得紧，豆是好豆，可惜隔了一天，没有了清甜味。好事多磨，但好多事也经不起这么一点点的耽搁。

蚕豆一市不过十几天，错过便是一年。本地蚕豆上市一周后，休息天我赶到太湖边一个叫蒲庄的地方，在朋友的院子里采蚕豆，然后马上剥了烧。起油锅，来回翻炒，喷一点点水，加盐加糖，再撒一把切细的小葱。老苏州人烧蚕豆一贯要记着重油、重糖、多葱、焖透这四诀的。转眼之间，一碗碧绿生青的蚕豆上桌。天下好吃物，无非是料好又新鲜，至于烹调得好，那是锦上添花的最后一笔。一粒一粒翡翠一般的蚕豆落入口，鲜、甜、糯，吃得心满意足。袁枚在《随园食单》中说："新蚕豆之嫩者，以腌芥菜炒之甚妙"。袁枚是浙江人，他是他的吃法，苏州人似乎不以为然，吃新蚕豆喜欢清炒，清水出芙蓉。我是苏州人，不例外。

但吃了几十年蚕豆的人到底心中有数，今年的蚕豆不如往年。大概雨水不多，蚕豆长得不滋润，刚上市便老了。采蚕豆的时候我已经知道，长足的蚕豆荚摸上去几乎没有一丝海绵一样的感觉，太硬，蚕豆的皮肯定会老。手感太软的蚕豆荚又太小，尚未成年。不嫩，是今年蚕豆的败笔。仿佛一个人，一出生便是中年了。

　　但老蚕豆也有老蚕豆的好，一个朋友想念小时候吃的蚕豆焖糯米饭，他说，那种香甜是灰暗童年留下的最美好的记忆之一。那个朋友自小在浙江余姚长大，现在香港工作。每年的春天，蚕豆，余姚人是叫做倭豆的，便是他的相思豆了。

　　蚕豆糯米饭，我记得蚕豆老一点也无妨，今年的蚕豆倒是合适。我对他说，抽空回趟老家吧，吃曾经熟悉的食物，似是与故人相见。

说蔬小品

冯　杰

割韭菜的方式

镰刀和韭菜的关系，永远是割和被割的关系。

姥姥用韭菜多包饺子、炸韭菜合子、炸菜角、蒸菜莽。在村里，我姥爷割韭菜从来不用镰刀，他说用镰刀割下的韭菜有一丝铁腥味。

有那么高分辨性吗？我吃时分辨不清，但村里有传下来这一习惯。没人反对使用镰刀，李老大炸韭菜合子都是用镰刀割的。用不用镰刀在于割者能否坚持，更多是一种割韭菜的态度。

姥爷割韭菜工具平常得出乎意外，就是破碎的碗片，村里叫"碗渣"。碗渣洗净，最好是雨后的碗渣，被雨水冲洗了，显得明净锋利，平时见到捡起来留着，预备割韭菜。

那些历史里的青花瓷片，也想不到自己碎了，破了，竟还有这样用处。

姥爷说，韭菜不割不旺，最好的韭菜是春天那道头茬韭菜，发鲜。夏天口感最不好，发臭。

有一次，在我家墙头，还看到一片他捡到的青花瓷残片，闲置待用。

引发了联想，譬如，五千年里，普天下之韭菜田里纵横的韭菜们都是一把一把一撮一撮一茬一茬被闯入的执镰人割下来的。

桥

不是过河拆桥的那一座桥，"桥"是对茄子的称呼。

北中原把茄子叫做"桥"。吃茄子就叫"吃桥"。不怕桥梁横竖扎嘴。引申起来你又不能反过来作名词使用，去称呼"武汉长江大茄子"。

茄子是我家里主要菜蔬。我姥姥把茄子蒂都舍不得扔，耐心做成菜。简朴得茄子有点感动。小时候乡村分菜时，形式上一如古风。偌大打麦场上，排满生产队里二十来户人家的蔬菜，大堆，中堆，小堆。里面有黄瓜，菜瓜，冬瓜，萝卜，小的辣椒，还有就是"桥"。

古朴的是，菜堆上放一爿竹牌子，另一竹爿上系着一条细绳子在我家墙上挂着，我需要带去和菜堆上的一对，正好合缝，上面是我姥爷的名字"孙举善"，那就是我们自己家的一堆。我姥爷家人口少，分的菜堆显得要小。

每次带竹爿取菜的事情由我来做。我在乡村黄昏穿梭。像小妖一样戴着腰牌出场。

麦场上，那些茄子等着我来，白的茄子，紫的茄子，绿的茄子，青的茄子。它们统统都叫"桥"。

菜蔬里，要炒吃的话，茄子是最费油的一种菜，我姥姥称作茄子"喝油"，舍不得炒。家里多是把茄子切片蒸熟，抹上蒜泥来吃，为了省油。

我喜欢秋天收藏菜籽，在春天下种。中国历代大收藏家里没有这个爱好的，我的中原老乡张伯驹收藏《展子虔游春图》。

2009 年晚秋我首次到台湾，在台北街头看到一家卖蔬菜种子的小店，知道台湾的西瓜是论"颗"卖的。一时兴趣来临，我挑选了几小袋蔬菜种子，要带回北中原种下来，其中最器重的一袋种子叫"芝麻茄"。芝麻茄细细的，长长的。

古代多种蔬菜能在历史上交流蔓延，多亏有像我这类闲淡人。譬如丝绸之路上的某一位胡商，某一位落魄的诗人，某一位扭细腰的胡姬。

第二年，播种时节来临，谷雨前后，我还分成几包送给乡下的亲戚试种，我舅家一包，我堂哥家一包。我院里"台湾芝麻茄"发芽了，茄棵上长出叶子，迟迟不开花结茄。问那两家乡下亲戚，也没结茄子。由蓝到红，是水土不服吗？

我可是跨过整整一条海峡来的，不要辜负了那一种茄蓝。

这一失败的结果让我遗憾不已。

蒜泥配茄子才能叫蒜茄子

蒜茄子这一道小菜有自己出现的"餐时"，多在早、晚。

佐餐时不可刀切，最好撕成条子。

我姥姥的做法是：先置一方罐子，洗净控干，把茄子切片蒸熟备用，再入盐捣蒜泥，一层一层地涂在茄子片上，罐子封口，三五天后可登场食用。这道菜的特点是即手可来，食用方便。若淋上几滴小磨香油，便有一桌生香的夸张效果。

邻居路过，老王家的会喊，"老冯家又改善生活啦！"

这道小菜关键在食材。并非眉清目秀、膀大腰圆才是好茄子，那些歪瓜裂枣模样的小茄子，恰恰是好食材。

那些经霜后的小紫茄子是最好的，它们多了素气，去掉了青气。秋后菜地被人遗漏的、没人关注的、与刺猬田鼠为伍的、依恋在茄棵上不忍告别的小茄子，制出来的蒜茄子口感最好。

茄子小，便有易于"蒜透"的效果，其它的萝卜白菜也有这样的规律，经霜后才算过了历练关。记得课文里有，赞扬坚定共产党员都喜欢用"风霜雪后见真情"。两者大概一样道理。

现在回想，这一道小菜算是平朴日子里凑合出来的，也属于平朴人家菜谱里的一个角色。平常日子里，连琐碎的食材也不舍得浪费掉，化俗物为小雅。只有这样，才显得和一碗原色"糊涂"般配。

它惟一的缺点是课堂上背课文时，有一丝死蒜气。但这瑕不掩瑜。

萝卜干并不好晒

有些家常小菜看起来平常，你若不应心，没有一定手段，做起来南辕北辙，根本不是那个味道。譬如晒萝卜干。

最好选白萝卜。看起来细皮嫩肉。

在案板上，我姥姥是先切成均匀的细丁，晾晒至半干。最好在屋里慢慢阴干，不要烈日下暴晒，那样白萝缩水紧张，会影响日后的口感。口感这东西细微，抽象，像诗韵，没法描述，不像一篇社论可以大张旗鼓。口感只有问嘴巴，但嘴巴又紧，不肯说。

萝卜丁晒到恰好，搓揉，稍停，入罐，上盐，封口。关键是最后一项，不经意之间，要有一捏小茴香粉撒到里面。切记。

这样，三天后的萝卜干出现在饭桌上，配上一碗黄澄澄的"糊涂"，呼噜声里，有了一种无法言说的格调。

想想，那一丝小茴香气息实在出乎意外，包含了一坛子咸菜的精气神。

拍黄瓜的拍

拌黄瓜口感好，全是菜刀拍出来。黄瓜不是刀切的，是刀拍的。更不是"抖音"抖出来的。

小城饭店来的食客，凡点菜让拍黄瓜的都是基层美食家。大城市大饭店根本不吃这一套，便宜可口的菜譬如凉拌黄瓜根本不卖。

许多年前，我姥姥教我，先把一条黄瓜在凉水里浸泡一时辰，最好在刚打的一桶井畔凉水里。然后横在案上。关键是拍，一刀下去，毫不犹豫，不能回第二刀。黄瓜回刀疲软，口感打折。

近似我姥爷讲的关公斩华雄。

每次参加宴席，大家知道我是拍黄瓜专家，便讨教我如何拍黄瓜。

我多是述而不作，讲的次数多了，代表菜就成了"拍黄瓜"，大家喊，上一个冯老师的拍黄瓜。只是在学术上晚了一步，这一著名拍黄瓜理论曾被京城一著名小说家听到，他不客气地移植到自己小说里，也没注明这一条黄瓜是我原创。

天下不规则的菜都有那一种手工口感。像钢笔写稿。

最后说，调黄瓜一定要用清醋，不用山西陈醋，不用镇江香醋，山里柿子醋也不适合，必须用我姥姥家淋的红薯醋，此醋最好，这醋有一种清气。大家都忘记叨菜，以为我在讲评书。

也有谦虚好学者，当了真，一额头长一美人痣的美女说这有道理，进一步问我，拍黄瓜角度如何选择？我说一定要和桌面平行，掀开肚脐眼对应位置，然后下刀。她将信将疑，没看到一边起了二心的听众早已掩口。

凉拌翡翠

那是诗歌狂热年代。我和北中原的同仁们还自费办过《中原诗报》，愿打愿挨，初版即终版。一个自认为伟大的时代，流行诗人行万里路，诗人串行闲逛荡，诗人交流诗艺打秋风。

春天里，从峨眉山下来几个诗人，个个仙风道骨，我设宴招待。那时没能力进饭店，所谓招待，也就在家里做几个热凉菜，喝顿酒。

其中有一道曲曲菜给诗人留下一点诗意。

我家刚搬到县郊，周围是麦田，河沟。太太在附近水沟边薅了几把曲曲菜，洗干净，用开水焯后盛在盆子里，撒上盐、糖，浇上清醋、蒜泥，淋上小磨香油，拌好分摊盘里，端出上桌。最后，其他菜都没吃完，鱼鸡都有剩下，惟有这道曲曲菜一扫而光。还有一个空酒瓶。

诗人问我这道菜名字，这么好吃。

我不好意思说这是在北中原兔子最喜欢吃的菜。

临走他说想带走一些曲曲菜。我说这菜你带走也做不好，只好来到水沟一看，一丛丛很平常的野菜。他掐一叶，叶子流出点点白浆，放到嘴里，马上吐出，说又苦又涩。

最后问这道菜名，我太太老实，说，没啥名，到处都长，就叫凉调曲曲菜，下次来给你拌面蒸曲曲菜。

诗人说，这名字一般化，我要带到广州白天鹅宾馆，叫做"凉拌翡翠"，肯定受欢迎，一定能卖个好价钱。那年景我还没有见过白天鹅。

诗人触景生情，又酸出一句理论，鲁迅不是说过吗，越是民族的就越是世界的。

我说，越是乡下的就越是城里的。你们城里人可以，你唬不了乡下人，河南人历史里都吃苦吃习惯啦。

果然，不出诗人所言，许多年之后，我还是没有到过白天鹅宾馆，不过在郑州一家高档宾馆，我是打秋风，看到菜谱上有一道"凉拌翡翠"，服务员热情推荐，说这道菜青翠利口清热去火。我没点，怕他们启用了当年那位诗人命名的菜名。有人好奇点了，上来是一盘豆芽黄瓜。

这是曲曲菜之后的后话。

瓢，茶，梅豆的关系。

瓢，茶，梅豆。三者本来没有关系，在我的一纸之上集合，三者便有了关系。

瓢儿菜也和瓢没有直接关系。名字里都带一"瓢"字，顶多近似。瓢儿菜就是小白菜，形状像一把瓢的缘故。现代年轻人慢慢不知道何谓"瓢"，以后说不定会改名"勺子菜"或"手机壳菜"，这都有可能。上海人自信，干脆叫"上海青"。

"上海青"曾让我望文生义，这和"上海知识青年"有啥关系？叫"北京青"也一样。丹尼斯超市菜市场的一位河北来的菜贩子幽默，过秤之后对我说，那可不一样，叫"北京青"容易上火。

葫芦是瓢的前世。农学常识里，梅豆和葫芦的藤蔓也爬不到一块，各爬各的。梅豆青年时不努力，只有到秋风乍凉时节，才努力开花，结梅豆荚分外多，大器晚成。经霜的梅豆没有苦涩的青气，口感更好。

去年晚秋一天，站在架子上，我摘下最后一片梅豆荚时，想起母亲在世时，领着几家孩子们搬梯子摘梅豆。吃不完，她就揭开梅豆荚，一一摊在簸箩里，晒干后装入塑料袋。冬天食用，拌上面炸梅豆鱼，然后上锅再蒸，成为一种"小素肉"。

梅豆秧给人的感觉永远摘不完，手边绿秧上哪怕是最后的一串白梅豆花，只要秧不剪断，梅豆们都要装出来继续开花的样子，对抗秋霜。

一碗辣椒油

本话题由一碗油炸辣椒作引子引起。

辣椒油并不是人人都会炸，炸不好造成椒油分离，难以入口。辣椒油在我家分干炸、湿炸两种。湿炸又叫青炸。相比之下，干炸的焦香，青炸的新鲜。

用刀先把干辣椒压扁切碎，辣椒蒂拉出，里面辣椒子清理干净，辣椒子也能掺入炸吃，那是另一种香。炒锅烧热，倒入辣椒干煸，把潮气煸去，煸软，待辣椒皮煸黄起泡后，放油煸炒炸，然后放入蒜末，接着倒入调料翻炒。

炸辣椒关键是油的掌握，油要烧至冒白烟，倒油途中略停搅拌，辣椒才会均匀受热，倒油前先放入酱油香醋将辣椒调湿，这样不会炒煳。

和辣椒油最般配的是刚出锅的馒头，两者有君臣佐使之感。尤其配我家的辣椒油。突出了辣、焦、香，近似精、气、神。

这一天，一碗炸辣椒引起了局部不适。照以往经验，吃两盒"槐角丸"即可。偏偏在错误的时间里得了正确的不适。这一时期正是全市防冠状肺炎疫情，一如封城。我来郑州十多年，这里年年挖沟，因疫情才停止挖沟活动。饭店也随着停止，药店停止，店店谨慎，都怕担当责任。

全市班车暂停，我太太步行去五六家药店买"槐角丸"，都不卖，说接到政府通知，发热药退烧药一律停售。

我太太不满，问，槐角丸是发烧药吗？

年轻服务员答，阿姨，是上级规定不让卖。

我太太说，槐角丸你知道主治啥？是治痔疮的。

服务员哦了一声，不知我太太是退休多年的药剂师，强辩道，那也有退热功能。

晚饭回家，太太把两盒槐角丸往桌上一摞，说，辣椒油再好吃，这几天也得收敛一下！

红胡子

看资料上标明，中国芋头品种南北大约有一百多种。

不出门不知道芋头之大。我后来在南方见到许多芋头，宽肥如箔，虎虎生威，赏芋时，风一吹，面前像长了一亩一亩，一池一池的"绿老虎"。像要起南方的义。其叶子之大，这让我少见多怪，都不好意思画下来。

芋头肉有白色、米白色及紫灰色，翠绿的叶子到齐白石那里不由自主地变化成黑色，芋头块茎有粉红色或褐色的纹理。

我知道"芋头"有"母芋"，分球形、卵形、椭圆形或块状。小的球茎称为"子芋"，再从子芋发生"孙芋"，在适宜条件下，可形成曾孙或玄孙芋等。这近似河南历史上爱讲的那种"愚公移山精神"。

我家院子里种的芋头属于本土芋头，个子长得小，核桃一样大小，收获后母亲舍不得扔掉，洗净要备用。一颗一颗长满零乱红胡子，是一身的红胡子的芋头。这里有颜色细节。除了画家，文艺工作者不会过多关注芋头，因为它不是主旋律。

至今还想起来母亲把芋头煮好，放在白盘子里，芋头装满一盘子，挤在一起。桌子上还有一碟白砂糖。要蘸吃。

母亲坐在厨房，摆上几把小凳，等我们回家。

所谓虫眼红薯

被虫蛀过的红薯叫"虫眼红薯"。小嘴不停。

特点是像人脸上长有麻子。但红薯比人脸优秀,长相不好看,口味却好吃。我是相信虫子的口感,比人类有更高鉴别水平。菜市场一位有买菜经验的妇女同志对我亲切嘱咐,说:"买菜一定要买虫蛀过的菜,没打农药"。语气透出城里人的小思考。虫眼红薯有可能也是没打农药。农学院的老潘教授经常爱说"原生态"一词。我就信这一瞎推测。

由红薯我还想起一位女诗人对我说过一句大气话,你看我长得不好看,心灵却美。

专业上讲,红薯有虫眼是不"换茬"的缘故,地主经常在一块地里种植同一种作物,会有蛴螬、蝼蛄们咬食红薯。

老潘对我说,种植红薯最好使用沙质土壤,板结土壤种出的红薯,面相四崩五裂,容易出现虫眼。沙质土壤种出来的红薯,甘甜可口,长相且好,不易有虫眼。

要想红薯长好没虫眼,关键防止地下害虫,红薯长在地下,容易受到虫害,常见地下害虫有金针虫、蛴螬、蝼蛄、地老虎,金针虫造成的虫眼小,若黄豆大小,它活动能力强,危害期长。蛴螬造成的虫眼比较大,宛若铜钱。我想不到的是,蛴螬就是金龟子的童年时期。好看的金龟子曾让乡下孩子们那么喜欢。

我问,要想吃一块光明净眼的红薯呢?

老潘说,目前大面积种植防治地下害虫主要还是以化学药剂为主。

　　我想到现在农村有人开始少面积种植蔬菜，留着自己吃，采用传统方法。任虫来啃。

　　童年我们割草时偷的红薯没一块有虫眼。那些年，我姥爷在乡下是这样种红薯的。在北地红薯田垄上撒一些石灰，预防虫害。秋天红薯膨大期间，用过磷酸钙与草木灰浸液混合，撒在红薯根部。但秋后红薯产量低了。

　　队长老黑说，全村统一行动，促进红薯生长，能起到预防地下害虫的效果。

　　从站着说话不腰疼的立场，我是比较喜欢这一种传统种红薯方法，红薯苗说，带有植薯者的手温。只是可怜了做地下工作者的那些虫子们，一个漫长季节，都要面临饥荒。

咸菜况味

王常权

温州乐清城区西门菜场外，有一溜简易棚子，隔成单间租给人经营早餐，种类多样，东边间是一家麦饼店。一对六十开外的夫妇在做麦饼，虽说是夫妻店，但主要都是妻子的事，丈夫除了给顾客切切麦饼收收钱，其他时间都是背着手看老婆忙里忙外。

他们家的麦饼与众不同，馅料取材特别简单，只用咸菜、鸡蛋和虾皮，四五十岁的人尝起来，能吃出童年的味道。凭着这个独到的配料，竟也有人从城东甚至更远的新城过来购买。有天我问女主人这咸菜是哪里产的？女人说哪里产不重要，主要是得洗干净。于是又问要怎么个干净法？女人说："要一张一张叶子洗过来，不能瞎洗。"

她说"瞎洗"那会还带了个助词，她的原话是"难道可以瞎比洗的啊"。"瞎比洗"属于民间的口头俚语，还是粗鄙一类的。"瞎比"后面带个动词是很普通的表达法，比如"瞎比喝"、"瞎比打"、"瞎比讲"，这个"比"字也可以替换成其他的谐音字，但不代表本字特指的意思。平常说出来也是轻读，类似于骂人话"他妈的"里的那个"的"，作为语助词要弱读甚至不读出声，停顿一下或有个口型就表示读了。

咸菜在温州地区往往被称为菜咸，而在台州地区又被称为腌菜。浙南是吴语地区，口语里经常出现倒置，比如把砧板叫做板砧，把拖鞋叫做鞋拖，不一而足。至于什么时候说咸菜，什么时候说菜咸，完全要看语境。麦饼摊主的生动表达勾起了我对咸菜也就是菜咸的记忆。

说起来不好意思，我在农村长大，对腌咸菜却没有什么记忆，印象中就记得外公家腌咸菜，舅舅在缸里踩雪里蕻菜的场景，我那时六七岁，也跃跃欲试，好像被大人几句话就给吓回去了。再有记忆已是成年后，我在城区东门的黄岙山下，看到农民露天搭建的混凝土腌菜池子，塑料膜夹着木板，在巨石的重压下，边口渗出的青绿汁水。

我对菜咸的记忆，只剩下几个零星的场景，而且都跟用餐有关。

按照从小到大的时间线，我第一次对菜咸的深刻印象是在八九岁的时候，那个让人生出无限盼头的八〇年代初。那时浙南农村里也有万元户了，万元户自然要起新屋，这不但是彰显实力的事，也是光耀门楣的事。

起新屋有个顶重要的内务，就是要给师傅工匠们提供"接力"。我见过镇上有人起新屋吃"接力"，那天主人家提供的主食是面包，南方有些地方方言里的面包，就是北方的馒头。配菜是斓鲗（跳鱼）炒菜咸，民间往往简称为"斓鲗腌菜"。可能那天主人忙，"接力"送得晚，工匠们吃"接力"的时候，我们正放学。于是一帮小孩就杵在那儿看大人吃东西。只见师傅们大口嚼着面包，一边用筷子挑起菜咸配送过口。这一大脸盆菜咸真是管够，师傅们夹过来放碗里，像吃面条一样，"呼呼"地吃下去，一边还说"斓鲥都没见着几条"。

那天的盛大"接力"，让我深深记住了菜咸这个食材。白色搪瓷脸盆，装着青绿的菜咸，刀工不错，切得丝丝缕缕，间杂几条斓鲥，盆边的汤汁泛着油光，有时还有个把白白的蒜瓣从菜咸的间隙里现出来。这一场景和这盆斓鲥炒菜咸，看得我口水直流，认定这就是人间至味。以至我不管以后吃到多少斓鲥炒菜咸，都认为比不上童年时看到的这一盆。直到有一天，在朋友的工地看到工人就着一脸盆的斓鲥炒菜咸在吃饭，于是兴致勃勃地加入，发现咸得发苦，问其原因，厨师说夏天工人出汗太多，要多吃点盐。这顿饭之后，终于把我童年的馋劲给洗干净了。

再一次惊艳于菜咸是在雁荡山麓的山乡智仁。那天去采访茶叶生产，一个人在乡间乱走，错了路，过了饭点才到一个小村，村里只有几户农家，就一位老太太的家门开着。我问有吃的没有？老太太说煮点饭很快，可是没有菜，只有竹笋和腌菜，如果能将就可以给我炒。我低血糖有点上头，心想能吃上饭就好。

老太太给我炒了个笋片，简简单单，也没放猪油或者五花肉，就是色拉油素炒，白嫩的笋片过了油，成了象牙色，出锅前撒上一把腌菜碎，上了桌。说实话，鲜笋不焯水直接炒会有涩味，经过咸菜碎一中和，涩味没有了，还把鲜笋本身的鲜甜味给带出来了，而且好看，笋片粘上咸菜碎，就像白面饼上的芝麻，桃红李白相得益彰。

我大口吃饭，吞下几口才夹片笋过饭。老太太怕我噎着，用剩下的笋尖切成笋丝，给我做了碗汤，也是简简单单，加盐再撒一把腌菜碎。等我吃过两碗饭后，饿魂稍定，才想起欣赏老太太这农家菜的好。

重新夹过笋片慢慢地嚼，把汤舀起小口地喝，发现在新鲜春笋的本味之外，全靠这雪里蕻腌菜来转味。俗话说"吃遍五味盐好"，道的就是转味的境界。鲜甜的春笋固然可以不加任何调料水煮着吃，但吃多了还是会腻，这时候夹杂其间的腌菜碎就起了解腻转味的作用。老太太随手放腌菜碎可能是烹饪习惯，但这习惯里蕴含着传统的智慧。

老太太坚决不收钱，我就把自己吃过的碗给洗了。谈话间发现老太太能读下全本的经书，于是就拿"增之一分则太长，减之一分则太短"来恭维她菜做得好吃，老太太听了哈哈大笑。

和智仁这次经历相比，另一次采访的经历，听起来是个悲情的故事，但是在这故事之外，菜咸的草根性居然给出了温情的效果。那天接到报料，说是南塘镇有位癌症患者，自己抗癌成功，秘方是吃海带。那时候我手头有个和民政局合作的"百岁老人系列"在做，有关保健养生也在专栏范畴之内，于是欣然前往。

采访的结果并不如人意，那男人患的是鼻咽癌，因为家里穷，没有好好去医院看，刚患病时去过医院，后来就不去了。他吃海带也不是受什么高人指点，把海带当特效药吃，他们家吃海带，纯属海带便宜。我看他们家海带一煮就是一大锅，混着菜咸煮，要不然吃起来没味道。他们家邻居开玩笑说，这一家人海带嚼起来"剌剌响"，外面下大雨都听不到。

照此看，这男人癌症的痊愈，完全是因为个体基因的强大，在医学上是个特例，算不得医学样本。而且海带和腌菜制品，一个高碘一个高盐，都不利于鼻咽癌患者的康复。但不管怎么说，看到贫家男子癌症得愈，一家人开开心心用海带炒菜咸下饭，我也心生温暖。

那次采访回来后，有大半年的时光，我也变得很喜欢吃海带炒菜咸。我发现，如果在刀工上讲究一些，配料上再丰富一点，比如来点三层肉，来点姜丝和蒜末，口重的来点花椒和辣椒，这道普通的家常菜的确可以做到百吃不厌。我试过很多其他搭配，炒海带最搭的还是菜咸。

如果抛开腌制食品高盐、富含亚硝酸盐这些顾虑，菜咸的确是一种非常经典的配菜，称得上厨房里的"甘草"。数百年来，菜咸配佐的菜肴长盛不衰，诸如"大汤雪菜黄鱼"、"斓鲥炒菜咸"、"菜咸炒墨鱼"、"鱼胶烧菜咸"、"鲳鱼烧菜咸"、"菜咸涂蒜汤"，这些名贵的海鲜，没有了酸酸咸咸的菜咸辅佐，本味的鲜甜可能要打个折扣；再还有像"雪菜肉丝面"，以及它的兄弟"片儿川"，甚至是东北的"酸菜粉条"，四川的"酸菜鱼"，哪一样能离得了菜咸能独标一格？都说糖蒜是火锅的灵魂，我看菜咸是百味的灵魂。

乡谚里的美味咸食

王　寒

春天里的繁花，总是一树一树开，玉兰花开得高昂，有女将风范，樱花开得迷离，是文艺小清新，桃花一脸羞涩，却也直白坦率，惟有河边杨柳，娴雅静默，垂下绿色长丝。在老家，腌制后略带"臜脓臭"的鱼生，被称为带柳丝、咸带柳、带柳，因为其细长如柳丝。比起温州人所说的白带生、白带丝，显然更有诗意。

"糟鱼生，溇芝麻；蟹酱卤，节夹花"，是老家的美食谚语，指的是过去餐桌上常露面的四样咸货。

糟鱼生

在饮食界，鱼生通常指生鱼片，也就是孔子说的"食不厌精，脍不厌细"中的脍。生食鱼片，隋唐时就流行，鱼不拘大小，鲜活为上。去掉头尾，用快刀切成雪白的一片片，摊于纸上，晾上片刻，擦净水，堆在金盘玉碗上，便可大快朵颐。

而在浙东，鱼生专指重盐腌制、酒糟糟过的小鱼。老家还有一句俗语，"鱼生鲞头，水桶拗兜"，鱼生与鲞头都是极咸的下饭小菜，水桶与拗兜都是盛水的器具，意谓同一回事。

老家的鱼生，大多是用一种体型很小的带鱼腌制的，这种小带鱼又叫小白带（小白大），台州人一般称为条子，新鲜的条子披云镂雪，玉白可爱。变质腐烂后，看上去脏乎乎臭烘烘糊糟糟。在家乡，如果一个人不修边幅，邋里邋遢，人家就会叫他"烂白大"。白大价钿便宜，在家乡，它的出路只有两种：晒烤头或腌制。

腌制鱼生的小带鱼，也有讲究。太小太细，不堪腌制，太大，骨头变硬，吃起来，口感不好。东海是温带海域，三月春江水暖，细小带鱼开始向浅海处游动。此时的小带鱼条子因是幼齿，身软不经腌，一腌就化为卤水。到了四月上中旬，小带鱼不大不小，条子细而均匀，最宜腌制。

出海的渔船都备有木桶和食盐。为了保鲜，小白带打捞上后，现场作业，就地盐腌。二三天后，沥掉水分，加上慢火煮好的糯米粥、红曲、糖等，拌上盐，再加少许白酒，放在坛里密封，在阴凉处发酵，过三个月即成。腌好的鱼生，鱼腥味浓烈呛人，色泽艳红，如抹上胭脂，现出桃花红晕。

过去在渔村，节俭的主妇，年年都会自腌鱼生，或自吃，或送人。我第一次吃鱼生时，鱼生一入嘴，齁得说不出话。

鱼生极咸，三伏一到，胃口不开，鱼生是塞饭榔头中的战斗机。吃时，加点菜头丝（萝卜丝），可以增加清鲜的口感。加点醋和白糖，能调和鱼生的咸腥味。

口味重的人最好这一口，夏日炎炎，鱼生不但是下饭利器，还是保命利器。鱼生吃完了，腌鱼生的卤水也舍不得倒掉，炒冬瓜、炒白萝卜丝、炖萝卜块时，加点卤水，提鲜又增味。

喝酒的时候，不能吃鱼生卤，否则会烧心泛酸，家乡谚语，"自作自受，鱼生卤过酒"，指的是自食苦果。

老家人口味重。有几次，参加聚会，酒足菜饱后，席间大腹便便的土豪，一边嗑着牙花子，一边招呼服务员，来点鱼生、豆腐乳！鱼生、豆腐乳上来，一碗饭，风卷残云般很快落肚。对于某些人来说，没有鱼生的大餐最难将息，他们甚至拿茅台、拉菲来配鱼生，把我看傻眼了。

糟鱼生是黑暗料理，一根根细小的红条子，如布条缠绕一起，吃起来，黏黏糊糊，软软塌塌。但它有一个贵气的名字，叫"金钩玉带"。金钩是兵器，形似剑而曲，小带鱼的身形，的确与金钩有几分相似。

那时，还有鱼生罐头，曾经有人将一罐鱼生送给国学大师南怀瑾先生，南怀瑾把这罐鱼生转赠给在台湾的同乡、新闻界元老马星野，马星野见到鱼生，勾起思乡之情，"眼前点点思亲泪，欲试鱼生未忍尝"。看到鱼生，想起山河故人，一时间，忍不住落泪。

娄芝麻

娄芝麻比起糟鱼生，知道的人就少多了。

娄芝麻是海生贝壳，薄壳扁圆，它生长在潮间带至浅海泥底，两片粗砺薄壳，包裹住雪白胴体，大小类似香榧，外形有点像蛤蜊，又有点像缩小版的蛏子。娄芝麻跟蛏子一样是邋遢鬼，在滩涂里滚得一身烂泥，只是肉不及蛏肉饱满鲜甜。

　　人们对蛏子高看一眼，对溇芝麻却颇为轻视。福建一带，称之为懒绩麻。《闽中海错疏》有记，"壳灰白色，合处有黑色，肉有麻丝状，闽中称，俗呼为懒芝麻"。《海族志》说它，"形似蛤蜊而白，合口处色黑，俗呼为懒绩麻"。绩麻的意思是把麻搓成线。家乡人则称为烂芝麻、溇芝麻，因为它灰白的薄壳上，常有黑芝麻般的黑点，壳又薄脆，清洗和翻炒时易碎，故称烂芝麻。溇芝麻清洗后，养在水里，跟蛤蜊一样，会伸出舌头吐水玩。而称之为溇芝麻，是因为它在鲜食之外，经常用盐腌制后食用。溇的意思就是用盐或其他调味品拌渍。

　　溇芝麻是很好的下酒菜，过去，几分钱就能买上几斤，用葱蒜快炒，拿来当过酒坯。夏至到处暑，溇芝麻旺发，量最大，味道最是清鲜，只是壳薄肉少，吃不大过瘾，也因为不过瘾，越吃越想吃。会当家的主妇，会加豆瓣酱炒，用来过稀饭，稀里呼噜能干好几碗饭。溇芝麻还是海边孩子的零食，大人买来一堆，加几根姜丝，加点盐，放水中一汆，待溇芝麻的两片薄壳一开，赶紧用笊篱捞上来，盛在搪瓷碗里，端一盆到门口，孩子们窸窸窣窣可以吃上半天，也没空缠着大人了。在海边，孩子们的零食是螺蛳、溇芝麻、虾干、虾蛄干。

　　溇芝麻还能晒成干货，海边人挖到一大麻袋的溇芝麻，洗净，摊在大太阳底下晒干，用碾子碾碎薄壳，捡出肉干，就是鲜香的溇芝麻干，如蛏干、虾干、蛤蜊干一般。下面条、放汤，都是极好的。

　　溇芝麻盐腌最常见，老家人称为溇芝麻壳。溇芝麻洗净以后，用高浓度的盐水和白酒腌制，薄壳里的一点白肉，被烈酒和浓盐一刺激，蜷缩成小结，咸鲜入味。

过去，老家温岭海边的溇芝麻很多，随便一挖，就是一麻袋。不过，溇芝麻最多的，是三门，三门滩涂广阔，淤泥肥厚，是各种小海鲜的乐园，早些年，溇芝麻在滩涂上密密麻麻，到了夏天，满地都是，夏天的溇芝麻味道最好。三门溇芝麻分布面积之广、密度之高、数量之多，居全省首位，尤其是浦坝港的溇芝麻，密度比杭州湾、乐清湾高出一千多倍。

物多则贱，三门人看不上溇芝麻，说肉这么一丁点，吃起来费时巴拉的，拿去喂猪、喂鸭、喂鱼、喂虾。吃溇芝麻长大的虾兵蟹将，肉质格外鲜甜。鸭子也好这一口，它的大名就叫渤海鸭嘴蛤，台湾人称船形薄壳蛤，煞是形象。早时溇芝麻满滩涂都是，除了当饲料，海边人甚至拿来沤肥。

现在，溇芝麻已很少露脸。我也有好多年没见到溇芝麻了，或许，某一天，它只活在我们这一代人的记忆中。

蟹酱卤

山里有豆瓣酱，海边有虾虮酱，还有蟹酱卤。

海边人家拿肥壮的膏蟹做呛蟹，挑剩下的瘦蟹、小蟹和滩涂上荸荠大小的蟛蜞、沙蟹，用小捣臼捣碎，加盐和酒，腌成蟹酱。捣碎的蟹酱，更能吸收烈酒和海盐的气味，既咸又鲜。浙东有一句乡谚，"捣蟹酱，念弥陀"，海边的老妇一边使劲捣着蟹酱，一边惜它是条命，不停念着阿弥陀佛替它超生。很有喜感。

也有整只腌制的，小沙蟹洗净后，一只只放入坛子，加入盐、糖、白酒醉泡，再添红酒糟、白糖等，短则三天，长则七天，入味后，即可食用。

腌好的沙蟹，肉还不够塞牙缝，但壳上咸鲜的味道，可吮吸，可下饭。吮一口，鲜味如海浪排山倒海而来，能顺着鼻子里面的神经，直接爬到大脑神经末梢。我吃过蟹酱，死咸死咸，入嘴那一刻，就像游泳时呛了一口海水。

浙东有歇后语，"蟹糊倒进糟鱼鲞——一笔糊涂账"。蟹糊蟹酱倒进糟鱼鲞里，糊与糟混在一起，分不清谁是谁了。

除了沙蟹、蟛蜞，红钳蟹也可以拿来捣蟹酱，红钳蟹比蟛蜞、沙蟹档次略高，因为它有红艳艳的大钳。捣蟹酱之前，大钳子要先掰下来，只是敲碎外壳，不入捣臼。小蟹一股脑儿倒入石臼，三下五除二，捣成糊状。捣好之后，把敲裂了的红钳蟹大螯，扔进大瓮小埕一同腌制。

渔家饭菜简单，烧饭时，从罐子里舀出几勺蟹酱，搁在饭架上蒸熟，就是一碟下饭。红钳蟹则被大人单挑出来，分给孩子，一人一个。孩子们拿着蟹钳，慢慢吮吸，吸一次，干一口饭。

父亲说，爷爷节俭成性，在世时，家里常吃蟹酱卤。爷爷的口头禅是，桌上无碗菜，筷子伸不开。糟鱼生，娄芝麻，蟹酱卤，节夹花，这些腌渍的小菜也都算菜，一年吃到头。因此，咸鲜味成了父亲味蕾上的童年滋味。

爷爷曾是方圆十里有名的地主，虽是地主，但常年下田。父亲说他是周边几个村庄的名人，之所以出名，有三点，一是非常勤劳，二是非常节俭，三是培养出两个大学生。爷爷在我出生前就去世了。我只见过爷爷的照片，一个清瘦和蔼的小老头。我很难把他与电影中戴着瓜皮帽、脑满肠肥的地主挂上钩。

父亲说，那时家里的蟹酱卤多是用沙蟹做的。沙蟹在老家不值钱。开春，爷爷去温岭街买上十几斤沙蟹，做成蟹酱，就够吃一年了。做蟹酱时，把一斤沙蟹捣碎，加上三两左右的盐。这样重盐腌制的蟹酱，有一种凌厉的、不加掩饰的咸，但很能下饭。爷爷终生辛劳，克勤克俭，在二十世纪四五十年代，把两个儿子送到大学——一个读复旦，一个读山大（山东大学）。乡里人说，他的蟹酱卤，吃得值。

蟹酱卤是好下饭，也是好调味，水煮的洋芋和毛芋，未免寡淡，蘸点蟹酱卤，味蕾上就有万种风情。

节夹花

"糟鱼生，娄芝麻；蟹酱卤，节夹花"，最后一种是节夹花，我在《江南草木记》里专门写过这种花。

节夹花是一种植物，每一节开的都是小白花，叶子如柳叶，呈锯齿状，长得粗里粗气，它其实就是开白花的凤仙花，花朵分布在粗壮的花茎间。还有种开红花的凤仙花，小时候我常拿它的花瓣涂指甲。

把白色凤仙花的粗花梗，切成一段段，放热水里汆过。捞出后，在水里反复浸泡，以去除毒素。浸泡干净后，放入坛子，盐腌数日，即可食用，用来下饭，最是相宜。腌过头的话，变成暗绿，一咬，茎软汁咸，咸味与臭味一下子在口中迸开来。老家人管这种开胃的腌菜叫"花梗咕"。

节夹花的花梗腌久了，有股子浓烈的馊腐味。

在老家，用茎腌制的咸菜，还有两种，一种叫苋菜咕，用苋菜茎腌成，一种叫菜蒂头。苋菜咕的味道比节夹花要好，吃起来清口。不过容易长虫。老人们不在乎，照吃不误，说，吃根虫，健如龙！

菜蒂头味道最好，是用芥菜的梗与茎腌制的，一般是腌在瓿头里，腌的时候，瓿头要隔绝空气，否则菜蒂头容易长白毛，长了白毛后，就容易霉臭。腌好后，颜色黄中带点绿，很爽脆，也很清口，略带点开胃的酸，非常好吃。菜蒂头可以连皮吃，如果碰到太老太粗的菜蒂头，吃时要用牙啃去外面的一层皮，如同啃甘蔗皮。

父亲腌的菜蒂头很好吃，家里的瓿头腌过菜蒂头，腌过榨菜，腌过辣包菜，腌过白萝卜。我最爱菜蒂头，小时候嘴馋，常跑到厨房偷菜蒂头吃。节夹花、菜蒂头、腌萝卜，都是咸咸酸酸的，也有辣的，辣包菜、榨菜。

老家的各种腌菜中，雪菜也很常见。过去穷苦人家吃不起海鲜，日日咸菜不离桌，为了安慰自己，咸菜取名“山螃蟹”、“菜头鲞”，春笋则称之为“山头黄鱼”，听上去好像是海鲜的平替。

父亲说，每年秋天，爷爷在地里都会种上一二亩雪里红，到来年春耕时割来晾干，腌在一米多高的咸菜缸里，一腌就是一两缸。腌时，姑姑在一边看，父亲和伯父赤脚站在大缸里，使劲踩踏雪里红，边踩边撒上粗盐。踩好后，再用溪坑里的大石头压在雪里红的上面。有时候，也腌节夹花，不过，腌的就没那么多了。

腌好的咸菜要吃一整年。那时家里的主菜通常是三样，咸菜、蟹酱和鱼生。夏天时，吃节夹花杆、苋菜咕，秋天时，吃腌好的溇芝麻。逢四逢九市日时，爷爷也会买点炊皮、河虾或鲫鱼，一斤吃一市（五天），吃到下次集市时再买。

　　父亲年事已高，喜欢忆旧。一跟我提起爷爷，就要念叨起"糟鱼生，溇芝麻；蟹酱卤，节夹花"。

　　父亲自小生活在东海边，母亲则在西子湖畔长大，父亲是地主家的小儿子，二十多岁就去山东大学读书，毕业后分在中国科学院，母亲是杭州城里的大小姐，家境优渥，三四十年代家里就有佣人，出入有轿车。母亲杭大毕业后，分到温州师范学校（温州大学的前身）。在大时代的浪潮中，因为家庭成份不好，父亲和母亲从北京和温州，被发配到浙南云和，拨乱反正后，调回老家温岭。退休后，父亲和我母亲回到杭州养老。

　　在杭州，他经常想念老家的食物。什么是乡愁？鱼生是一种，溇芝麻、蟹酱卤、节夹花，也是。

我是开豆腐店的

周华诚

豆腐皮

豆腐的学问很深。

日本电影大师小津安二郎，有一本随笔集，《我是开豆腐店的，我只做豆腐》。我以为他是深懂豆腐的。豆腐花样之多，令人惊讶：嫩豆腐，老豆腐，冻豆腐，臭豆腐，豆腐脑，豆腐干，豆腐皮，豆腐渣，豆腐乳，豆浆，腐竹……开一间豆腐店，毫不枯燥。

相比之下，倘开的是一个猪肉铺，那就乏味了。

杭州有一样小点心，叫干炸响铃，这名字不乏味——是用豆腐皮做的。

豆腐皮，薄如蝉翼，于水面上生成。清早吃粥，粥面上会凝成一层皮，柔韧精巧，是为粥皮。喝豆浆——我用五笔打字，想打豆浆，跳出来速效、融资、豆浆三种备选。这是当下时代的缩影，要的是速效，要的是融资。融资更要讲速效。相比之下，豆浆就可有可无了。

且心急也喝不了热豆浆。

一碗豆浆放在面前，要的是心无旁骛。

豆浆放在你的面前，眼睛盯着手机屏幕，心里想的是速效和融资，想的是甲方和上市，想的是十七八件天下大事，那么，豆浆就不是豆浆了。

是什么，无所谓。一碗水，一碗醋，一碗豆浆，一碗酒，你已喝不出区别。

豆浆放凉，浆面上也会凝成一层皮，柔韧，精巧。是为豆腐皮。

好豆腐皮，出在富阳。有个村庄，大家都做豆腐皮。

做豆腐皮，想想应该不难，皮生水面，自然凝结，何难之有。然在那个叫东坞山的村庄，做豆腐皮的技艺已经流传一千三百年。一件事能做一千多年，那一定是有经验可以流传的。

别的不说，走路走上十三年，也一定会是脚下生风。

磨豆。去壳。榨浆。吹风。烘干。一千年来，做豆腐皮的技艺口口相传——真的是口口相传，因为关键在于三口风。

风起于青蘋之末，豆浆初皱，沿锅口微微地吹一圈，这是微风。微风使豆腐皮初凝。

便吹头口风。手执一条两尺来长的竹篾条，随风而上，顺势将皮沿挑起，轻轻贴在梯棒上。

又吹二口风。借助风势，将竹篾条从中抽出，豆腐皮就留在了梯棒上。

再吹三口风。这一阵风，将豆腐皮略略鼓起，好似肥白的鱼肚一样。趁着鱼肚鼓起的当儿，用竹篾条刮掉多余的豆浆。如此，可使豆腐皮薄匀可人。

这就有意思了。

东坞山的豆腐皮,轻薄最甚。轻薄到何种程度,据说一市斤有一百多张。此地附近,寺庙甚多,九庵十三寺,晨钟又暮鼓,山民便制作了豆腐皮送进寺庙,供僧尼与香客食用。

杭州本就有佛国之称,东坞山距杭州不过数十里,附近庵寺香火不断,香客云集。如此,就把这东坞山豆腐皮的名声愈传愈远。

豆腐皮不算得什么山珍海味,然而的确鲜美。日常伙食,豆腐皮炒青菜,简单易行。青菜甜糯,腐皮柔韧,一青一黄,相得益彰。豆腐皮里有一种氨基酸,跟味精成分一样,因而鲜美。豆腐皮也成全了青菜。

复杂一点,就用豆腐皮来做干炸响铃。豆腐皮卷了各种馅儿,入油锅炸得酥香松透,一咬咔嚓作响,有如响铃。

然我看到这个名字,总想起:响尾蛇。

素烧鹅

雪夜,驿站。

英雄卸下刀剑斗笠,进店要了一碗酒。

忽然想吃干炸响铃,便高声吩咐小二上一盘。小二趋前,小心翼翼道,连日落雪,小店准备的豆腐皮已经用完,干炸响铃无法烹制,还望英雄见谅。

英雄二话不说,打马上路,隐入那无边的黑夜中去了。

一路飞奔。

雪落甚疾。

夜半归来，只见英雄两肩雪白，人马周身热气蒸腾。一篮豆腐皮交与店小二，吩咐快快交与厨房去做来。

炸了一盘响铃。再做一道素烧鹅。

素烧鹅可当下酒菜，亦可作小食。在杭州，它是有名的一道素卤凉菜。

小二端上来时，那烧鹅是切成一小块一小块的。色泽黄亮，清鲜有味。

素烧鹅在杭州知味观的做法，是用一些普普通通的糯米，再加一些普普通通的豆腐皮，及一些细沙、白糖和素油。这却做成杭州响当当的一道名点：糯米素烧鹅。

说起糯米素烧鹅，可谓历史久矣。在记载八百年前杭城旧事的古书中，就有它的芳名。到了近代，却像青春小鸟一样不翼而飞。

二十世纪八十年代，知味观的名厨高手查资料，做实验，几番周折，才使糯米素烧鹅重现江湖。到如今已然是常物，杭城一般的餐饮店家点心单上都有。

糯米素烧鹅，色泽好看，口感亦佳，甜香柔软，价格还低廉。顾客在店里食用，店家备有微波炉可加热。若拿回家品尝，亦只须稍微在锅子里烘烤加热，就能香软如初。

杭州人袁枚，在《随园食单》里说到素烧鹅：

"煮烂山药，切寸为段，腐皮包，入油煎之，加秋油、酒、糖、瓜、姜，以色红为度。"

内中馅料与今有所不同，所用腐皮却是一样的，烹饪手法大同小异。

豆腐皮，是素食的好原料。说来说去，还是与僧人有关。

《舌尖上的中国》里，有个淮扬菜的名厨叫居长龙，做过两道菜：文思豆腐，鉴真素烧鸭。文思豆腐，有人说来源于文思和尚。鉴真素烧鸭，则是用豆腐皮裹上冬笋和双椒，上油锅煎制而成。

素鸭，素鹅，素鸡，反正跟鸡鸭鹅都没有关系。我母亲常在节日做一道菜，素鸡。用芋奶、豆腐、肉糜等作馅，以鸡蛋皮包裹，蒸熟，是母亲拿手的绝活，其滋味隽永，令人想念。比真鸡好吃。

杭州寺庙的素馔，我吃过几次。南山路的净寺，运河边的香积寺，都有素烧鹅售卖。香积寺的素面非常好吃。灵隐附近的永福禅寺，我们常去喝茶，中午吃素斋，有一道红烧臭豆腐，其味之妙，令人绝倒。

臭豆腐

永福禅寺好地方，有隐逸气。

去过几次。一次看梅花开，喝茶。一次雨后空山，观云蒸雾蔚，喝茶。再一次，松下坐久听流泉，喝茶。

永福寺的素斋中，一道红烧臭豆腐，是众人必点的。

寺中僧人创造的这道菜，已是美食圈中备受推崇的菜色之一。连永福寺的邻居，此城最奢侈低调的酒店安缦法云的客人，也常寻去永福寺，尝一尝这道臭豆腐。

臭豆腐入菜，常有两种形态，一种一塌糊涂，一种呆头呆脑。

呆头呆脑，是方方正正的臭豆腐，一块就是一块。端上来时，臭豆腐还是正襟危坐，边上点缀着几粒绿葱，两丝红椒。一塌糊涂，就是永福寺的这一种，一盘子都碎了，里面裹挟着几颗毛豆，几粒红椒。

这二种都是菜。是真好吃。是真下饭。

作为小吃的臭豆腐，则常现身于竹签之上。

龙翔桥工联大厦后头，有条逼仄的小巷。巷子里头常年飘荡着臭豆腐的味儿。循味而往，则能找到一位卖臭豆腐的阿姨。

阿姨上了年纪，卖了许多年臭豆腐。她即便不卖臭豆腐，只是在小巷子里走过，人见到她，也会冲她叫一声臭豆腐阿姨。

这是一种气场。

人活一生，活的就是一个气场。

她家的臭豆腐，是自己买了老豆腐来做的，因而够臭。说是臭豆腐，若是不臭，那是欺骗顾客。说不过去的。

鼓楼城门口子边上，一到晚上，也有一个臭豆腐摊儿摆出来。炸出来的臭豆腐（好香，啊好臭），一串串金黄色，涂上甜酱或辣酱（边涂边吞口水），就可以吃了。外焦，里嫩，有嚼劲。风味自知。

萧山西门菜市场，臭豆腐也有名。这家菜场里，但凡霉干菜或臭豆腐之类的食物，都做得地道。萧山近绍兴，喜食霉苋菜梗及臭豆腐。

臭豆腐买回家，不吃辣的，直接蒸熟，淋一点麻油，就很好吃。会吃辣的，用剁椒和野山椒一起，与鱼头同蒸，绝配。

富阳永昌镇，臭豆腐极有名。清朝末年，黄姓人从江西迁至永昌，以制豆腐为生。他们家的臭豆腐，因出奇鲜美而流传下来，我掐指一算，这永昌臭豆腐，已有百年之久。

臭豆腐之臭，在于一缸好水。从前做臭豆腐，对配制卤汁相当考究。配卤汁多选在春季，采用香椿树芽叶煮汁，冷却后，掺入多种调料勾兑，遂成臭水。这臭水里浸出来的臭豆腐，后味常有菜蔬的清香。

然而臭水的配制过程，终属商业机密。永昌臭豆腐所用臭水，据说已经传了四代，内中到底有什么成分，已然无人知晓。半成品豆腐浸入臭缸，夏天八小时，冬天十几个小时，其臭方可入味。

卖油炸臭豆腐的摊儿，常在午后或黄昏出现。夜半时分，于清冷的街头，这臭味儿飘荡，对晚归又饥肠辘辘的人大抵有着致命的诱惑力。

臭豆腐也是张爱玲喜食的小吃之一。她曾记述买臭豆腐的情形：

"听见门口卖臭豆腐干的过来了，便抓起一只碗来，噔噔奔下六层楼梯，跟踪前往，在远远的一条街上访到了臭豆腐干担子的下落，买到了之后，再乘电梯上来。"

我想象着，张爱玲着一身花样旗袍，手捧盛着臭豆腐的一碗，匆匆闪进电梯。而六楼的窗内，谁人在等着，与之同享？

且喝茶去。

毛豆腐

一玻璃罐的霉豆腐。

吃早饭时拿出来。吃中饭时拿出来。吃晚饭时拿出来。

我上初中时，是住宿在学校，一周回家一次拿米拿菜，平日在校，只好常与霉豆腐相伴。偶尔会带咸菜拌肉，油炒萝卜丁，雪菜豆腐丁，但大多数时候，行囊里都少不了一罐霉豆腐。一吃就是一星期——别的菜经常吃到长毛为止，惟霉豆腐不怕，怎么放都不会坏。

霉豆腐辣，且咸，现在偶尔吃一次，觉得还挺鲜美。但再好吃的东西，也架不住天天吃，那时看见霉豆腐就没有食欲。我有同学，中学毕业后二十年，再也不碰霉豆腐。实在是已经厌倦了。

味蕾说到底，是记忆的投射。

霉豆腐，不记得流传多少年，只知母亲每年都做几罐。

母亲做霉豆腐，也是家传的手艺了，我看过多次。先把豆腐买来，风干后切成小方块，架空了放在木盆里，上面用湿毛巾盖着，置放一个多星期，静静等它发霉。

等到日子都发霉了——豆腐也发霉，且长的是白毛，如霜如雪，美艳异常。第一次见到，我就吓一跳，这东西能吃吗！当然能。要的就是这白毛。

再取红椒粉，与盐巴拌好。把长了白毛的豆腐在其中滚一滚，豆腐上就沾满了红的辣椒与白的盐粒。这沾了红辣椒与白盐粒的豆腐，整整齐齐地码进瓦罐，然后，倒进白酒。

豆腐与豆腐之间，宜松，不宜紧。写散文也是一样。密时，密不透风，松时，疏可跑马。松是一种心态。心态一松，闲笔就到，闲笔一到，韵味就来。

松了，文字或豆腐即可一边发酵，一边膨胀；韵味，即可在豆腐或文字间流窜。

又，把烧热且放凉了的山茶油倒进瓦罐子，豆腐，于是被香香的油浸泡，包围。然后把瓦罐密封，在柜子里放置几天。

豆腐继续在瓦罐里发酵，与此同时，人的想象与食欲，在瓦罐外面发酵。有一天，打开瓦罐时，浓香的酒味与霉豆腐的香味，就扑鼻而来。

好文章！他们说。

这霉豆腐，久放不坏，吃个一年半载，无一点问题。

外公在世时，常到我家来，每顿必喝一盅酒。那时清贫，下酒菜是辣椒炒蛋，或几粒干咸菜。便只有一块霉豆腐，亦是好的。

外公用筷子尖夹取一点霉豆腐，放入口中细呷，三指拈碗到嘴边，吱的一声，神情里已然是十二分的满足。

平淡的家常日子，霉豆腐是必备的一样小菜。清晨可以用作下粥小菜。农忙时候，也可以省去做菜的工夫——霉豆腐极下饭。半块霉豆腐，可以下一大碗白米饭了。

霉豆腐的汤汁，可以用来炒公耶——那是一种大叶的青菜。口感略涩。热辣辣的腐汁搭配着略涩的公耶，却就十分美味。

到安徽的徽州休宁县，途中见到农村公路边的白墙上写，"舌尖上的中国"徽州毛豆腐拍摄地。便停车，去寻访。徽州的毛豆腐，前段工序与我老家的霉豆腐大同小异，也是把豆腐放置发酵，等它长出寸许的白毛。只不过，徽州的毛豆腐，不像母亲做的霉豆腐是一小方一小方的形状，而是长条状。

毛豆腐长了毛，再下锅，用油煎成两面略焦，再红烧。这是徽州毛豆腐的吃法。还有一种，是小食的吃法：街边的炭炉上，一锅热油，长条状的徽州毛豆腐一条条铺满锅底，文火煎炸。毛豆腐一身的白毛，此刻逐渐地变成金黄，再变成一层厚墩墩的外壳。毛豆腐的异香，也在热油的逼迫之下，四散逸出，引人垂涎。

一勺辣子油，一勺辣酱，则可让毛豆腐的精彩加倍。

只是，这毛豆腐，未必只在徽州有。

一次偶然，我到浙江淳安县去，在一个叫汾口的小镇上也吃到了毛豆腐。汾口毛豆腐，闻起来略有些臭豆腐的味道，然与一般的臭豆腐不一样。臭豆腐是在臭水中卤成，而毛豆腐是自然的霉变，闻起来有淡淡的臭，吃起来兼有臭豆腐与鲜豆腐之鲜香。

汾口毛豆腐，与徽州毛豆腐，极为相似。一看地图，汾口本就离安徽并不遥远。

汾口大妈每天挑担行走，烤卖毛豆腐。担子一头毛豆腐，另一头烤炉；炉下有炭火，炉上有炉栅。她当街坐了，一手拿那扇子催火，一手把毛豆腐放在炉栅上烤着。小镇，是有小镇的悠缓自得。人的脚步是慢的，人的脸上也十分淡然。街上有风来，就把那毛豆腐的香，传送到很远的地方去了。

毛豆腐的香，是风语。

远方的人，得了风语，便踱着小小的步子悠然地来了。

霉豆腐，毛豆腐，皆日常之物。大味皆日常，大味出民间，源于对生活的热爱而已。有了热爱，即便是多么乏善可陈的日子，一样可以把最普通不过的食材，弄出人间的好味道来。

豆腐脑

"豆腐点得比较老的，为北豆腐。听说张家口地区有一个堡里的豆腐能用秤钩钩起来，扛着秤杆走几十里路。这是豆腐么？"

用秤钩着走几十里路的老豆腐，汪曾祺没有亲见过，他也只是听说；但这老豆腐——我估计就跟千张差不多了。

"点得较嫩的是南豆腐。再嫩即为豆腐脑。比豆腐脑稍老一点的，有北京的'老豆腐'和四川的豆花。比豆腐脑更嫩的是湖南的水豆腐。"

湖南的水豆腐，我也没有吃过，但在我印象里，不见得有什么豆腐会比豆腐脑还嫩了——除了豆浆。

我在随笔《欢喜如麻》里写到四川豆花。那是一种喜忧参半的进食体验："一碗豆花端上来，上半碗是麻辣料，下半碗才是豆花；油是红油，料是碎料，一碗下去，整个人都快被麻翻了。所以在四川吃豆花，先要跟老板说清楚，是要全麻还是局麻。"

最后一句，当然是玩笑话。不过在成都饮食，无麻不欢。我现在习惯了花椒，倒是很能品赏麻辣口味的豆花，反倒对甜豆花接受无能。然而——豆花与豆腐脑，到底有什么区别？

在从豆浆向豆腐转化的过程，要经历豆腐脑、豆花两种阶段——简而言之，豆腐脑更嫩，稍凝固一些，就是豆花；继续凝固，成了豆腐；再用纱布包起来，压榨去水分，就成了豆腐干。

作为一个南方人，我一直以为豆花就是豆腐脑，其实刨根问底细究起来，才知二者终归是有着细微差异。有的人说，最简单的区分是，豆花可以用筷子夹起，豆腐脑用筷子夹，就休想了。无论如何，关于豆腐的这点儿事，真是会让一个外国人晕头转向，不明觉厉，感受到中国文化的博大精深。

现在街面上，豆腐脑是越来越少见。我有时会想吃一碗豆腐脑而不得。我的经验是，高星级的酒店，在花样繁多的自助早餐里，大多会有豆腐脑这一选项。街头巷尾市井深处，反而不易寻见。现在，每每在酒店的早餐中见到豆腐脑，我是一定会吃上一碗。正月里去苏州，住南园宾馆，曾是蒋氏旧居，早餐时见到豆腐脑，也欣然用之，吃了两碗。

"我想起小时候吃豆腐脑，端着碗走，碗里的豆腐脑颤颤巍巍的，仿佛一动就碎了……"

这是报馆同事李老师的记忆。颤颤巍巍的豆腐脑，也像过去的记忆，仿佛一动就碎了。

"过去装豆腐脑的容器是个深木桶。大概是为了保温吧，舀豆腐脑的时候，就必须俯身下去，把一只手臂都伸进桶里去……"

我记得小时候，也见过这样的盛放豆腐脑的桶。

舀豆腐脑的勺子也特别。把和勺呈直角，就像炸油墩儿的勺子，或是旧时酱油老酒铺子里，竖直着从坛中吊酒用的酒提子——但舀豆腐脑的勺子，是紫铜色，圆形，大碗那么大，且扁扁平平，只是稍稍有点凹而已。

舀豆腐脑的时候，并不是"舀"，而是"片"。伙计用铜勺薄薄地片，一片片放到碗里。李老师说，"可不能拿个勺在桶里乱来，哗啦一个洞。片过以后，桶里的豆腐脑还是完整的，只是少下去浅浅一层。它的表面，如波光轻漾，只留一层层片过的痕迹。"

"豆腐脑片得那个薄啊，又不能碎……"李老师陷入回忆，"三分钱一碗。"

美食的最后，总是会带出价格来。价格留在人的脑海里，就与时代联结在一起。我问她，三分钱一碗豆腐脑，是什么时候的事了。

她说，大概是上世纪，五六十年代吧。

——算起来，到现在也是五六十年了。现在一碗豆腐脑，价格是五六元。

读汪曾祺的书，他说到家乡的豆腐脑，"温在紫铜扁钵的锅内，用紫铜平勺盛在碗里，加秋油、滴醋、一点点麻油，小虾米、榨菜末、芹菜末。清清爽爽，而多滋味。"紫铜的勺子，跟李老师的印象是一样的；豆腐的吃法，也依然是经典，多少年，没有变过。小虾米，榨菜末，香葱，或是一把油条末，至今令人流口水。

这是江浙地区豆腐脑的吃法，咸口。有一回，在网上见到乌泱泱的两派人打嘴仗。一派"甜党"，一派"咸党"，满屏的硝烟弥漫，势不两立。一问，居然，是豆腐脑应该甜吃还是咸吃引发的斗争。两大派系针锋相对，泾渭分明，全然不能理解对方在豆腐脑上采取的态度。

怪就怪在，别的食物，粽子包子八宝粥，咸或者盐，不过只是口味相异而已，换了豆腐脑，怎么就上升到决绝的世界观、人生观问题了呢？

豆腐渣

过完年回来上班，公司里的小姑娘说起妈妈做的菜。"难吃啊。"那么难吃的菜，在家时妈妈总让她多吃，念叨说："你过完年回到杭州，就吃不到了……"她说，妈呀，每次在外面吃到不如意的饭菜，就总是会想起你，妈妈！

她夸张的表情，让大家哈哈大笑。以往我们说想起妈妈，总是因为想念妈妈做的菜了，多么温暖。而她的这一种想念却不一样，缀满欢笑，也同样缀满亲情。

妈妈做的菜，不是什么山珍海味，总是日常至极的味道。比如过年前家里磨豆腐，刚刚用盐卤点了豆腐，眼看着豆浆一点一点地凝结起来。童年的你眼巴巴地看着，这时候，妈妈顺手拿起勺子，舀一碗豆腐脑给你，碗里浇上几滴酱油，少许麻油，再随便撒几粒葱花，那一碗，就是天下美味了。

磨豆腐不是常有的事，因为麻烦。大抵只有过年前了，豆腐的需求量大，才自家动手做。做了豆腐，一定会剩下豆腐渣。除了喂猪，偶尔也会拿来做一道菜，最简单的，就是煮豆腐渣。

豆腐渣下锅，煮得久些才好，去其豆腥气。千滚豆腐万滚鱼，豆腐渣也是要千滚万滚，才算正宗。放一点姜丝提味，放两三片辣椒增色，继续煮，直到咕嘟咕嘟煮透，直到啪啪啪啪水分略干，甚至直到锅边都有略略的焦糊了，方才起锅。好吃又简单。老家县城的南门街，在巷子口有一个夫妻档小饭店。因地处三角，故名金三角。他们家有几样家常菜是烧得极好的，红烧汪刺鱼，炒肉圆，炒三丝，还有一个便是"豆腐泡儿"。方言叫做豆腐泡儿，其实也就是滚豆腐渣。我每次去，这道菜都是必点的菜。

萝卜缨子炒豆腐渣，也是家常的味道。绿绿的萝卜缨子撒在白色的豆腐渣里，颜色很是清新悦目；少油，少盐，这样的吃法在今天是非常健康了。从前人们油水不丰富，就觉得豆腐渣也好，豆腐也好，少了油，味道就很寡淡，没有什么吃头。偶尔要是有一些猪油渣，放进豆腐渣里一锅煮起来，那可真是难得的美味。

现在呢，味觉反而清淡了。日本人白水煮青菜豆腐，我也觉得好吃。有几次在家尝试用一锅白水，煮了大白菜和豆腐汤，也有滋味万千。至于豆腐渣呢，去年腊月在一个古镇上吃过一回，特意交代说少放油盐，还是很好吃。吃着吃着，就想到年关近了，年味在古镇上渐渐地浓起来。

是啊，现在难得吃上豆腐渣了。

豆腐渣上不了大雅之堂，很多饮食典籍都不见记载。大概，不免是因为一个"渣"字，暴露了其地位的卑贱。而且，人们常说某种建筑是"豆腐渣工程"，说某种人生状态是"豆腐渣"，虽然都是比喻，无形之中，却更令人觉得豆腐渣不过只是边角残余。

好的人生是怎么样？我想，即便是豆腐渣，也可以成为人间的美味。多少年过去，少年老成，远游千里，见识过世界的辽阔与繁华，却仍然惦念妈妈做的那一道萝卜缨子豆腐渣。

公司里的小姑娘，说起妈妈做的菜，虽对妈妈的厨艺颇为不屑，然而离家久了，却又跟妈妈在电话里撒娇："妈，你做的菜好难吃啊，可我现在很想吃……"

漉珠磨雪湿霏霏

钱红莉

    菜市有一对大别山里来的夫妇，做了十余年的手工豆腐。他们家的豆制品，始终有着童年里遥远的豆香气。

    一直喜食豆腐，挑老一点的，切薄片，油煎至两面橙黄，移至砂罐，加滚水慢炖，愈久愈入味。佐以适量肉片，肉末亦可。倘想吃得丰盛些，可搭配腐竹、木耳、干黄花菜等，口蘑尤佳。关火前，酱油、钾盐适量调味。上桌时，热气氤氲，小气泡咕噜咕噜冒个不停。夹一片搁饭上稍微凉一凉，再咬一口，鲜美汤汁遍布整个口腔，豆腐外韧里暄，细腻中见香糯。每次，豆腐如数吃完，肉片无人问津。

    一次次想方设法将例行的豆腐煲逐渐提升档次，或者加些牛肉丸、鱼丸、肉丸。最关键，要事先吊好高汤。无非猪棒骨，焯水，入砂罐，小火慢煨。这罐汤，是豆腐鲜味的来源。

    古语有云："唱戏的腔，厨师的汤。"一道菜可口与否，汤殊为关键。

    一日，看美食纪录片，讲的是鲁菜。泰山脚下的豆腐，颇为著名，得益于山脚下一眼泉水。泰安小城有一道豆腐白菜，令食客交口称赞。大厨同样先吊汤。猪棒骨、瑶柱若干，老母鸡一只，用泉水，煲四小时，末了，捞出三样食材，将事先剁好的鸡肉茸、猪肉茸一齐放入汤中，瞬间，汤中杂质被肉茸悉数吸净，重新过滤掉肉茸，徒剩一锅清汪汪的汤水，色近泉水般清澈。豆腐、白菜断生，汇入清汤之中，上桌。岂不鲜美？

川菜中，也有一道白水青菜。考验川厨的勺下功夫，也是让做一道白水青菜。说是"白水"，实则还是清汤。所谓素菜荤做，过程繁琐复杂，食客看不见而已。

扬州的煮干丝，关键也靠吊汤。汤之鲜，同样依靠鸡、鸭、猪棒骨。特制的豆腐干，切细丝，于碱水中过一遍定型，再入滚水汆烫，祛除豆腥气，装盘，顶上放一撮鸡丝，淋上高汤。

日本人在豆腐面前，呈现出一种奇崛的清心寡欲。刚做出的豆腐，切小块，既不煮，也不汆烫，直接入嘴，佐料全无。他们追求的，是最极致的本源之味。

午餐，当我们吃着豆腐煲，孩子又一次提及小城芜湖那家饭店里的青菜豆腐煲，意思是让我下次也加点儿青菜进去。

癸卯正月初一，回小城芜湖探望双亲，在饭店也点了一道豆腐煲。大半年过去，小孩犹记它的鲜美。一座城市，恰好被长江、青衣江环抱——水好，豆腐可口。土质好，青菜美味。

在乡下，我自小学会如何做豆腐。是腊月，临近春节，大人自镇上买回一块生石膏。早饭粥烧好，锅洞中草木灰残留余温，石膏埋进灰中焐熟，火钳轻轻夹出，捣碎成末，备用。浸泡一宿的黄豆饱胖而亮堂，晶莹如琥珀。以石磨，一点点磨出浆水，用纱布袋过滤出豆渣。浆水烧开，舀至木盆中。热气滔天里，用葫芦瓢顺时针慢慢搅动豆浆，一边搅，一边加入事先兑过水的石膏末，徐徐地，徐徐地，浆水形成一个漩涡，让其静置几分钟，撂一根筷子入盆，筷子直直站住了，豆腐即成。

彼时，一家老少怀着喜悦，各自舀一碗豆腐脑享用着，连黄浆水也一起喝下去了。随后的事，由大人去完成。取下一只五斗橱抽屉，洗净后铺上纱布，豆腐脑舀进去，包上纱布，压上大青石，黄浆水汩汩而下。想要千张，便多压几块石头。剩下大半，统统成了豆腐，菜刀划成一块一块，托在手上颤巍巍，终日养在水中，三四日换一次新水，可一直吃到正月十五。

我以白话叙述豆腐的制作过程，颇为无趣。读读清人张劭的《咏豆腐》，美得飞起："漉珠磨雪湿霏霏，炼作琼浆起素衣。出匣宁愁方璧碎，夏羹常见白云飞。蔬盘惯杂同羊酪，象箸难挑比髓肥。却笑北平思食乳，霜刀不截粉酥归。"

苏轼更懂得享受，他一边吃豆腐，还一边不忘痛饮蜂蜜酒，《又一首答二犹子与王郎见和》有云："脯青苔，炙青蒲，烂蒸鹅鸭乃瓠壶。煮豆作乳脂为酥，高烧油烛斟蜜酒。"

最近，我时不时去内蒙古牛羊肉专卖店，买几根羊拐，焯水，小火煲汤久之，色如牛乳，喝着且黏嘴。喜好撒胡椒粉的小孩，一碗羊汤尽，发出嗟叹之声。剩下的骨头也不浪费，将骨髓小心剔出，一滴也不放过，全部吃下去。这样的羊拐，三四根足矣，所费菲微，八九元而已。下回煲汤时，也可放一条鲫鱼，切几块嫩豆腐。

富人有海八珍、山八珍之说。平常人家，羊汤豆腐，一样养人。

"仙江"的鱼鲜

许新宇

一

"仙江"是建德人对新安江的爱称，因为一是白沙奇雾升起时，薄雾弥漫，江上宛若仙境；二是本地人说到"新安江"，语速加快，就仿佛是"仙江"。

在落日余晖照映下的仙江，水波粼粼，静若处子。傍晚，遛一会儿，过紫薯绿道到"溪台觅缘"驿站尽头，在小码头处，见一男子裸露着上身，站在水边，放网排捕鱼，他悠闲地慢放着渔网，渔网浮子缓慢地飘向不远处的建德大桥桥墩。这种长约几十米，宽不过一米的长排渔网，只能兜住一些小鱼小虾，这是捞捕江鲜的简单方法。

在仙江捕鱼的方法有很多，有的划着小船到江心，向天张网一撒瞬间入江水的即时捕捞；也有占据岸边一地，在树荫下久久垂钓；更有傍晚撒网，清晨起捞的"守株待兔"。

不要以为这些操作小家子气，就没见过大风大浪里的捕捞。对住在新安江两岸的人来说，洪水滔天是司空见惯的事。那年，为了减轻安徽境内黄山一带洪涝灾害的损失与压力，新安江水电站第一次以九孔放闸行洪分流水患，那出水的气势惊呆了建德人。那些养在千岛湖深处的胖头鱼过闸时，犹如鲤鱼跳龙门，翻滚而下，不是砸死就是砸晕，脑震荡后的大鱼成批漂浮在新安江上，不懂水性的人哪敢去捕捞。但当大水过了白沙大桥、建德大桥后，就缓慢下来，那些平日在江上捕鱼的九姓渔民后裔，怎能放过这千载难逢的机会，纷纷驾着小船在江上尽情捕捞。那段时间，市场上的大鱼被剁成小段，一段段的卖，便宜得让人无法想象，除了鱼头贵点，鱼身的价格与青菜萝卜同价。

二

仙江边上人的口福，就是这样练就出来的。贱如菜价的鲜鱼，不可能经常碰到，但每天清晨，在水韵天城下的江滨公园一带，几个渔夫几乎天天会将前一晚张网、清晨一早收网的野鲜鱼带上岸，在空旷处就地剖肚刮鳞，往盆里一丢，供路过的居民挑拣，买上一碗的量带回家冲洗过后，中午就可以烹制鱼鲜上桌。品尝江鲜竟如此垂手可得，也是仙江人的福分。但这种江边小摊，大鱼少见，小杂鱼七功八德，也给当地人的吃鱼多了几分讲究。

二十世纪九十年代的仙江，不知从哪里漂流过来成批的小银鱼，个小如米虾，除了眼珠黑圈，通身素白。每当夜幕降临，仙江上便呈现出渔火点点的繁盛景象。渔民们用聚光灯往水里一照，小银鱼就会傻了吧唧地聚集于灯下，随便用个鱼兜现捞，每晚收获就是几水桶的银鱼。第二天一早，鱼贩子就来收了，也有宾馆酒店派人来收的。

因此，那几年在仙江的饭店酒肆就出现了许多银鱼菜肴，如银鱼蛋花羹、豆腐银鱼汤、油炸银鱼糊饼……这种银鱼可直接入菜，像小虾米一样放汤做菜，可以囫囵吞枣一般下肚。

好景不长，没过几年，银鱼就销声匿迹了，不知是什么原因，它来得奇怪，去得也蹊跷，很快就在仙江人的食忆中消失了。反正这里不缺江鲜，银鱼本身就缺少大快朵颐的豪气，不过记上一笔，也是对那个时代偶遇银鱼的记忆。

三

以一味江鲜而大发其财的故事，"胖子鱼庄"可说是传奇。八十年代末九十年代初，在龙宫馆边上小弄堂里，开了一家"胖子鱼庄"，就以酸菜鱼开始发家，来客必点，就是要吃正宗的仙江酸菜鱼。

酸菜鱼不是建德本土的菜，而是一道源自重庆的经典。它以草鱼为主料，配以泡菜等煮制而成，口味酸辣可口。酸菜中的乳酸可以促进人体对铁元素的吸收，还可以增加食欲。酸菜鱼的做法，包括洗涤处理鱼身，腌制鱼片，爆炒姜丝和泡椒，加入酸菜和其他调料煮制，最后加入香菜和葱段即可。"胖子鱼庄"因地制宜，借鉴重庆酸菜鱼的烧法，再根据建德一带胖头鱼特色，根据个人口味进行调整，常用的配料包括花椒、红椒、泡椒、姜、蒜、盐、糖等，形成了具有建德风味的酸菜鱼。

当"胖子鱼庄"成为网红店后，生意好的时候，一天能卖掉百余条胖头鱼，想想这是多少营业额的生意经。

"胖子鱼庄"老店还曾经在热闹一时的老车站附近，开设过一阵子。现在听说新店已在新安里开张，生意也开始兴旺起来了。

四

一方土养一方人，一江水养一江鱼，至三江口，鱼鲜又是另一番情景。这里是九姓渔民的生存地，自明清以往，就形成江上风俗风物，他们世代以江鲜为主的饮食习惯，如今也成了非物质文化遗产。

富春江以盛产鲥鱼而闻名全国，每届春夏之交，端午前后，鲥鱼从海洋进入钱塘江，上溯至桐庐县排门山、子陵滩一带产卵，形成汛期，产后归海。古人有将"鲥"写作"时"者，即取其来去有定时之意。鲥鱼游至富春江最远的地方就是三江口，过了三江口就很难见到鲥鱼了。

相传以鲥唇现朱红色者为上品，说是鲥鱼经过桐庐严子陵钓台下者，严子陵必为之记，唇上朱红，即其所点，被誉为隽品。其实江流湍急，沙滩又多石块，鱼顺流而下，其唇首当其冲，碰撞出血，乃至红肿。好事者以这个传说附会之，不过以增加鲥鱼的身价。但鲥鱼自古就被人珍视，在明代就是贡品，史称"鲥贡"。鲥鱼并非富春江独有，长江、珠江及钱塘江都有，但富春江鲥鱼最为名贵。

鲥鱼吃法，只有清蒸一种，乘鲜蒸食，最饶滋味。蒸鲥不去鳞，因鳞下有极富之脂肪也。蒸时宜佐以鸡汁，又置香菌与火腿及姜片。汤中不置酱油，而酱油以另簋同时蒸熟，蘸而食之，味极鲜美，而鲜味不致为汁所占。蒸时火候最宜注意，过时则肉易老，不足则半熟。蒸器以锡制者为佳，而燃料则宜用桑木，因其火势平均，不致有过与不及之弊矣。

由于这一水系同时兴建了富春江水电站和新安江水电站，导致水流、水温变化，富春江鲥鱼如今已绝迹了。

仙江还有过虹鳟鱼，虹鳟鱼原产美国，后移殖于我国东北、华北和朝鲜、日本和欧洲各国，主要生存于高寒地区。建德并非高寒地区，而新安江水电站下游的水温，奇迹般地保持摄氏十二度至十七度，不管春夏秋冬，经年不变，这为养殖虹鳟鱼带来了得天独厚的条件。虹鳟骨软刺少，味道鲜美，宜清蒸、热炒和熏制，并用它来做生鱼片。在 2010 年，新安江虹鳟鱼养殖场年产三十万斤左右，因其口味独特鲜美，销售到了杭州、上海、北京、西安等地，相比脂肪含量较高的三文鱼，虹鳟鱼的胆固醇含量几乎为零，口味虽稍显清淡，却更为健康。此后由于行洪受阻，网箱养殖对生态的影响等原因，新安江虹鳟鱼养殖场搬迁了，现在落户哪里，我也不得而知。

三江流域，有着品种丰富的淡水鱼，野生鱼的烹饪，在民国时一度成为江上茭白船上船菜的主打菜品，后来也为梅城三江楼带来了声誉鹊起的机遇，再后来又养殖成功大洋螃蟹，为这一带的江鲜带来了多元化的饮食体验。

仙江的鱼鲜，是一个说不尽又让人回味无穷的话题。

北海油炸虾饼

巴　陵

　　北海是广西北部湾的一个地级市。北海人吃海产品，擅长利用新鲜生猛的食材烹制成乡土美味。虾是北海人津津乐道的美味，北海人共同的味蕾记忆，白灼虾、油爆虾、椒盐虾等做法，花样百出，形成很多以虾为食材的风味小吃和菜肴。疍家人也有喜欢吃虾和做虾酱的传统，疍家人的祖先客家人就有以虾酱为原料做的簸箕粄，广东肠粉是继承簸箕粄蒸的做法，增加了现代调味品生抽，吃法非常接近。北海虾饼继承了簸箕粄放虾增鲜的过程，把米糊通过油炸来定型、保存，方便他们在水上携带、储存。

　　常言道，人间烟火气，最抚凡人心。北海有两条美食街，一条是侨港风情街、一条是北海古城老街。侨港风情街是个美食的海洋，漫步其间让人迷失在香味与美味的迷宫中。北海古城老街是一条老建筑与美食结合的博物馆，流连在老街就会沉浸在品味美食之中。

　　北海油炸虾饼又叫虾仔饼、虾仔粑、虾公粑等，是北海最著名的美食小吃之一，也是北海老街、侨港风情街的街头巷尾最诱人的美食。虾饼中的虾仔是本地出产的不足成人尾指一半长的小海虾，俗名狗虾，用新鲜的狗虾是最好的食材选择，别看它小，肉质特别鲜甜，是这道美食的灵魂所在。虾饼为油炸类小吃，金黄酥香，物美价廉，口味非常独特，有炸面的香脆，有虾仁的鲜味，外酥里嫩，外脆内软，软糯的米粉满口葱香、香鲜可口，连虾壳吃起来都不用担心太硬刺嘴。

北海油炸虾饼的原料有生虾肉、米粉、葱、盐、鸡蛋、花椒、甜酒等，具体是大米粉一百五十克、糯米粉二百克、鸡蛋四个、黄豆粉五十克、泡打粉一克、油条粉一百五十克、厨邦酱油三十克、盐四克、鸡粉五克、新鲜小海虾三十克、水三百七十克、小葱百克。把大米粉、糯米粉、油条粉、黄豆粉、鸡蛋、泡打粉、盐、鸡粉、酱油等全部倒进一个稍大的碗里，加水、花生油搅拌均匀，面糊成为刚好可以流动又不是太稀的状态。把摘选好的香葱清洗干净，用厨房纸擦干，改刀切成葱花，加入打好的面糊，搅拌均匀，静置半小时让面糊和葱花相互融合吸收。大锅倒入油烧开，把炸虾饼的三角形或圆形模具放进锅里预热。中火烧到油底起小泡，面糊舀进预热的炸虾饼容器中，在面糊表面放一层小海虾，最好是尾向里头向外，这样炸出来比较好看。新鲜活虾要用开水烫一下，再沥干水分，否则炸的时候活虾会在油锅里蹦来蹦去。现在摊点上多用干海虾来替代活狗虾，也不用把整虾剁碎，还是整个的小海虾。盛面糊的模具放进油锅里，随着噼里啪啦的悦耳声音，一阵阵香气飘出来。小火炸至虾饼脱离模具，再夹入油锅炸至两面金黄色，捞出沥干油，即可食用。小海虾不能太大，小葱要香葱，味道会更香浓。虾饼炸好后，夹起来放在铁丝网篮子里沥油，虾饼上的油还在滋滋地跳跃，人们已垂涎三尺，迫不及待地想咬上一口，外酥里嫩，咸香可口。虾饼可以直接食用，北海的疍家人却用炸好的虾饼切块搭配蘸料下酒或做早餐，这种吃法疍家人觉得美味至极。

虾饼从有技法记载开始距今已有两百多年历史，袁枚《随园食单·点心单》记载了江浙虾饼的制作方法："虾饼，生虾肉、葱盐、花椒、甜酒酿少许，加水和面，香油灼透。"用河虾或者海虾做成饼，一直在江南一带和沿海区域流传，只是每个地方的做法不一，加入的调料不一，做出来的外形和口感各不相同。北海虾饼是海虾与北海疍家美食相契合而成，为北海疍家原住民的日常吃食之一，承载着北海小吃的历史记忆。疍家人在合浦出现，他们便吸收利用了合浦的资源，这里木薯、红薯的产量较高，淀粉和薯片同时出现，合浦人喜欢用油炸食物，包括油炸红薯片等，为了保护好的食材成分，也有用淀粉为糊，给食材作为外衣的方法，最原始的虾饼就是疍家人为了追求吃狗虾的鲜美，用红薯或木薯的湿淀粉保护虾仁的鲜美，通过油炸定型，方便携带。现在的虾饼，在疍家人虾饼的基础上添加其他调料，做得更加美味，更有特色。刚炸好新鲜出锅的虾饼比较软嫩，只要稍微转凉，薄的地方立刻变脆。北海的虾饼几乎北海家家户户都会做、家家户户都在吃。

北海人做油炸虾饼，他们是纯手工制作，有一套专门的模具和器械，炸虾饼的模具中间有一块小型的凸起，把事前调制好的面糊倒进模具里，连模具直接放入油锅炸就好了。虾饼可大可小、可厚可薄，这全凭操作者的技术和方法。常见的虾饼直径在五六寸间，大的虾饼有八九寸的，石化饼可以做到十寸、十二寸。可以做得薄如宣纸，也可以做得厚如嘴唇。

　　当我们走在北海的街头巷尾，到处能看到油炸虾饼的小摊或者店铺，还有手里拿着纸袋正在吃油炸虾饼的行人。走在侨港风情街、北海老街、涠洲岛南湾等处，油炸虾饼填塞了我们的视觉空间，有很多的虾饼专卖店和油炸虾饼的摊点，店主干得热火朝天，顾客排成长队。

　　凡是到北海来旅游的客人，他们总会被路边的油炸虾饼的香味所吸引，就算是排着长长的队伍，他们也要去买个油炸虾饼来试试味道。他们边走边吃，边吃边买，乐此不疲，吃完了再买，买了又吃，百吃不厌，走在路上稍感饥饿，就想吃，就想买，这就是北海油炸虾饼的魅力。

　　走在北海老街，随处可见专门销售油炸虾饼的店铺，那两公里长的老街，我粗略数数就有近百家油炸虾饼店。近年来，自媒体发达，很多到北海旅游的朋友，吃了北海油炸虾饼就在各自的自媒体账号上发表文章和图片，北海油炸虾饼受到游客们的喜爱和追捧，成为北海最红的网红美食。

　　我作为游客，在北海吃过很多次虾饼，每咬一口，都能吃到两三只小虾。狗虾的虾壳很软，炸过之后很脆，吃起来软糯糯的，还有那份咸鲜。有些虾饼面糊相当厚实，吃了能够填饱肚子，虾放在表面的一层，个大，密集，点缀香葱的翠色，看起来让人充满食欲，垂涎三尺。搭配上特制的辣椒酱，辣味与酥脆的虾饼相互交织，简直是一种极致的享受。

奶油飘香的"广州"味道

李　涵

　　我家老宅在苏州因果巷，离观前街很近，儿时放学后特别喜欢去"荡观前"。我念书的志成小学在乔司空巷，从平安坊或施相公弄向南走一两百米，就是观前街，广州食品公司就在平安坊南口之东、施相公弄南口之西，它的西面是福茂水果店，它的东面是马詠斋熟食店。

　　那个年代，食品匮乏，常常吃不饱。处于生长发育期的我们，尤其对吃极为渴望，用"梦寐以求"这个词一点也不为过。

　　从小学放学出来，去"荡观前"，总喜欢走平安坊，因为那里有广州食品公司的工场，经过工场门口时，常常能闻到里边飘散出来的奶油香味和甜味。我每次走过那里，都会做深呼吸，把这香甜味尽量地多吸点进去。虽然我无数次经过这家工场的门口，却从未进去过，不知道那些面包蛋糕是怎样做出来的，然而那诱人的味道，我至今都还记得清清楚楚。

　　广州食品公司的工场在平安坊，门市在观前街，两者应该是连通的，这是前店后坊的传统商业格局。门市门面朝南，铺面两开间，门上有"广州食品公司"的霓虹灯招牌。店内布置是简单的西式风格，宽敞而明亮，主要是摆放买面包蛋糕和冷饮、饮料的柜台。我见到玻璃柜台里摆放着的焦黄色的、油光光的面包和蛋糕时，在平安坊得到的嗅觉享受立刻变成了视觉的盛宴。长方体的枕头面包，方形的鸡蛋面包，圆形的香草蛋糕，螺丝状的奶油夹心面包，雪白的小奶油蛋糕、大如小脸盆的圆形生日蛋糕，还有黑罗面包、广式月饼、各色冷饮汽水等等。而色彩更是斑斓，目不暇接，油光光，黄澄澄，雪白的，五彩的……每一款都能让人不停地咽吐沫、流口水。

至此食品四大要素"色香味形"中的三样，已被我享用到了，就差最关键的一样——"味"了，而要享用"味"，那是需要 money 的。妈妈每月给的三五分零花钱，可不够买一只奶油面包或香草蛋糕啊，再说此时口袋已经瘪塌塌，那几分钱早就用光了，因此走进"广州"，只能享受面包蛋糕的免费项目了。

不过，也是有例外的，只是比较少的偶然几次吧。爸妈带我们姐弟去"荡观前"，有时会进"广州"转转，看到我们姐弟仨眼睛直勾勾看着柜台里的面包蛋糕直咽口水时，也会咬咬牙给买一个面包或蛋糕解馋。我家当时也算一个殷实之家，但午饭能全家共享二角钱肉糜蒸百叶，晚餐吃粥时弟兄俩分一个白煮鸡蛋，偶尔笃一锅蹄髈汤而已，距离要"高大上"的西式糕点生活，还差很远一截呢。正因为这样，我们"荡观前"时，爸妈会有意无意会地绕过"广州"，从平安坊穿过繁华热闹的观前街，由邵磨针巷直达人民商场。

那时品尝到的"广州"味道，我觉得现在的面包蛋糕是无法相比的。那种香味和甜味有一种自然淳朴的感觉，香得让人直咽口水，香得绕梁三匝让人难以忘记。据一位前辈告诉我，当时的面包蛋糕都是放在托盘里，上面抹上一层蜂蜜（使烘焙后呈现出焦黄且油光光的视觉感受），放进耐火泥搪的炉子里，用木柴为燃料烘焙出来的，和北京挂炉烤鸭的烘烤工艺很相似。烘焙的火候大小、时间长短，全凭师傅的经验。"广州"有着苏沪一带最有经验的师傅把作，所以其制作出来的西点有着独特的"色香味形"，得到苏州市民的高度认可。

从店堂往里走，穿过一道券形拱门，有一个很洋气的咖啡厅，放了两排大约六对高椅背的卡式车厢座，可以供顾客买了西点或饮料在此堂食。爸妈有时买了面包蛋糕，会带我们到咖啡厅里坐着吃，或许还会买一瓶上海产的正广和汽水，让我们分了喝。我那时还小，坐在有弹性的皮坐垫和高椅背的车厢座上异常兴奋，在高椅背上爬上爬下，还翻到隔壁座位上，再在椅子下钻过来钻过去。好在当时能买西点吃的人不多，咖啡厅里人头冷清，寥寥无几，我这么调皮也对他人影响不大。不过，挨爸妈的骂在所难免的，不要紧，反正脸皮厚着呢。

在"广州"门前，我还遇到过一件让人觉得有些恐怖的事。我刚上小学时，食品供应常短缺，吃不饱肚子是常事。有一次和爸妈一起路过"广州"，正好有个妈妈带着一个和我年龄相仿的男孩从店里出来，男孩手里拿着一块蛋糕，边走边吃。突然斜刺里蹿出一个衣衫褴褛的青年，以飞快的速度从男孩手里抢过蛋糕，拚命往嘴里塞。男孩一下子吓得哭了起来，他妈妈醒过神来想去抢回蛋糕，但为时已晚，蛋糕已被那青年全塞进嘴巴。那人也许有些噎住了，也不逃跑，蹲下来拚命咀嚼吞咽，任那男孩妈妈脚踢拳打和叫骂。我和爸都惊呆了，其他路人也不出声，也许在同情那对母子的同时，也对那个青年有一点怜悯吧。据说，当时观前街上类似的事经常发生。从那以后，我再也不敢拿了吃食在路上边走边吃了。

食识记

陈　益

黑玉子

我读过不少日本作家关于箱根的文学描写。其中之一是夏树静子的《通向绞刑架的电缆车》，叙述了一件发生在箱根电缆车里的凶杀案。不知是否因为箱根的大涌谷原本叫地狱谷的缘故，触发了作家的灵感。

从东京驱车前往箱根时，我心里一直惦记着天气，很想看见久仰的富士山。可惜云层始终不肯消散，让白雪皑皑的山峰变得影影绰绰，想拍一张好照片的愿望都无法实现。隔着老远，闻到一股硫磺的气息，有些刺鼻。大涌谷的山坡上，烟雾缭绕，一片迷蒙，似乎这座火山将随时喷发。

大约在三千年前，是火山的爆发期，箱根神山爆裂，从而形成了大涌谷。至今，从地下仍不断喷出富含硫磺的气体和水蒸气，远远看去，森然一片，让人恍觉那是《西游记》中描绘的仙境洞府。

大涌谷几乎保持着原生状态。杂草丛生、怪石嶙峋的山坡上，弯弯曲曲的石阶与粗木扶梯，将游客向上引导。沿途是几处沸腾起泡，冒出浓烈硫磺气味的温泉池，池内的水温竟高达八十摄氏度至一百摄氏度。什么东西摆进去都会煮熟的。人们来到山顶一座简陋的木屋前，纷纷掏出钱来，买上一袋"黑玉子"，坐在门前的长凳上品尝。

日语里的"黑玉子"，其实就是鸡蛋。人们将鸡蛋放进含有硫化水素的温泉里煮熟，蛋皮居然是黑褐色的，所以叫黑玉子。民间传说，谁要是吃了一个黑玉子，就能多活七年。有人问，想长生不老，该吃多少黑玉子。回答很巧妙：吃到他实在不想吃的时候。尽管春寒料峭，路边还有积雪，来到大涌谷的游客却捧着黑玉子吃得津津有味。我们也每人拿了一只黑玉子，迫不及待地剥了壳，把雪白的鸡蛋送进嘴巴，那滋味是鲜美中带点硫磺味，实在独特。

这样的旅游食品在其他地方见不到，确实独一无二，然而由于保质期只有两天，所以很少有人把黑玉子带回家去。何况多吃了含有硫化水素的东西，对人的身体健康并不利。

大涌谷下，有一个碧波粼粼的芦之湖。它是火山湖，也许因为湖水最深处达 45 米，自净能力极强，所以始终如晶莹的蓝宝石一般，显得分外清澈。背倚富士山的地理位置也得天独厚，清澄的湖水映衬着终年积雪的山峰，环湖的步行道遍植青松翠杉，不同的季节都有不同的景致和情趣。湖中有很多黑鲈鱼和鳟鱼，日本人非常喜欢在这里泛舟垂钓，甚至下湖游泳。湖水中倒映富士山的景象，被诗人称为"白扇倒悬东海天"，富士山的形状，真的很像是一把倒悬的白扇。

箱根的温泉久享盛名，这里有著名的"箱根七汤"，即七个被视为疗养胜地的温泉。此外还有"箱根八里"、早云寺、千条瀑、仙石原、九头龙神社等名胜古迹。但是时间安排得太紧，我们无法在此逗留，唇舌间带着黑玉子的余香，匆匆去往富士河口湖，全然是浅尝辄止。

下龙湾鱼虾

那天，我们雇用的游船，来到斗鸡山的附近。这两座犹如公鸡和母鸡在海面上凝视欲斗的山峰，是下龙湾的象征。宝石般的湛蓝海面，玲珑秀巧的葱绿山峰，在淡淡迷雾的笼罩下，幻显诱人的神秘身姿。雄踞一方的狮子，跋涉沙漠的骆驼，展翅欲飞的大鹏，匍匐水面的青蛙，真是惟妙惟肖。一位越南作家把这称为石与水的诗篇，确实很是形象。石头和海水，两种十分简单的元素，天造地设般地在这里构成了超越想象的奇观，谱写出了一首永恒的诗。而且，随着人们在海上的速度、视角和想象，景观变幻无穷，这首诗就令人难以真正读懂。

四周是那么的宁静，没有风浪，不闻喧嚣，甚至连游览的船只都很少。春日的海风迎面吹拂，让人感到心旷神怡。我看见一条小舢板，满载着色彩鲜艳的水果，在海面上悠闲地飘浮，等候顾客招呼。舢板上是一个女孩子，容颜天真无邪，大约只有十三四岁，本该是琅琅读书的年龄，却过早挑起了生活的担子。

看了半天风景，不觉已是午后，还没有来得及用餐，大家都坏饿了。越南导游请船工靠近一侧的几条渔船，几位热心者立即跳了上去，挑选活蹦乱跳的鱼虾，随即兴致勃勃地送到后舱，请厨师烹调。我插不上手，依然在船窗边欣赏难得一见的海景。如果说，耸立在百里漓江上的喀斯特地貌，构成了奇异的桂林山水，而几乎是同样风貌的山岭，却耸立在下龙湾的海面上，更加耐人寻味。假如不是身临其境，很难想象造物主会如此偏爱下龙湾，创造出如此超凡脱俗的仙景。我阖目冥想，不知在多少年前，这里经历了激烈的地壳变动，充满无穷生命力的海水汹涌而至，将山峦亲密围拥。在海水的衬托下，山峦更加玲珑奇趣，更加千姿百态。石和水的结合，竟生出无穷的变化，演绎风情万种，作为人类的自然遗产，流传千古，永不衰败……

一会儿，热气腾腾的鱼虾就端了上来。饱满的蟹，在盘子里仍张螯舞爪，让人徒生食欲。鲜红的虾，咬上去颇有弹性，似乎含有甜意。那灰白色的石斑鱼，足有十多斤，却滋味纯真，肉质鲜嫩。肚子早已饿得呱呱叫了，见了这样的美味，谁还顾得上斯文？纷纷放开喉咙，吃得十分舒畅。显然是闻香而至，船窗外有人用汉语大声叫卖，向我们推销价廉物美的海鲜。可惜我们无法买了带上归程的飞机。

这几年，越南的经济发展很快，拥有独特旅游资源的下龙湾，颇能发挥优势。人们看准了纷至沓来的中国游客，以各种方式赚钱。至少在灵活性和主动性方面，是很能给人以启示的。

下龙湾的美味与美景一样美不胜收。在这如诗如画的环境中，品尝海鲜，享受美餐，谁说不是人生的一件快事？

莲雾与西瓜

友人来拜年，特意送来一盒台湾莲雾。他说，莲雾是被称作水果皇后的。原产地在印度和马来西亚，"爪哇蒲桃"尤其有名。到了海南，莲雾则被称为"甜不"和"扑通"，因为从树上掉下来会"扑通"一声响。

我十分感谢他的情谊。可惜由于时空阻隔，从台湾运来的莲雾，还没有真正成熟就采摘了。装入纸盒，蒙上保鲜膜，打开时发现莲雾沾一层湿湿的水汽，口感可想而知。且不容易保存，艳红色不几天就转暗了。

不由想起，几年前我曾随一个教育代表团访台。驱车去往台岛最南端的屏东，访问一所乡村小学。女校长拿出一盘刚采摘的莲雾招待，她热情地介绍说，这里的莲雾叫作"透红佳人"，在全台湾比赛中得到过第一名。果然，拿起深红色的莲雾咬一口，满嘴充溢甘汁，顿时令人为之神爽。说句不怕害羞的话，如此新鲜可口的水果，我还是初次品尝。

女校长又说，屏东这里有一道传统小吃"四海同心"，很有名，做法却并不复杂。在莲雾的中心挖一个洞，放一些肉茸进去，隔水用大火蒸十来分钟，就可以端上桌了。我没有这份口福，"四海同心"这个名字，倒是让我很感兴趣。

这所小学，在日据时代曾是空军的野战医院，不少房屋仍显现昔日的风貌，操场边甚至还保留着两个当年提供给病人和医护人员躲避空袭的防空洞。因为不断有灵异传说，年幼的孩子很害怕，常常绕道而行。学校干脆开辟主题活动，引导学生亲近它，体验它，从一个侧面了解学校创立半个多世纪以来的历史。学校还有一支舞狮队。为了迎接我们这批大陆访客，那些稚气未脱的男孩女孩，钻进绘制得很逼真的狮身道具，在热烈的锣鼓点子中，忽而蹦跳腾跃，忽而搔首弄耳，很是憨态可掬。

女校长特意赠送给我们每人一册《落山风下的绿翡翠》，还在电脑上作了演示。原来，这些年来他们以西瓜为题，设立了文史本位课程，让学生们通过访问瓜农、经营商和实地考察、体验，认识西瓜在社会生活中的重要作用。

南太平洋的恒春半岛一带，终年长夏，这里的土地盛产莲雾，也很适宜种植西瓜。从每年十月初到来年四月底，持续吹拂一种干燥的地面阵风，被称为"落山风"。阵风使这里的早晚很少有雨露，而西瓜最怕的就是露水，瓜农们便在干涸的河床上辛勤耕作，造就了一片繁盛的翡翠绿。乡村小学所在的玉光村，仅有一百余户人家，几乎都是靠种植西瓜讨生活。每年从冬至开始到春节，瓜农们先在屏东一带动手种瓜，接着跑往东部的台东、花莲，然后是西部的云林，转回到屏东原地时，差不多一年就要过去了。他们犹如流浪的吉卜赛人，利用台湾独有的气候条件，四处奔波，成为享誉全台湾的种瓜能手。

这些瓜农，几乎都是乡村小学学生和教师的家长。这就为开设文史本位课程提供了独有条件。从瓜苗的嫁接，到嫁接场的经营，从西瓜的收获、鉴别，到市场的流通，从种植的成本到销售的渠道与利润，学校都根据低、中、高年级分别设置课程，按期实施，只要认真学习，谁都可以成为一个种瓜能手的。

女校长说，她当然不是要让学生将来都成为瓜农，而是为了培养学生爱家、爱校、爱社区的乡土情怀，以及知恩、感恩的人文素养。这对于他们，是一个不可或缺的环节。

古早味

中午，我们几个朋友在一家台湾料理店用餐。包间靠近楼梯口，不时可见客人鱼贯而入。有的手提电脑包，有的双肩背包，身穿 T 恤或短袖花衬衫，肤色黧黑且稍矮，不言而喻都是台湾人。过了十二点，客人来得越发踊跃。停车场早已没有车位。

餐厅老板姓林，是台湾人，很懂得那些"出外人"喜欢吃什么。三杯鸡、菜脯蛋、卤肉、鹅杂汤，自然还有黑啤和金门高粱。我关注的却是店名。这条街上除了"出外人的家"，还有"鹿港小镇"、"阳明山"和"度小月"。所有店名似乎都不如"出外人的家"令人感到亲切。出外人，是一个含义深沉的概念。流离久了，连睡梦里都有一盏温暖的灯火在摇曳，谁不渴盼早日回家呢？

台湾，一个孤悬海外的岛屿，面积很小，本地土著很少。1949 年，大量国民党军政和其他人员溃退于此，被认为是"外省人"。人与人在拥挤中的摩擦，既消耗能量，也催发生存智慧。大陆改革开放后，许多人跨过海峡来投资，代工笔记本电脑、手机和数码相机，成为"出外人"。

人的口味是十分奇妙的。少年时养成的习惯，到老都不会改变，还悄悄地传给后辈。居住在台岛的人五方杂处，什么样的饮食风格都可能出现。其实台湾客的"眷村菜"才是特色。那是怀旧料理。上世纪五六十年代，居住在眷村里的老兵，为长长的乡愁所缠绕，日夜无以摆脱，只能用台湾本地的食材，凑合着做出符合家乡口味的食物，以安慰自己焦灼的心灵。

这些年，台湾投资者引来了闽南菜、泰国菜、日本料理、韩国烧烤、欧美烘焙，在商业综合体举办台湾小吃集市，给我们这个有饭稻羹鱼传统，崇尚苏帮菜的地方带来了冲击。多元文化，在饮食形态上是很容易体现的。你看，这家餐厅的店堂环境、菜品设计和接待方式，很适合商务活动。上年纪的人喜欢这里的卤肉饭、台湾香肠和海鲜小炒，年轻人则愿意来这样的场所聚会。本地人也会在这里感受另一种生活方式。

饭后，餐厅的老板与我们在大堂一侧的休息区闲聊，谈起了一位艺名梁二的谐星。梁二曾经是台湾岛上一颗家喻户晓的谐星和主持人。他的名字，与幽默、滑稽、风趣紧紧连在一起。可以毫不夸张地说，从三四十岁至七八十岁的台湾人，没有谁不知道梁二的。然而，九十年代以后，他在台湾消失了，老观众见不到他在舞台上的表演，更听不到他的声音。其实他也来大陆投资了，经营的也是餐厅。

我与梁二有过短暂的交往，听他讲述很有些传奇色彩的身世。他是私生子，年轻时在军队当兵，得奖，受处罚，坐监狱。后来去各种各样的歌舞厅、剧院演出，与各种各样的观众接触，赚到了大把大把的钱，又输掉难以计数的钱，与一个又一个爱过自己或自己追求过的女人离婚和结婚……鲜花与笑靥，名声与金钱，坎坷与顺畅，生离与死别，在他心灵深处留下了难以抹去的印记。来到大陆后，创办了一家取名"美好家宴"的饭店。他每天在店里坐上一两个小时，微笑着招呼客人。他说："人老了，吃不到适合自己口味的菜，才最痛苦……"

"古早味"，假如换成苏州话，就是老早头的味道——令老饕们怀旧的传统味道。比如，老苏州喜欢早餐的四个品种——大饼、油条、粢饭团和豆浆。有时也用老虎脚爪代替粢饭团。走进永和豆浆店，主打的点心，恰恰也是大饼、油条、馄饨、馒头，当然还有甜豆浆、咸豆浆、淡豆浆。后来我才知道，永和是一个地名，与台北只有一桥之隔，那是许多外省籍人士或退伍老兵定居的地方。五十年代，一群老家在大陆的人们搬到永和，为落脚谋生，每天凌晨两三点钟，他们就起床劳作，不辞辛劳地磨豆浆、煮豆浆，招徕客人。来自江浙沪一带的人，对此非常喜欢。

台湾美食作家焦桐在《台湾味道》中写道："最能代表台湾特色的，莫非风味小吃。"台湾小吃大多渊源于大陆传统小吃，继承着中国传统饮食文化精神。用琳琅满目的台湾小吃作为文字符点，所写成的《乡愁》，足以与余光中先生的诗句媲美。

是的，让两岸民众的心融合的，才是真正的"古早味"。

食外闲话（一）

薛 冰

引子：关于闲话的闲话

饮食是一门大学问，美食就更加高深了。《美食》丛书创办，主事者约我加盟，朋友道义，不能不助阵。然而我于美食，实在只能算个"槛外人"，所以取了这个自留余地的题目，说说与美食沾点边的闲话。

美食学问高深，在于它从来不是纯粹的饮食。翁妪跑小菜场，见顺眼的买几样回家，洗切下锅，怡然一饱，那叫吃饭，连闲话都生不出。倘若弄到小菜场都没有，倒有话可说了。我前几年写过一本《饥不择食》，封面上就提醒读者："这是一本与吃饭有关的书。这是一本与美食无关的书。"所以现在给《美食》写闲话，那一套全然用不上。论美食之美，须在食材选择、烹饪艺术、饮馔科学、养生精髓、调鼎掌故、宴会礼仪诸方面下功夫。垂涎三尺，绝非一日之功。

懂不懂美食，与吃没吃美食，不是一回事。懂的人没吃过，也不能说就没有。即如当下研究《随园食单》的专家，肯定没吃过袁枚笔下的佳肴。或曰不能如法炮制吗？还真不能。《随园食单》不同于现代的菜谱，袁枚只是含糊指了个方向，并无路径可行。如"猪里肉"："以里肉切片，用芡粉团成小把，入虾汤中，加香蕈、紫菜清煨，一熟便起。"如"白片鸡"："肥鸡白片，自是太羹元酒之味，尤宜于下乡村、入旅店，烹饪不及之时，最为省便。煮时水不可多。"我敢说一百位厨师做这个菜，肯定一百种口味。1983年金陵饭店开业，即以"复原"随园菜为号召，操盘的大师薛文龙后来出版了《随园食单演绎》，为袁枚笔下的一百多道菜肴，明确了主料、配料、调料的用量及烹饪方法，成为具备可操作性的现代菜谱。至于是不是"复原"出了随园原味，大师在《后记》中说得很清楚："既要保持随园菜的真味特色，和《食单》提出的各项要求，也要考虑到当今饮食的发展趋势和当代人们的饮食习惯。"也就是说，你吃到的随园菜，就是合你口味的随园菜。

反过来，如我之辈，偶或也有机会吃到美食。《红楼梦》贾府里的"茄鲞"，前些年有人照方料理，新鲜茄子皮去净了，切成碎钉子了，鸡油炸了，鸡脯、香菌、新笋、蘑菇、五香腐干、各色干果，一样不差，用鸡汤煨干，香油收了，糟釉拌了，瓷罐子封严了，当食客面开封。我亦躬逢其盛，实话说，吃在嘴里有点像炒三丁，连茄子香都没有品出来。可见凤姐儿说的"这也不难"，那是应了老话："难者不会，会者不难。"

当然，不懂美食经，也不能说就食而不知其味，合不合口味是晓得的。去饭店吃饭，再外行的人也可以说长道短，厨师断不至于从后厨跳出来，说你不服气你做一个我看看。当然菜里吃出疑似鸭头，那就是另外一回事了，自会有各级领导与你商榷。倘若吃得酣畅淋漓，心满意足，可以大赞一声"好吃"，也可以在店家的微信平台上加个好评。

即令自家真没吃过，看人家吃——电影电视里，小说散文里，总是有机会的，而且颇能令人印象深刻。比如四十年前陈佩斯、朱时茂表演一出《吃面条》，看过的人至如今想想还会笑。那吃的无非打卤面，而已。至于隆重的酒宴场面，小到毛脚女婿上门，中到招待贵宾、接待外宾，大到国宴，满桌的美酒佳肴，隔屏幕看着都让人眼馋。不过，据说，屏幕上的演员常常也一样落个眼馋，筷子才伸出去，就换镜头了，再转回来，已是杯盘狼藉。我常怀疑那一桌的热气蒸腾究竟是真是假。旧时陕西有一种木雕的鱼，上席时盛在盘中，淋上汤汁，客人们用筷子蘸蘸汤汁，表示吃过鱼了，可见这也是一种饮食传统。以今日科技之发达，弘扬这一传统也太简单了。

倒是文学作品中的饮食描写，白纸黑字，经得起细细品味、反复揣摩。

文学作品，倘若为着推介美食而写吃，便落了下乘。这倒暗合了饮食文化的要义。生活中的请客吃饭，吃什么并不重要，谁家里还缺了这一顿饭？如果纯属联络感情，那比吃饭更有效的招数多着呢。所以重要的正是"食外"，如在何处吃，与何人吃，请了谁没请谁，围坐一桌还有个席次安排，更重要的是聚会主题。南京有句俗话，叫"摆席容易请客难"。当然也有以吃什么为号召的聚会。三十年前，每逢清明时节，都会有人组织去江阴、扬中，"拼死吃河豚"。其时河豚一斤卖到两千元，相当于普通人两个多月工资，一桌客至少要用十斤八斤，邀约者与被邀者，心里都有一本账。近年人工养殖河豚三五十元一斤，再没见有召集河豚宴的了，至少也得帝王蟹、象拔蚌、蓝龙虾吧。依然是功夫在食外。

闲话休提，言归正传，且就几种文学名著中的饮食描写，说点闲话。

一 季恬逸的三顿饭

先哲有言"食色，性也"，贪爱美食与美色，是人的本性。小说是写人的，所以写小说鲜能不涉及饮食。先哲又有言："人莫不饮食也，鲜能知味也。"据说一世富贵能懂得居室选择，三世富贵才明白饮食之道。所以论及写吃，众多名著中，我以为当首选《儒林外史》和《红楼梦》，吴敬梓和曹雪芹都出身世家，且与袁枚生活于同一时代、同一地区，相互间有着藕断丝连的关系，正可用《随园食单》与日常饮食做一比照。

为什么要以《随园食单》为参照？这并非对袁枚的偏爱，因为《随园食单》记述的主要是淮扬菜。南京一位名厨告诉我，四大菜系也好，八大菜系也罢，都以淮扬菜为底子，南方人加点甜，北方人加点咸，四川人加点辣，山西人加点酸。所以淮扬菜与江淮官话一样，影响地域在中国为最广，所以国宴一般都用淮扬菜。别的菜系是不是认同这说法，我也没考证过，有此一说，姑妄听之。

袁枚是位美食家，又有漫游江南、遍尝美食的条件。不像陆文夫笔下的朱自冶，心心念念于头汤面。苏州的朋友跟我说："头汤面算什么美食呀！"还有那个"三套鸭"，也是饥饿年代的余风，一个鸭子打不住，鸭肚里再塞个鸽子，鸽子肚里再塞个鹌鹑，弄得鸭不是鸭味、鸽不是鸽味儿。这些年生活富足，真的讲究美食了，"三套鸭"也就黯然退场。袁枚是个有心人，吃到可口菜肴，便要打听做法，"必使家厨往彼灶觚，执弟子之礼"，把别人的看家本领讨问出来，"四十年来，颇集众美"，当然他多注明出处，并不掠人之美。《随园食单》的大贡献，是记录了清代中期流行于江、浙、皖上层社会的名馔佳肴，以及袁枚归纳出的操作要领。前些年评选二十四部"南京传世名著"，《随园食单》即名列其中。后来南京成为"世界文学之都"，介绍历代文学家同样少不了袁枚，举其代表作也说《随园食单》，好像袁枚是乾隆年间的厨师作家，有如当下的打工诗人、农民工作家。其实袁枚根本不会做菜。

《随园食单》固是美肴记录，只是各种菜肴一旦入了食单，成为规范，便有了形而上的抽象意味。现实生活中的美食，尤其是酒席宴会，在单一菜肴的美味之外，同样重要的是若干菜肴的搭配，且讲究上菜次序。《随园食单》虽也论及"上菜须知"，只是先咸后淡、先浓后薄的大原则。实则点菜、配菜都是学问，须得知特色、明时令、懂配合，了解食客口味，且善变通。吴敬梓与袁枚有共同的朋友，《儒林外史》中甚至有影射袁枚的人物登场。一方面，这书中写到的饮食场面，足以将《随园食单》中的某些菜肴还原到现实生活中去。另一方面，作家对酒食菜肴的选择，多有其用意，时过境迁，今天的读者对不少菜名已然生疏，通过《随园食单》的诠释，也可以更好地理解文学作品的内涵。

《儒林外史》中写人物，最典雅的一位是杜慎卿。第二十九回写杜慎卿宴请季恬逸、萧金铉、诸葛天申："杜慎卿道：

'我今日把这些俗品都捐了，只是江南鲥鱼、樱、笋下酒之物，与先生们挥麈清谈。'当下摆上来，果然是清清疏疏的几个盘子，买的是永宁坊上好的橘酒，斟上酒来。……吃到午后，杜慎卿叫取点心来，便是猪油饺饵、鸭子肉包的烧卖、鹅油酥、软香糕，每样一盘拿上来。众人吃了，又是雨水煨的六安毛尖茶，每人一碗。"

《随园食单·江鲜单》首列刀鱼和鲥鱼："鲥鱼用蜜酒蒸食，如治刀鱼法便佳。或竟用油煎，加清酱、酒娘亦佳。万不可切成碎块加鸡汤煮，或去其背，专取肚皮，则真味全失矣。"《随园食单·须知单》中列举"味甚厚、力量甚大"之食物："鳗也、鳖也、蟹也、鲥鱼也、牛羊也，皆宜独食。"可见鲥鱼确系时人所重之佳品。但看其"治刀鱼法"，却道："刀鱼用蜜酒娘、清酱放盘中，如鲥鱼法蒸之最佳，不必加水。"鲥鱼用刀鱼法，刀鱼用鲥鱼法，诚让人不得要领。说白了就是加佐料不加水清蒸。杜家的鲥鱼既以盘子装出，想来是清蒸之法。

橘酒不见袁枚提起，六安毛尖茶，《随园食单·茶酒单》明确宣称："六安银针、毛尖、梅片、安化，概行黜落。"皆不入袁枚法眼。煨茶要用雨水，因当时人认为雨水、雪水泡茶最佳。《儒林外史》第二十四回描写南京繁华："大街小巷，合共起来，大小酒楼有六七百座，茶社有一千余处。不论你走到哪一个僻巷里面，总有一个地方悬着灯笼卖茶，插着时鲜花朵，烹着上好的雨水，茶社里坐满了吃茶的人。"《红楼梦》第四十一回中，妙玉请贾母喝茶，用的是"成窑五彩小盖钟"，贾母问是什么水，"妙玉笑回：'是旧年蠲的雨水。'"后来请宝钗、黛玉等喝体己茶，用的是五年前在梅花上收的雪水。袁枚论茶亦首论水："欲治好茶，先藏好水。水求中冷、惠泉，人家中何能置驿而办。然天泉水、雪水力能藏之，水新则味辣，陈则味甘。"天泉水即雨水。

四色点心中，袁枚说到软香糕："以苏州都林桥为第一，其次虎丘糕西施家为第二，南京南门外报恩寺则第三矣。"故此也算得南京名点。《随园食单·点心单》有"作酥饼法"，须用脂油和面，"鹅油酥"自是鹅油和面做出的酥饼。现今南京流行的是鸭油酥烧饼，道理一样的，但鹅油较鸭油为精贵。饺饵历史悠久，西晋束皙《饼赋》中说："通冬达夏，终岁常施，四时从用，无所不宜，惟牢丸乎。"唐人段成式《酉阳杂俎·酒食》中有"笼上牢丸、汤中牢丸"的记载，即蒸饺饵和水饺饵。明人张自烈《正字通》中解释："汤中牢丸，或谓之粉角。北人读角如娇，因呼饺饵，讹为饺儿。"《随园食单·点心单》中"颠不棱"即蒸饺饵，而"肉馄饨"条说"作馄饨与饺同"。可见水饺未列目，是因为人们太熟悉。"烧卖"则到光绪三年夏曾传《随园食单补证》中才补入："烧卖，皮不掩口，一捻即成。用蟹肉为馅最佳。南京教门有之。"烧卖和蒸饺的面皮都不发酵，"牢丸"的特征就是捏牢馅口，而烧卖反其道而行之。烧卖最初是回民食品，乾隆年间已流行于市井，此后日渐精致，至晚清方登堂入室。

过几天季恬逸等还席，将杜慎卿拉到聚升楼酒馆里。"杜慎卿不能推辞，只得坐下。季恬逸见他不吃大荤，点了一卖板鸭，一卖鱼，一卖猪肚，一卖杂脍，拿上酒来。吃了两杯酒，众人奉他吃菜，杜慎卿勉强吃了一块板鸭，登时就呕吐起来。"吴敬梓极力推崇杜慎卿的清雅，一沾油腻即呕，后文又写他一边忙着纳妾一边宣称"和妇人隔着三间屋就闻见他的臭气"。此系题外话。且说杜慎卿忌油腻，四样下酒菜中，首选自应是鱼，他待客也用了鲥鱼。其次当是猪肚。《随园食单·特牲单》有"猪肚二法"："将肚洗净，取极厚处，去上下皮，单用中心，切骰子块，滚油爆炒，加佐料起锅，以极脆为佳。此北人法也。南人白水加酒煨二枝香，以极烂为度，蘸清盐食之亦可，或加鸡汤作料煨烂，熏切亦佳。"南方人的做法颇清淡。可他偏偏挑了一块板鸭。这里面的原因，想来就像今天南京人请外地客必定推荐盐水鸭一样，"奉他吃菜"的主人力荐了板鸭。况且当时板鸭尚属新出做法，《随园食单·羽族单》中列出了野鸭、蒸鸭、鸭糊涂、卤鸭、鸭脯、烧鸭、挂卤鸭、干蒸鸭、野鸭团、徐鸭十种鸭肴，仍不及板鸭。《随园食单补证》中，又补了糟鸭、酱鸭、板鸭、鸭舌鸭掌、鸡鸭鹅事件，终于出现了板鸭，其介绍极简略："南京谓之盐水鸭，宜以笋煨之。予家向日自制酱鸭、板鸭，皆非市肆所可及。"今日南京人不可或缺的盐水鸭是即食熟菜，无须再加工，"以笋煨之"的肯定是板鸭。夏曾传既能增补《随园食单》，不至于分不清板鸭与盐水鸭，惟一可信的解释，就是当时只有板鸭，尚无今日之盐水鸭。

当年的市肆板鸭不能尽如人意，也不奇怪。民国年间张通之《白门食谱》介绍："韩复兴之板鸭，肥而且香，亦久闻名于外。盖其鸭之肥，喂以食料，待其养成，至其肉之香而嫩，亦腌之适宜，有一定之盐与一定之时。又闻食时，其煮之火候，亦有一定。予家曾在该铺购一肥咸鸭，煮熟时，味之不香与肉之不嫩，比之该铺所售者，大不相同。问店主，彼曰：此即煮之时太过也。"煮板鸭是有技巧的，弄不好又咸又老，不堪入口。张通之这样的饕餮客尚且煮不好板鸭，可见此事之难。袁枚很可能是没吃到可口的板鸭，所以一字不提。

这季恬逸，据他本家季苇萧说"是没用的人"，混迹儒林却如鱼得水。《儒林外史》第二十八回写他流落夫子庙状元境，"每日里拿着八个钱，买四个吊桶底作两顿吃，晚里在刻字店一个案板上睡觉"。吊桶底是南京回民卖的一种面饼，自然不入袁枚的法眼。连饼也吃不上的那日，天下掉下了个土财主诸葛天申，要约一位名士合选墨卷以混充名士，季恬逸在大街上拉来了萧金铉，"彼此各道姓名"，季恬逸便说："两位都不必谦，彼此久仰，今日一见如故。诸葛先生且做个东，请萧先生吃个下马饭，把这话细细商议。"如此迫不及待，是因为季恬逸已经饿了半日。状元境紧邻三山街，三人"到三山街一个大酒楼上"吃饭，"季恬逸点了一卖肘子，一卖板鸭，一卖醉白鱼。先把鱼和板鸭拿来吃酒，留着肘子，再做三分银子汤，带饭上来。"这是一席完整的菜单，板鸭和鱼是下酒菜，肘子和汤是下饭菜。"三分银子汤"，即让店家按三分银子选料做汤，因一两银子可兑七八百铜钱，三分银子即二十几个钱，够季先生吃三天吊桶底，所以此汤不是素菜清汤，也是一道菜。这一顿饭至少吃掉几钱银子。

板鸭已是季恬逸下酒的首选。《随园食单·水族有鳞单》有白鱼："白鱼肉最细，用糟鲥鱼同蒸之最佳。或冬日微腌，加酒娘糟二日亦佳。余在江中得网起活者，用酒蒸食，美不可言。"醉白鱼便是这"用酒蒸食"的鲜活白鱼。肘子即蹄髈，也就是鸿门宴上的彘肩，属于大荤，俗称硬菜。《随园食单·特牲单》，"猪头二法"之下，即是"猪蹄四法"，其中最适合饭店的是第三法："用蹄髈一只，先煮熟，用素油灼皱其皮，再加作料红煨。有土人好先掇食其皮，号称揭单被。"因为在素油锅里走了油，所以皮皱肉酥，肥而不腻，正合季恬逸的口味。下文说"季恬逸尽力吃了一饱"，以衬其近日之饿。

二　马二先生几回吃

"精选三科乡会墨程"的马二先生，出场即有一顿壮观之吃。《儒林外史》第十三回写他在嘉兴文海楼书坊挂单，蘧公孙看见他的广告，两人吃茶论学。次日马二先生上蘧府回拜，蘧夫人欣然备饭，马二先生欣然入席："里面捧出饭来，果是家常肴馔：一碗炖鸭，一碗煮鸡，一尾鱼，一大碗煨的稀烂的猪肉。"旧时大户人家，是以托盘承碗碟上菜，所以说"捧出"而非端出。鸭是江南人家常用食料，嘉兴不像南京用板鸭，以炖鸭、煮鸡为家常做法，鱼连做法都简省了。重点在猪肉，《随园食单·特牲单》中有"白煨肉""红煨肉三法"等，"以烂到不见锋棱上口，而精肉俱化为妙"。肉既能做到妙处，其余可知。马二先生"举起箸来向公孙道：'你我知己相逢，不做客套，这鱼且不必动，倒是肉好。'当下吃了四碗饭，将一大碗烂肉吃得干干净净。里面听见，又添出一碗来，连汤都吃完了。"添出的自是一碗肉了。这里细写马二先生的"食量颇高"，亦为下文留伏笔。

第十四回，马二先生因了"西湖山光水色，颇可以添文思"，遂去游西湖，一路"走""走走"，"跑""乱跑"，看见的只是一船一船乡下妇女，成群逐队富家女客。"望着湖沿上接连着几个酒店，挂着透肥的羊肉，柜台上盘子里盛着滚热的蹄子、海参、糟鸭、鲜鱼，锅里煮着馄饨，蒸笼上蒸着极大的馒头。马二先生没有钱买了吃，喉咙里咽唾沫，只得走进一个面店，十六个钱吃了一碗面。肚里不饱，又走到间壁一个茶室吃了一碗茶，买了两个钱处片嚼嚼，倒觉得有些滋味。"

著名的西湖醋鱼，马二先生全然没看见。《随园食单·水族有鳞单》记"醋搂鱼"："用活青鱼切大块，油灼之，加酱、醋、酒喷之，汤多为妙，俟熟即速起锅。此物杭州西湖上五柳居最有名，而今则酱臭而鱼败矣。"夏曾传不同意袁枚的说法，在《随园食单补证》中说："用鲩鱼一大块略蒸，即以滚油锅下鱼，随用芡粉、酒、醋喷之即起，以快为妙。五柳居兵燹以前犹擅其长，何至有'酱臭鱼败'之事？至今日则一望荒芜，并臭败者不可得矣。""兵燹"指太平天国之役。此前西湖五柳居有醋鱼并无疑问，两人的分歧在于其味的评价。若说马二先生对鱼无感，他分明又看见了盘子里的"鲜鱼"。"处片"不是点心，是笋干。《随园食单·小菜单》有"素火腿"："处州笋脯号'素火腿'，即处片也。究之太硬，不如买毛笋自烘之为妙。"又有"笋脯"一目："笋脯出处最多，以家园所烘为第一。取鲜笋加盐煮熟，上篮烘之，须昼夜环看，稍火不旺则溲矣。用清酱者色微黑。春笋、冬笋皆可为之。"袁枚以为天目笋、苏州玉兰片、宣城笋脯都"极佳"。但马二先生是处州人，所以嚼处片别有滋味。

稍后他又在南屏茶亭吃茶，"柜上摆着许多碟子：橘饼、芝麻糖、粽子、烧饼、处片、黑枣、煮栗子。马二先生每样买了几个钱的，不论好歹吃了一饱"。橘饼属于蜜钱，芝麻糖是甜点，粽子、烧饼、煮栗子是小食，黑枣是干果。据《随园食单·点心单》，当时"烧饼"与现今不同："用松子、胡桃仁敲碎，加糖屑，脂油和面，炙之，以两面煎黄为度，面加芝麻。……须用两面锅，上下放火，做奶酥更佳。"又有"新栗新菱"："新出之栗煮烂之，有松子仁香。厨人不肯煨烂，故金陵人有终身不知其味者。"《随园食单补证》中说："杭之满觉陇多栗与桂，故新栗亦有桂花香，以冰糖煮食最宜。"煮栗子正是杭州名点。马二先生以选批文章为业，观景、吃食，竟如此"无论好歹"。

小山冈上"一个乡里人捧着许多烫面薄饼来卖，又一篮子煮熟的牛肉，马二先生大喜，买了几十文馆和牛肉，就在茶桌子上尽兴一吃"，随后便在丁仙祠里遇上活神仙，同去了伍相国祠后的神仙府："捧上饭来，一大盘稀烂的羊肉，一盘糟鸭，一大碗火腿虾圆杂脍，又是一碗清汤，虽是便饭，却也这般热闹。马二先生腹中尚饱，因不好辜负了仙人的意思，又尽力吃了一餐。"从湖沿上酒店就看到的"透肥的羊肉"和"糟鸭"，终于吃到嘴了，"一大碗火腿虾圆杂脍"呼应着"滚热的蹄子、海参"。这几样都是《随园食单》榜上有名的美食。其《杂牲单》有"红煨羊肉"："与红煨猪肉同。加刺眼核桃，放入去膻，亦古法也。"红煨猪肉的要点就是"稀烂"。《随园食单补证》补充道："羊肉以带皮者为佳，杭人谓之子羊也。煨羊肉放芝麻于上，颇有香味。"《羽族单》中有糟鸡无糟鸭，介绍只一句话："糟鸡法与糟肉同。""糟肉"见《特牲单》："先微腌，再加米糟。"亦太过简略。"糟鸭"自与糟鸡、糟肉同。《特牲单》"杨公圆"一目所说为肉圆，《随园食单补证》补充："杭法以线粉作底，斩肉成圆，不使太碎，肥瘦相等，随手捏成，加火腿、笋片、带须鲜虾烩之，谓之火圆汤。"易肉圆为虾圆，即成此神仙杂脍。"虾圆"做法见《水族无鳞单》："虾圆照鱼圆法，鸡汤煨之，干炒亦可。大概捶虾时不宜过细，恐失真味。"

这一餐美食，实是假神仙的诱饵，马二先生毫不犹豫吞了钩。

"不时不食" 刍议

胡伯诚

　　当今中国饮食界舆论，留有很多神话。譬如广泛流传的所谓国人讲究"不时不食"，就是一例。

　　不时不食，本是孔夫子的话，见《论语·乡党》："食不厌精，脍不厌细。食饐而餲、鱼馁而肉败不食。色恶不食。臭恶不食。失饪不食。不时不食。割不正不食。不得其酱不食。"

　　这段孔子语录，就是著名的"七不食"。这段文字的阅读难度不大，故翻译从略。"食饐而餲"，得解释一下：饐，饭放久受潮的意思。餲，馊也，音遏，见《康熙字典》。清段玉裁《说文解字注》："从食曷声"。苏州话中，也有这种古音。"饭餲脱哉。"意思是有饭粞气了，但还没到馊的程度。在没有冰箱的年代，这种"餲脱哉"的米饭，苏州人会赶紧饭泡粥吃掉。

　　"不时不食"，排在"食不厌精，脍不厌细"之后，并没有次重要的意思，而是话要一句一句地说出来而已。这段"七不食"提示我们，孔子是如何将乡党应酬，即民间吃喝，用极其通俗的语言，纳入"礼"的框架。同时又提示我们：儒教目标宏远，胸怀经邦治国之念。孔子教导弟子们既要注意饮食健康，又要注意饮食礼仪。其措施明白如话，操作性很强。这也是儒教成功落地，二千余年经久不衰的原因。

孔夫子时代，古人的常态是吃两顿。上午八点左右，吃"蚤食"，或称"朝食"。下午四点左右，吃"暮食"，或称"晏食"。暮是太阳落在草丛中；晏的原字是燕子归窝。古人缺少照明手段，得赶在太阳落山前端整晚饭，于道理上，很是说得通。

后来，古人将"蚤食"分出一顿，放在"日中"十二点，形成一日三餐。于是郑玄注《论语》："不时，非朝夕日中时。"换言之，朝、晚、中午，是进食时间，不到点，不吃饭。这是不时不食的第一种解读。

《论语》时代，惟有儿童可以不遵守"不时不食"。《礼记·内则》云："孺子早寝晚起，惟所欲，食无时。"

以今人的眼光看，不时不食，这样简单的道理，还需孔老夫子如此喋喋不休吗？这恰恰说明，孔子的年代，其实是做不到"不时不食"的。

《论语》注家对"不时不食"还有第二种解读：不合春夏秋冬四时所宜，不食。反言之，只吃当令的粮食、蔬菜和肉食。

此论所出何本？原来始作俑者，乃朱熹也。

朱熹注《论语》，这样说："不时：五谷不成，果实未熟。"借用了《礼记》的说法："五谷不时，果食未熟，不粥于市。"《礼记》强调了市场诚信，这没毛病。但朱熹注《论语》，将"不粥于市"四字阉割了去。朱熹此举，当然有朱熹的想法，原因后文再讲。

毫无疑问，朱熹的解读，与孔子的本意，距离远了。理由至少有三条，其一，孔子早孤家贫，几乎一出生，便死了老子。

一说一岁时，一说三岁时。孔子自己也说："吾少也贱"。穷人家的孩子，嘴不会这么刁，挑食时令菜。孔门弟子，大都很穷。他最喜欢的学生颜回，贫居陋巷，一箪食，一瓢饮，仅供糊口。

其二，孔子安贫，自奉甚俭。举个例子：鲁国有个路人甲，以瓦鬲煮食，盛之以进孔子。孔子欣然而悦，如受大牢之馈。他的学生子路很是惊讶，说：瓦鬲，陋器也；煮食，薄膳也。夫子何喜之如此乎？语见《孔子家语》。

其三，孔子本人是个反对奢侈的人。孔子说："夫礼初也，始于饮食。"礼是规范上层社会的，当从饮食抓起。指明当时贵族之奢僭为非礼，主张予以裁抑。见钱穆先生所著《孔子传》。

作为孔门传人，朱熹也是一位生活简约的人。曹聚仁说，朱熹招待客人，总是只准备四碗菜。韩侂胄来访，也是四碗菜，使这位未来宰相心存芥蒂。后来韩侂胄真做了宰相，几乎就要了朱熹的命。

行文至此，生出一个问题。朱熹阉割"不粥于市"四字，断章取义出"不时不食"的别样解说，明显违背《礼记》本意。这种活脱脱的"离经叛道"，难道就能蒙蔽天下读书人吗？对这个问题，要看谁有话语权。宋元以来，朱子之学，通行天下，朱熹有《四书集注》，是儒家学说一等一的权威，威望所及，各省都建有紫阳书院，而紫阳是朱熹的号。

朱熹为何能获此成就？

周代的社会政治，有严格的等级制度，也有相应的礼仪制度。这种礼仪等级到南宋发生了根本变化。在朱熹看来，让周代礼仪"庶民化"，使老百姓自然而然地受到教化，这就是朱熹所要做的。将"不时不食"赋予新的含义，食四季所宜，只吃当令的粮食、蔬菜和肉食。就产生于这个大背景下。

朱熹版"不时不食"流传至今，变成中国人的讲究吃喝，恰恰又暗合了当今社会主张吃得新鲜，吃得健康的潮流，这其实真不是坏事。对孔子原意而言，属创造性提升。

在中国历史上，真正有资格讲究时令吃喝的，不是庶人，而是君王。《礼记·月令》，是写给君王看的。一年四季中，提示天子应知道点啥？应做点啥。譬如一年四季，天子的主粮，是这样安排的：春季之月，食麦与羊；夏季之月，食菽与鸡；秋季之月，食麻与犬；冬季之月，食黍与彘。四季之中，更有细分，三冬之季，命渔师始渔，天子亲往，乃尝鱼，先荐寝庙。

这个套路，朱元璋也学得一手，属于君王级的历史传承。

据《明史·礼五》，明朝太庙月朔之际，要向祖宗荐新。这个"月朔荐新"，顶层设计是孔子。孔子说："虽疏食菜羹瓜，祭，必齐如也。"但祭单的内容指定，每月祭什么，却是朱元璋钦定的。这份祭单，足以反映"不时不食"的大致内容。值得记录如下：

正月，韭、荠、生菜、鸡子、鸭子。

二月，水芹、蒌蒿、薹菜、子鹅。

三月，茶、笋、鲤鱼、刀鱼。

四月，樱桃、梅、杏、鲥鱼、野鸡。

五月，新麦、王瓜、桃、李、来禽、嫩鸡。

六月，西瓜、甜瓜、莲子、冬瓜。

七月，菱、梨、红枣、葡萄。

八月，芡、新米、藕、茭白、嫩姜、鳜鱼。

九月，小红豆、栗、柿、橙、蟹、鳊鱼。

十月，木瓜、柑、橘、芦菔、兔、雁。

十一月，荞麦、甘蔗、天鹅、鹧鸪、鹿。

十二月，芥菜、菠菜、白鱼、鲫鱼。

实事求是地说，朱元璋规定的这份月朔荐新，很平民，寻常水果，寻常菜肴。其中，六七月份荤腥全无，很清淡，是江南居民的生活习惯。惟有五月荐新中的"来禽"，读来有点生疏，原来是柰子的一种，亦称花红。花红亦为江南寻常水果，因果香独特，引得飞禽来栖而得名。又因为王羲之喜欢在自家园子里种点果树啥的，并因此而写了《来禽帖》，十分著名。

作者在检阅这份荐新时，发现没有枇杷，颇感意外。原来，明朝的枇杷，十分昂贵。叶恭绰说，颗值六金。另一个原因，根据祭礼，所谓荐新，必须是祖宗尝过的食品。朱元璋的老祖，讨饭出身，没吃过枇杷，很正常。

除了月朔荐新外，古人每次吃饭，先取盘中餐少许，放在一个笾豆里，以祭告古昔造食的人，这个礼节，叫祭食。

孔子以前，古人没有堆土成坟的习俗，故而也没有上坟祭扫一说，于是有了"祭食"。祭食，即是家祭，随时可祭，无需等到清明、中元节。陆游名诗名句：家祭无忘告乃翁。就是这么来的。

居家吃粥饭

简　雄

江南吴地"吃"、"喝"不分，食物入口一概叫"吃"：吃饭、吃粥、吃茶、吃酒、吃肉甚至吃香烟、吃生活（挨揍）……很有明清通俗小说叙事的年代感。

今年跨年，由王家卫执导的《繁花》热播。剧中创意的"排骨年糕"、"宝总泡饭"跟着走红，以至于剧组还就知识产权问题发布"严正声明"。其实，将再平常不过的泡饭吃出文化味道，古人笔记里就有。如冒辟疆《影梅庵忆语》记晚明名姬董小宛欢喜茶泡饭，俗称"茶淘饭"："姬性澹泊，于肥甘一无嗜好。每饭，以岕茶一小壶温淘，佐以水菜、香豉数茎粒，便足一餐。"无独有偶，沈复《浮生六记·闺房记乐》亦记芸娘嗜好相似："其每日饭必用茶泡。喜用茶泡食芥卤乳腐，吴俗呼为臭乳腐。"《红楼梦》第四十九回，描写大观园里含梅咀雪、起社吟诗。贾宝玉嚷嚷饿了，"却等不得，只拿茶泡了一碗饭，就着野鸡瓜齑，忙忙的咽完了"。不过芸娘和宝玉的茶泡饭都没有董小宛讲究。董姬用的岕茶可是明代名茶，据说制法清代中叶已失传。冒襄曾作《岕茶汇钞》一卷，详解岕茶身价。清人张潮在卷前小引开首就言："茶之为类不一，岕茶为最。岕之为类亦不一，庙后为佳。"跋又言："吾乡既富茗柯……计可与罗岕敌者，惟松萝耳。"张潮是徽州人，他说的这款松萝，据说由徽商从苏州虎丘山带去的茶种培育而成。虎丘茶亦为明代贡茶，后因寺僧们不堪盘剥重负，万历年间毁了茶树，遂失传。文震孟有《薙茶说》记述经过，因本文只说粥饭，兹不展开。这些都是才子佳人们的繁花情调。而我小时候记忆中从来没有茶泡饭，而是用酱油、猪油、榨菜等调成汤泡饭，既有盐分又省了小菜。这当然不是为了吃文化而是填饱肚皮。

吃粥饭自然是为了填饱肚皮，无论帝王还是百姓，谁也离不开"五谷杂粮"。而《周礼》记为六谷，其《天官冢宰·膳夫》言"凡王之馈食用六谷"。哪"六谷"？即稌（稻）、黍（黄米）、稷（高粱）、粱（粟米）、麦、苽（菰米）。菰米又被称为古稻，现今已不再作为主食品种。北魏贾思勰《齐民要术》卷九就有菰米饭的烧法："菰谷盛韦囊中，捣瓷器为屑，勿令作末。内韦囊中令满，板上揉之取米。一作用升半。炊如稻米。"至少到唐代，菰米还是一种重要的粮食作物，南北皆种植，色如乌云。如王维《送友人南归》有云："郧国稻苗秀，楚人菰米肥"。另在《游感化寺》中描写吃素斋的情形："香饭青菰米，嘉蔬绿笋茎。誓陪清梵末，端坐学无生。"杜甫《秋兴八首》第七首也有"波漂菰米沉云黑，露冷莲房坠粉红"之咏。

尽管我国南北方饮食差异巨大，但粥饭大率不过五谷杂粮。北方少有江南常吃的泡饭，而皆下米水煮，水多米少称为稀饭，煮到粘稠则叫粥。江南似没这么细分，不管稀的稠的一概叫粥，不过南用粳米而北多用小米。但并不绝对。明清时，走南闯北的商人阶层崛起，各地叫法也有互通，如晚清韩邦庆《海上花列传》，小说用吴方言写上海滩也说吃"稀饭"。如第四回讲到洪善卿走后，王莲生与张蕙贞一觉睡到次日下午一点方醒，"老娘姨搬上稀饭来吃了些，蕙贞就在梳妆台前梳头"。明人陆容《菽园杂记》卷六记山东有一种"水饭"："尝登峄山，山僧作水饭为供。"大约那时妇孺皆知，所以江南太仓人陆容并不觉得新鲜，一笔带过，反倒认真考辨了老和尚送上来一种蔬菜叫"张留儿菜"。《金瓶梅》故事发生地也在山东，第五十二回有一段西门庆吃水饭的描述，讲的是西门庆同狐朋狗友应伯爵、谢希大鬼混，"三个直吃到掌灯时候，还等后边拿出绿豆白米水饭来吃了，才起身"，时值夏季，绿豆参与的水饭应有降暑功能，而且专门说明是"白米"，则北方水饭还有黄米或小米款。水饭曾是南宋淳熙年间国宴上的主食，据陆游《老学庵游记》卷一记载，集英殿宴金国人使，一共九道菜品加四种"看食"即点心，其中第九碗就是"水饭咸豉旋鲊瓜姜"。所谓"旋鲊"大约像吴地所讲的薄腌，即用盐或酒糟短时间腌渍的食物。

俞樾晚年居吴门，他显然钟情吃粥，所以花了不少心思翻检史料，甚至训词诂字以证明古人不仅早吃粥，夜也吃粥，总之怎一个粥字了得。《茶香室丛钞》卷二十一"水饭"条，引南唐笔记表明，说水饭至少南唐已有了。而《齐民要术》的记载比曲园所引更早，下文再揭晓。但曲园认为"水饭即粥也"，就有点江南人的主观臆断。从西门庆的吃法看，水饭大约更像南方的泡饭，不过是一种用冷水泡制的消夏闲食，我小时候记忆中夏天吃的"冰冻绿豆汤"，必须有糯米参与方能称正宗完美。我猜想，如果适当逼掉水分是否就像西门庆那款"绿豆白米水饭"了呢?《茶香室三钞》卷二十五另有"淼饭"条记"与晶饭、毳饭并称韵事",吃的则都是文化味道了,其实"视之则羹汤三而已"。又《茶香室四钞》卷二十五"古人夜亦食粥"条诂"飧"字义谓:"人旦则食饭,夕则食飧。""水浇饭曰飧"。然后曲园下结论说"古人夜亦食粥"。很显然此处所谓"粥"应是泡饭或水饭。

李时珍在《本草纲目·谷部》分别解释了"飧饭"与"粥"之不同:"飧饭即水饭也。""粥字像米在釜中相属之形。煮米为糜,使糜烂也。"其实《齐民要术》卷九"飧饭第八十六"条就有飧饭的详细制法为:粟米要舂得细而不碎,舂完即刻点火蒸熟备用,南北朝称此饭坯为"馈"。用香浆和温水将馈浸泡一会儿,用手揉至不结块。关键点在"复小停,然后壮",即再要小停片刻才盛入蒸食器皿中,且要冬久夏短。如果不停,出来的飧饭就会太硬。正式放入飧饭时,先要把浆水调制得甜酸可口,再把热饭倒入浆水中,露出饭尖即成。接着还要稍稍停顿一会儿,"勿使挠搅,待其自解散,然后捞盛,飧便滑美"。看来北方水饭的烧制蛮吃工夫的,要领是饭入浆而非水入饭。看现今抖音上秀做水饭,步骤已大大简略。另简言之,"宝总泡饭"和皮蛋瘦肉粥也很好吃,但做法是有明显区别的。

居家吃粥饭,无论南北皆很日常,只是有些做法或叫法不同而已。徐珂《清稗类钞·饮食类》"苏州一日五餐之误传"条说:"如苏、常二郡,早餐为粥,晚餐以水入饭煮之,俗名泡饭。完全食饭者,仅午刻一餐耳。"这倒与古人习惯相类。又说:"其他郡县,亦以早粥、午夜两饭者为多。"所谓"其他郡县"以浙江越地为典型。一般认为吃饭的总比吃粥的要有力气,包括北方食麦者较南方食米者要强健。但徐珂观察到一个现象，记有"南北之饭"条并大发一通议论说："而观苏州、绍兴之乡女则不尽然。盖皆同为食米之人，苏女且以啜粥时为多，而苏乡健妇乃多于浙，凡耘田、打鱼、荡舟、舁舆、担物诸力役，无不任之，不惟胜于绍，且突过于北方之妇女。"再勾连到与徐珂同时代的浙江人俞曲园反复论证早晚要吃粥，是否是在苏州住久了，觉得早晚吃粥反而力大气壮呢？

其实吃稀饭明显还有节省口粮的功能。不说范仲淹"划粥断齑"已成从小刻苦节俭的励志典型，就说我小时候那会儿，城市家庭粮食定量供应，如苏州城区，小人每月十五斤粳米票，大人二十五斤，青年人长身体，每月配三十斤。所以一家几口要合理使用粮票，每天一日三餐只能"一干二湿"方能应付到月末，即午餐吃干，早晚吃稀。煮粥比较吃工夫，像吴地俗语"老太婆笃（煮）粥"，引申意为讲话如煮粥一般漫长、絮絮叨叨、费事费劲。家里父母"双职工"上班的只能一天烧好一锅饭，晚上回家将冷饭用开水重煮一下即泡饭，再炒个蔬菜就是全家的晚餐了。第二天早餐仍用隔夜的冷饭泡一泡，佐以乳腐、酱菜，有时赶早到街边摊头排队买几根油条搭一搭，全家就吃得很开心。那时没有冰箱，盛夏的冷饭如不妥善安放，一夜会馊掉。遇到这类"突发事件"，全家只能吃点备着的面包或苏打饼干什么的应付。那时住在七十二家房客的大杂院里，邻居家有老人，经常傍晚煮粥。放学回家，每每闻到邻家煮粥飘出的粥香味道，那个馋劲儿至今都忘不了。

所以我始终认为粥是美食，而对泡饭则不以为然，即令有时在宴席上吃到所谓"龙虾三吃"的虾肉咸泡饭，总觉得不如皮蛋瘦肉粥香。现在几乎家家一日两餐干饭，早餐甚至粥也很少吃了。按小女的说法，一天淀粉摄入过多容易老年痴呆。但像我这一代年纪的人，家里隔三差五还要牵记早晚煮粥吃，以调节家里经常大鱼大肉的美好生活。这既是怀旧，更是饮食习惯。不过粥不再是白粥，而是想着花样吃出美感来。

其实，古人对粥的研究和开发不仅不比现在差，而且今人所谓"创意灵感"不少就来自史料笔记。如腊八粥流传南北，至今绵延。唐宋以降笔记多有记载，清人顾禄《清嘉录》卷十二"腊八粥"条收罗辑录甚广，兹不赘述。

黄帝的传说不论，国人吃粥的历史至少追溯到先秦。《礼记·月令》说到"仲秋之月"的习俗："是月也，养衰老，授几杖，行糜粥饮食。"粥与几、杖一样，都是抚养老人之必备。宋人陈元靓《岁时广记》卷八引"齐人月令"："凡立春日，进浆粥，以导和气。"明人田艺蘅《留青日札》卷二十六抄录古人"养生妙法"谓"软饭，烂肉，少酒，独宿"。则粥饭尤其是粥还具有健身养生功效，而且这一"药食同源"的理念延续至今。

《后汉书·冯异传》记载了光武帝刘秀打天下时与粥有关的一段轶事："及王郎起，光武自蓟东南驰，晨夜草舍，至饶阳无蒌亭。时天寒烈，众皆饥疲，异上豆粥。明旦，光武谓诸将曰'昨得公孙豆粥，饥寒俱解'。"第二天又觅得麦饭侍光武。冯异字公孙，随刘秀领兵打天下，后被称为"咸阳王"。另据《后汉书·光武帝纪》记载，故事发生在"更始二年正月"，即公元 24 年。刘秀一直记着冯异的"豆粥"，后来当了皇帝还常在臣下面前说："仓卒无蒌亭豆粥，滹沱河麦饭，厚意久不报。"直到宋人陶穀《清异录》卷下"滹沱饭"条还记着："光武在滹沱，有公孙豆粥之荐。至今西北州县有号粥为溥沱饭。"未知当下天津河北一带还有这款粥饭否?

　　吃"政治粥"自然与居家百姓关系不大，但吃粥养生却是人生一大事。不妨录宋人林洪《山家清供》记下"豆粥"的简单做法："用沙瓶烂煮赤豆，候粥少沸，投之同煮，既熟而食。"关于粥的品种就我目力所及，以清光绪年间黄云鹄《粥谱》为最，主要从食疗视角收录历朝粥方二百三十余种，比明人朱橚著名的《普济方》所录还多。清人曹庭栋《老老恒言》之卷五《粥谱》次之，分上品三十六种、中品二十七种、下品三十七种共计一百种，且介绍了各款粥品制法，便于仿习。《本草纲目》所录有五十种，明人高濂《遵生八笺》说有三十八种而实际记了四十种。《清稗类钞》辑录粥品虽不多，如茯苓粥、枸杞粥、百合粥、山药粥、绿豆粥、芡实粥、莲子粥等很平常，但收录不少各朝轶事可供消遣，如"洛阳产妇饮小米粥汤"条："洛阳妇人生产，百日之内，仅饮小米粥汤，此外概不敢食。"由于徐珂辑录皆不留史料出处，只能从地域猜测系唐代故事。明人张岱《夜航船》卷十一亦有抄白居易轶事云："白居易在翰林，赐防风粥一瓯，食之，口香七日。"则是典型的药膳粥。《东坡志林》卷一记述北宋元符三年（1100），苏轼遭贬后默坐守黄中，吃粥以养生，其时"三辰一戊，四土会焉"，更加上丙与庚即土母与土子，东坡自得其乐记道："土之富，未有过于斯时也。吾当以斯时肇养黄中之气，过此又欲以时取薤姜蜜作粥以啖。"

　　宋是个文化人大显身手的朝代。由于文化人的高浓度介入，粥吃出了文化味道。《山家清供》记宋人几种粥品如"梅粥"："扫落梅英净洗，用雪水煮白粥，候熟，入英同煮。"从所引诗看，说的是腊梅。南方少雪，北方吃货似可尝试。又如"荼蘼粥"，传自僧道，林洪不仅记下一段亲历，还记下了制法："一日适灵鹫，访僧苹洲德修，留午粥，甚香美，询之，乃荼蘼花也。其法：取花片，用甘草汤焯，候粥熟同煮。又采木香嫩叶，就元汤焯，以姜、油、盐拌为菜茹。"则还知古人午间也有吃粥。又有"真君粥"即杏子粥。"河枢粥"即鱼干粥，但苏州人不用此款鱼干做粥，而是制成虾籽鲞鱼，至今依旧享誉餐桌。

　　元代时间虽短，而老百姓的日子仍得一天天过。元人对养老食治已有相当心得，其《居家必用事类全集》专门辑录《食医心镜》、《食疗本草》、《诠食要法》、《诸家法馔》多种居家传统食疗方，其中仅粥就有近二十种：如"养老益气方"有乌鸡肝粥、苍耳子粥、莲实粥、竹叶粥。如"耳聋耳鸣方"有鹿肾粥、鲤鱼脑髓粥、猪肾粥。如"五劳七伤方"有雌鸡粥，制法为："黄雌鸡一只去毛脏腹，生薯蓣（即山药）一两，阿魏少许炼过，粳米一合，肉苁蓉一两酒浸一宿。先将鸡煮烂，擘骨，取汁，下米及鸡肉、苁蓉等，都煮粥。入五味，空心食之。"又有"虚损伤羸瘦方"记雀儿粥、羊肉粥，只是"石英水煮粥"有点吓人，白石英加磁石之水煮粥现今怎么看都有点像吃丹药，能"颜如童子"还是送掉性命真不可知。"脾胃气弱方"有羊脊骨粥、粟米粥。"泻痢方"有薤白粥、曲末粥。另有调诸气方子记麻子粥、郁李仁粥、苏粥、桃仁粥等，其中"苏粥"原料为土苏（又称土酥），加青粱米、浆水煮粥，空心食之，据说"日一服，尤佳"。后来，明人李时珍在编纂《本草纲目》时将这些食疗粥方广泛收录，至少增加三十种，分为主食类、经济作物类、蔬菜类、荤腥类等，尤其是蔬菜类，日常居家皆可尝试。

明清曾有过较长时间的社会繁荣期。百姓生活相对稳定，居家吃粥饭不仅解决温饱，且越发精致，吃粥上升到养生文化的境界，出现了大部头的养生著述。其中万历十九年（1591）刊行的《遵生八笺》被称为"集明以前养生学大成的最重要著作"。差不多同时代的《本草纲目》则是从食疗的视角介绍粥品。相比而言，其所录粥品虽多，但功能单一，不如《遵生八笺》详尽。因《遵生八笺》不仅收录了唐宋以来的粥品，而且前人未见新品层出不穷，更详细记述了制法，值得静心研读，更适合仿习实操。篇幅所限，仅抄录两例以窥全貌，如记"甘蔗粥"："用甘蔗榨浆三碗，入米四合煮粥，空心食之。治咳嗽虚热、口燥、涕浓、舌干。"又记"扁豆粥"："白扁豆半斤，人参二钱，作细片，用水煎汁，下米作粥食之，益精力，又治小儿霍乱。"

入清，宋人粥的文化味道被进一步发扬光大。如"梅粥"有了更文化的美名叫"暗香粥"。清人顾仲《养小录》卷上记"暗香粥"的制法："落梅瓣，以绵包之，候煮粥熟下花，再一滚。"暗香即腊梅。不用雪水而用丝织品包裹则南方亦可做。而"荼蘼粥"称为"木香粥"，《养小录》卷上记制法为："木香花片，入甘草汤焯过，煮粥熟时入花，再一滚，清芳之至，真仙供也。"我孤陋寡闻，不知现今民间有否尝试制作这些花粥的高手，这是真正的吃文化了。清人朱彝尊《食宪鸿秘》亦录粥品多种，皆属养生文化款，并分析了煮粥用井水还是河水的区别。而现今都用古人没见过的"自来水"或"纯净水"了。除常见的芡实、山药、莲子、肉类品种之外，又有"神仙粥"，制法为："糯米半合，生姜五大片，河水二碗，入砂锅煮二滚，加入带须葱头七八个，煮至米烂，入醋半小钟，乘热吃。或只吃粥汤，亦效。

米以补之，葱以散之，酤以收之，三合甚妙。"竹垞还注释说，这款粥可以治疗感冒伤风初起等症。到中晚清两种《粥谱》面世，可谓中华粥品集大成者，其中曹庭栋《粥谱》介绍了每一粥方的文献出处，较为详细，黄云鹄的《粥谱》则分成谷类，蔬类，蔬食、糯、蓏类，木果类，植药类，卉药类一二，动物类等八类，主要简介各类药用功能，如同《本草纲目》不列制法，与煮粥工艺及粥文化无关。但他在书前集中辑录了古人论粥的金句，并分析了吃粥养生之道，颇可参考。晚清粤式粥品中荤腥类增多，至今还能在粥店里吃到。《清稗类钞》"粥"条记所谓特殊之粥："其特殊者，或以燕窝入之，或以鸡屑入之，或以鸭片入之，或以鱼块入之，或以牛肉入之，或以火腿入之。粤人制粥尤精，有曰滑肉鸡粥、烧鸭粥、鱼生肉粥者。三者之中，皆杂有猪肝、鸡蛋等物。别有所谓冬菇鸭粥者，则以冬菇煨鸭与粥皆别置一器也。"二十世纪三十年代，苏州街头粥店密布，绿竹在《谈吴县的小吃》中写道："尤其是阊门一带街上，粥店林立。"他记述了一家叫卫生粥店的宵夜情形，提到了销量最大的糖粥。而苏州的糖粥是我小时候温暖的记忆，"笃笃笃，卖糖粥"，沿街叫卖的糖粥担至今留存在苏州民俗博物馆内。我曾写过一篇《糖粥》，凭儿时记忆描述过糖粥："先是用旺火把砂锅里的糯米煮熟呈粘稠状，然后加入少许凉熟水，改用文火焖煮，一边徐徐倒入事先在钵体中捣碎的红糖。盛粥的碗很精巧，上下两圈约一厘米宽的蓝色花边，中间是镶有米粒状的半透明白瓷。糖粥热而不烫，甜而不腻，糯而不酥，一毛钱一碗。在这冬夜中吃一碗，一股温热漫向周身。"陆文夫小说《小贩世家》就专门讲述了一位挑担小贩的沧桑经历。而今这些都已成为一种文化记忆，供居家闲暇时发思古之幽情了。

从解决温饱到健身养生，进而吃出文化的境界，居家吃粥可说是不断触摸着中华传统文化的脉搏。见今贤所编粥膳一千例，则粥家族又迅速壮大矣。有朋友开玩笑曰：一天吃一款，就得吃三年。

随园老人《随园食单·饭粥单》说："见水不见米，非粥也；见米不见水，非粥也。必使水米融洽，柔腻如一，而后谓之粥。"这是千百年来国人对吃粥的讲究。至于袁枚所说荤腥果品入粥"俱失粥之正味"则就见仁见智了。史料笔记中还留有不少历朝饭品的记载，因我更钟情吃粥，故不铺陈。苏州人有一句损人俗语叫"倷阿吃粥饭格？"（你吃不吃粥饭？），以表示对做事敷衍之人的愤怒。看来，吃粥饭还蕴含着做人的道理呢。

鲜甜苏州

胡建国

　　"风味"一词，用之于饮食，大概出现在魏晋南北朝时期。南朝梁刘孝标《送橘启》说："南中橙甘，青鸟所食，始霜之旦，采之风味照座，劈之香雾噀人。皮薄而味珍，脉不粘肤，食不留滓。甘逾萍实，冷亚冰壶。"文中描述的风味除了香和味，还有咀嚼、温度等口感，比西方饮食风味（flavor）仅表达香和味的词义来得丰富。至今天，通常用色、香、味、形、质来表达饮食风味，这是评价食物的基本要素。

　　酸、甜、苦、咸、鲜，乃是迄今为止人类发现的五个基本味。按味觉受体发现的先后顺序排列，鲜味排末位。上世纪初，日本学者池田菊苗从海带汤鲜美的味道中受到启发，从海带中提取出谷氨酸，发现了谷氨酸钠增鲜的秘密。本世纪初，科学家发现了鲜味受体，鲜味正式步入基本味行列。

　　"鲜"字是个多义字，一般泛指鱼，《老子》："治大国若烹小鲜。"河上公注："鲜，鱼也。"许慎《说文解字·鱼部》："鲜，鱼也，出貉国。"段玉裁注："按，此乃鱼名，经传乃叚为新鱻字，又叚为尟少字，而本义废矣。"顾野王《玉篇·鱼部》："鲜，思连切,生也,善也,好也。""生"可解释为新鲜,"善"和"好"都是美好的意思。又《诗·大雅·韩奕》:"炰鳖鲜鱼。"李黻平注:"鲜当读如斯。《尔雅·释言》:'斯,离也。'斯析其鱼,即是作脍。"总之"鲜"字,与鱼有关。

鲜味出处的流行版本是出自彭祖"羊方藏鱼"的故事,会意古人造字鱼羊为鲜。《说文解字·羊部》:"美,甘也。从羊大。"段玉裁注:"甘部曰:'美也。'甘者,五味之一,而五味之美皆曰甘。引申之,凡好皆谓之美。羊大则肥美。"古人对鲜味最初的认知,可能是鱼的美味,"鲜"字中的"羊"会意美是贴切的,与《玉篇》释"鲜"字为善、好之义也是相通的。约在唐宋,人们对鲜味有了感知认识,鲜与味有了联结。贾岛《不欺》诗云:"食鱼味在鲜,食蓼味在辛。"林洪《山家清供》说:"夏初竹笋盛时,扫叶就竹边煨熟,其味甚鲜,名曰傍林鲜。"至清代,李渔、袁枚从感知经验中探索了鲜味理论。李渔《闲情偶寄·饮馔部·蔬食之一》说:"论蔬食之美者,曰清,曰洁,曰松脆而已矣。不知其至美所在,能居肉食之上者,只在一字之鲜。"李渔已经认识到食物中存在鲜味物质,说到笋汤:"凡食物中无论荤素,皆当用作调和。菜中之笋与药中之甘草,同是必需之物,有此则诸味皆鲜。"又说:"求至美至鲜之物于笋之外,其惟蕈乎。"袁枚《随园食单·小菜单》谈及食材的助鲜作用,说大头菜"入荤菜中,最能发鲜"。笋、蕈之汤,素食中的天然"味精"。苏州的笋油、蕈油鲜美无比,风味独特,既可成菜,又可面浇,还可调味,运用甚广。苏州名菜"五香鸭",就辅以蕈、笋、大头菜增香提鲜。

江南水乡,盛产鱼腥虾蟹,人们更谙知如何获取鲜味与利用鲜味。倪瓒《云林堂饮食制度集》中不乏以虾头壳擂碎熬汤汁氽虾肉、用鸡清汤氽田螺肉片的鲜汤菜式。苏州人韩奕《易牙遗意》在"捉清汁法"、"留宿汁法"中详细记录了高级清汤的制作和保管技术，形成了自成一体的"吊汤"技术，推动了调鲜技术的发展，提升了美食风味品质。苏州还有着丰富多样的蕈鲜食材，显现出水乡的"鲜"美活力。正德《姑苏志·土产》说："蕈，即菌，多生西山松林下，二月生者名雷惊蕈，其色赤者名猪血蕈，味皆鲜美。"吴林《吴蕈谱》是我国古代重要的真菌学著作，系统描述了清代苏州境内蕈类品种识别与食用方法，认为蕈味鲜，宜作羹。如谷树蕈"味鲜，作羹微韧"；佛手蕈"味极柔滑鲜美……与杜园笋为羹，真山居之上珍也"。

　　鲜味常常以复合味的形式出现，味的相乘作用，让人感觉到更鲜，苏州厨行有"鲜不单行，拼百汤"之说。名菜腌笃鲜、三件子，众鲜合力，细炖慢焐，一气呵成，终成汤美。苏州一碗面的魅力在于汤，每天晨起吊汤，选用鲜味足的新鲜猪肉骨、鸡骨、鳝骨等食材，制成的原汤浓鲜、清香。佐汁，是佐味面汤的卤汁，通常将焖肉卤加白糖等调制而成。拼汤，是将佐汁加入原汤中调成一碗面汤，是苏式汤面的一大特色。视季节变化，冬天汤色深，夏天汤色淡，还可应食客所需调制汤味浓淡。苏州人吃面有"夏吃白汤，冬吃红汤"的讲究，白汤鲜味醇浓，红汤鲜香甘美。厨师擅长小笊篱（俗称"观音斗"）捞面，有捞面出水清、不拖水、速度快的特点，不影响面汤口味。苏州人还有赶早吃头汤面的讲究，头汤面没有面汤气（碱水味），面条清爽，汤鲜香醇，汤色最清。朱鸿兴的一碗头汤面，让陆文夫小说《美食家》中的朱自治一天神清气爽。

嗜甜是人类的天性，宋应星《天工开物·甘嗜》："味至于甘，人之大欲存焉。"《说文解字·甘部》："甜，美也，从甘舌。舌，知甘者。"甘在五味中居中心地位，董仲舒《春秋繁露·五行对》："五味莫美于甘。"天然甜味剂最初来自饴蜜，《玉篇·米部》："糖，徒郎切，饴也。"

先秦时期，甜菜甜点，闻名遐迩。《楚辞·招魂》："胹鳖炮羔，有柘浆些。""粔籹蜜饵，有餦餭些。"柘浆，甘蔗汁，入菜增味添香。朱熹《楚辞集注》注"粔籹"："环饼也，吴谓之膏环，亦谓之寒具，以蜜和米面煎熬作之。"沈括《梦溪笔谈·杂志一》认为，饮食史上"大底南人嗜咸，北人嗜甘。鱼蟹加糖蜜，盖便于北俗也"。这个观点影响甚广，一些学者认为，两宋之际北方人口大量南迁造成后来的"南甜北咸"，两宋似乎成了南北风味大转移的分水岭。诚然，沈括也仅仅是个人推测。

三国时期，西南地区的蜀人就尚甘，曹丕《与群臣诏》就说："新城孟太守道，蜀肫羊鸡鹜味皆淡，故蜀人作食，喜著饴蜜。"隋大业中，吴郡进贡的蜜蟹，被誉为"食品第一"。隋唐时期，苏州已掌握精湛的用甜做菜技艺，自成一格，流传至今。袁术酷爱食蜜，隋炀帝喜食蜜蟹，宋明帝好食蜜渍鲚鮧，何胤嗜糖蟹，这些珍美甜食主要是供帝王将相、达官贵人享用。甜被赋予了权力，十七世纪末以前的西方也如此，美国作家西敏司《甜与权力》说："富人和权贵从蔗糖的身上获取了极大的快乐。"

唐宋时期，蔗糖登上食物舞台，开启了真正的甜味时代。据《新唐书·西域传》记载，"太宗遣使取熬糖法"。苏轼《送金山乡僧归蜀开堂》云："冰盘荐琥珀，何似糖霜美。"王灼《糖霜谱》记载了"结蔗为霜"的造糖技术。北宋京城汴梁街市繁华，甜食名目繁多，饮食店中有西川乳糖、狮子糖等糖果，饼店中有糖饼，杂卖有各色糕点，夜市还有沙糖冰雪冷元子、沙糖绿豆甘草冰雪凉水、香糖果子等夏令小吃。宋室南渡，都城临安食肆林立，各色糖果糕点、蜜饯小食琳琅满目，还有专门的糖"作坊"，市民能够享受更多的"甜蜜"生活。范成大《吴郡志·桥梁》记载苏州桥中有以糕命名的"雪糕桥"、"沙糕桥"。对于大多数人来说，蔗糖仍是珍稀食物，吴自牧《梦粱录》卷十六"鲞铺"说："盖人家每日不可缺者，柴米油盐酱醋茶。"百姓"开门七件事"中，糖不在其内。洪迈《容斋四笔》卷二"北人重甘蔗"条说："甘蔗只生于南方，北人嗜而不可得。"北人饮食中的甜食日渐式微。

元代，江南甜食渐成门类，制法多样。浦江吴氏《中馈录》列有"甜食"一章，介绍了十五种各式甜食，其中，有炒面方、面和油法、酥饼方等做法与配方，油酥点心雪花酥、酥儿印方、糖薄脆法，糕团点心五香糕方、煮沙团方、粽子，面馄点心馄饨方、水滑面方、油夹儿方，还有洒孛你方、玉灌肺法、糖榧方等特色点心。《易牙遗意》专列"糕饵类"，介绍五香糕、水团等九款糕团的做法。这一时期，江南菜肴的蔗糖使用越来越广，荤素皆可入甜，煮、蒸、炒、拌，做法多样，出现了"糖醋茄"之类的糖醋菜肴。

明清时期，江南成为全国的经济文化中心，苏州城市繁华，富甲天下，清常辉《兰舫笔记》说："天下饮食衣服之侈，未有如苏州者。"造糖技术在明代不断完备，冰糖、白砂糖、红砂糖一应俱全，蔗糖消费市场日益扩大，确立了蔗糖在食谱中的地位。王世懋《闽部疏》记载福建特产包括"泉漳之糖"等，"无日不走分水岭及浦城小关，下吴越如流水"。意大利传教士利玛窦的感触是"中国人用糖比蜂蜜更普遍得多，尽管在这个国家两者都很充裕"（《利玛窦中国札记》）。华亭人宋诩在《竹屿山房杂部·养生部》中记述了加糖蜜制作的江南甜点小吃，品种丰富多样，细分为糖果、蜜饯、糖剂、糖水等甜食门类。仇英款《清明上河图卷》中的苏州糕肆糖果铺以"参苓补糕，各色细果"为市招，门庭若市。清代，全国各地风味特色形成，徐珂《清稗类钞·饮食类》"各处食性之不同"条说："食品之有专嗜者，食性不同，由于习尚也。兹举其尤，北人嗜葱蒜，滇、黔、湘、蜀人嗜辛辣品，粤人嗜淡食，苏人嗜糖。"顾禄《清嘉录》记载苏州岁时糕团，以及糖果、糖饼等甜食，它们既作祭祀之用，又当节令馈赠礼物。邓琳《虞乡志略·风俗》引诗咏常熟做年糕："世人由来爱甜口，不妨十倍添糖霜。"颐安主人《沪江商业市景词·姑苏糖食店》云："姑苏糖食各般陈，糕饼多嵌百果仁。蜜饯驰名成十景，天府贡品竞尝新。"经济文化发展，物产资源优势，地方风俗特点，对"南甜"的形成起到了重要作用。糖与习俗的紧密融合，为"南甜"奠定了深厚的社会基础。糖从上层权贵的享用品逐渐流向平民阶层，甜味一步一步嵌入到民间日常生活之中，徐珂《清稗类钞·饮食类》"苏州人之饮食"条说："至其烹饪之法，概皆五味调和，惟多用糖，又喜加五香，腥膻过甚之品，则去之若浼。"苏州（包括周边地区）人嗜甜渐成风尚。如今，苏式糕团、苏式糖果、苏式蜜饯名扬海内外。以选用花果、瓜子仁为原料，挂高丽糊软炸的甜菜，香甜松软，自成门类。松鼠鳜鱼、蜜汁火腿、白汁元菜、樱桃肉、卤鸭等传统名菜以甜美传世。

　　鲜甜，鲜而回甘，进入味觉呈现的又一境界。明苏州人冯梦龙《山歌》赞煎鱼"介鲜甜"，苏州话"介"是特别的意思。袁枚《随园食单·特牲单》"蜜火腿"条说："余在尹文端公苏州公馆这吃过一次，其香隔户便至，甘鲜异常，此后不能再遇此尤物矣。"苏州人吴慈鹤《凤巢山樵求是二录》卷二有诗咏金华火腿，题曰："金衢花猪甲天下，盖土人以白饭饲之，绝不食秽，故香洁独胜。兰溪舟妇悉豢此，几与同卧起，若猫犬然。冬月宰之，以盐渍其蹄，风戾以致远，可数年不腐，味尤隽永。吴庖能和蜜煮之，甘腴无比。余久不食肉，然独不能屏此，而自来无作诗者，戏为一篇。"据说，清代承平时，金华火腿在苏州的销量全国最大。钱锺书在《管锥编》中回忆儿时筵席盛馔有"蜜汁火腿"、"冰糖肘子"。甘鲜腴美的蜜汁火腿，深得美国前国务卿基辛格的喜爱，他每次访问苏州必尝之，赢得"基辛格蜜方"的美称。糖类与氨基酸有着内在联系，鲜味和甜味还共用一个味觉受体，研究发现甜味对鲜味有促进作用。苏州人对鲜甜有着独特的认知，用糖提鲜是苏州菜的传统做派，比如炒青菜、蒸鱼时放几粒白糖，是加糖不现甜，行话叫隐味，用微弱的甜味衬托主味，提升菜肴的鲜美度，是用甜调味的独特技艺。

　　饭稻羹鱼，清嘉风土，以鱼米为代表的苏州传统鱼肴、糕团食俗丰富多彩，节令品种应时而出。苏州人有十二月吃鱼时间表，正月塘鳢鱼，二月刀鱼，三月鳜鱼，四月鲥鱼，五月白鱼，六月鳊鱼，七月鳗鱼，八月鲃鱼，九月鲫鱼，十月草鱼，十一月鲢鱼，腊月青鱼。十二月吃糕团时间表，正月元宵，二月撑腰糕，三月青团，四月乌米糕，五月粽子，六月绿豆糕，七月豇豆糕,八月粢毛团,九月重阳糕,十月粢饭糕,十一月冬至团,腊月年糕。

"蘇"字是鱼米之乡的形象符号,鱼为鲜,禾为甜,鲜甜是苏州风味的鲜明特征,苏州菜是中国鲜甜风味的典范,鲜甜苏州,名副其实。

《诗经》里的桃

林卫辉

如果要给我国本土水果排个座次，桃子当仁不让应该排在第一位，在《诗经》里，它也是第一个出场的水果，见《周南·桃夭》："桃之夭夭，灼灼其华。之子于归，宜其室家。桃之夭夭，有蕡其实。之子于归，宜其家室。桃之夭夭，其叶蓁蓁。之子于归，宜其家人。"

大意是：桃花怒放千万朵，色彩鲜艳红似火。这位姑娘要出嫁，喜气洋洋归夫家。桃花怒放千万朵，果实累累大又甜。这位姑娘要出嫁，早生贵子后嗣旺。桃花怒放千万朵，绿叶茂盛随风展。这位姑娘要出嫁，夫家康乐又平安。

现代学者一般认为这是一首祝贺年轻姑娘出嫁的诗，全诗分为三章，第一章以鲜艳的桃花比喻新娘的年轻娇媚："桃之夭夭，灼灼其华"，新娘与桃花一样已经明艳到了极致，靓到能刺目的程度；第二章则是表示对婚后的祝愿："桃之夭夭，有蕡其实。"桃花开后，结出桃子，诗人说桃树果实累累，桃子结得又肥又大，此乃象征着新娘早生贵子，儿孙满堂；第三章以桃叶的茂盛祝愿新娘家庭的兴旺发达："桃之夭夭，其叶蓁蓁。"

以桃树枝叶的茂密成荫，来象征新娘婚后生活的美满幸福。全诗以桃花起兴，用桃花、桃子、桃叶作比喻，堪称是最美的比喻，最好的颂辞。

相似的赞美，也出现在《诗经·召南·何彼秾矣》里："何彼秾矣，华如桃李！平王之孙，齐侯之子。"周王之孙与齐侯之子新婚，诗里说怎么如此地浓艳漂亮？像桃花李花开了一样芬芳。平王孙女容貌够姣好了，而齐侯公子也风流倜傥。看来用桃花形容人漂亮是那个时代的套路，后世的"人面桃花""面若桃花"的知识产权就在这里。

了解桃的历史更重要的一首是《诗经·魏风·园有桃》，有云："园有桃，其实之肴。心之忧矣，我歌且谣。"这是魏国一位怀才不遇、不被理解之士的一段内心独白，他想表达的意思是说园中桃树上的桃子已成熟了，味美又可饱腹，而自己却无所作为，不能把自己的才华贡献出来，心中真忧闷呀，姑且放声把歌唱。这首诗之所以重要，是里面透露了一个重要信息："园有桃"。桃子在田园里而不是在山坡、野外，《诗经》的年代，人们吃蔬菜水果基本上是到野外采摘，纯野生，有限的土地要种植效益更高的粮食，这里说桃种在园里，说明桃已经被人们种植，桃在水果界中的地位可见一斑。

桃还出现在《大雅·抑》中，这是卫武公箴戒周平王之作，其中的"投我以桃，报之以李"，成了成语"投桃报李"，用于规劝周平王要懂得回报，在这里我们可以看到，桃是送给周平王的礼物，高贵得很。

桃是蔷薇科李属落叶小乔木植物，与苹果、李是远房亲戚，桃原产于中国，以《诗经·魏风·园有桃》为证据，我们栽培桃至少已有三千多年的历史。关于桃的原产地曾经有过争议，桃子的英文为 peach，这源于另一个单词 persic，意思就是"波斯果"，某些西方学者仅仅根据语言学的推理，和在"中国未见到野生桃树"的猜想，做出了"桃树起源于波斯并从那里传播到欧洲去"的结论。真实的历史是：约在公元前二世纪之后，中国人培育的桃树沿丝绸之路从甘肃、新疆经由中亚向西传播到波斯，再从那里引种到希腊、罗马、地中海的沿岸各国。达尔文研究了中国的水蜜桃、重瓣花桃、蟠桃等的生育特性，并与英国、法国产的桃树的特性相比较，认为欧洲桃都来源于中国桃，桃树原产于中国的结论，已被世界学者一致公认。考古成果更是证明了这一点，考古学家在西双版纳热带植物园发现了已知最早的桃核，距今二百五十万年。

《诗经》年代的人们，从桃子等水果中获得糖分，这就是营养和美味，但这还不足以让桃坐稳本土水果界第一的地位，只有桃蕴含着图腾崇拜、生殖崇拜的原始信仰，赋予它生育、吉祥、长寿的民俗象征意义，这才配得上水果界第一的地位。在《礼记》里，桃率领李、杏、梨、枣，成为祭祀神仙的五果之首，这也是桃和神仙搭上关系的开始。《山海经》有"沧海之中，有度朔之山，上有大桃木，其蟠屈三千里"。《太平广记》卷三引《汉武内传》载："七月七日，西王母降，以仙桃四颗与帝。帝食辄收其核，王母问帝，帝曰：'欲种之。'王母曰：'此桃三千年一生实，中夏地薄，种之不生。'帝乃止。"在古代神话中，蟠桃树是一种能活千年的树，而蟠桃树结的果，人们吃了就会长生不老，现代人摆寿宴，吃寿桃，也由此而来。

因为桃子和我国神仙有着千丝万缕的关系，于是桃木也沾染了"仙气",祖先们不仅认为桃木有灵,还认为它可以驱邪。《淮南子·诠言》说:"羿死于桃口"。东汉许慎注:"口,大杖,以桃木为之,以击杀羿,由是以来鬼畏桃也"。这是说后羿被其徒弟用桃木棒所杀,后羿死后为神,名宗布,牵着老虎做鬼的大王,既然桃木能杀鬼王,杀鬼更不在话下,因此,古代的人们就会在房屋门外挂上桃木符来驱邪避凶。王安石说"千门万户曈曈日,总把新桃换旧符。"早在宋朝以前,人们早就这么做了,现如今,大家将"新桃"换成了对联,而道教仍然将桃木剑之类的法器当成驱邪镇鬼利器。

广受大众欢迎的桃花、桃子,在历代文人笔下化成了一篇篇美妙的故事和诗篇。《晏子春秋·内篇谏下》有二桃杀三士的故事,齐相晏婴通过齐景公将两个桃子论功赐给公孙接、田开疆、古冶子三位权臣,结果三人都弃桃自杀,为齐国除去后患,没有桃子就没有齐国的伟大复兴;陶渊明的《桃花源记》,塑造了一个理想国,把人们带入了一个令人神往的天地,没有桃的地方算不上美好;唐朝诗红人不红的崔护,他的《题都城南庄》家喻户晓,"去年今日此门中,人面桃花相映红。人面不知何处去,桃花依旧笑春风。"只有桃花没有美人,依然是一憾事,这是最早的"桃色新闻";白居易的"人间四月芳菲尽,山寺桃花始盛开。"春光没有了桃花,又谈何美好?一身傲骨的刘禹锡,因参与王叔文改革失败而被贬朗州司马,十年后回到京城,写下"玄都观里桃千树,尽是刘郎去后栽。"开罪于权相武元衡,被再贬岭南,十四年后重回京城,写下"百亩庭中半是苔,桃花净尽菜花开。种桃道士归何处?前度刘郎今又来。"在他笔下,一向柔弱的桃花也充满傲气;苏轼的"竹外桃花三两枝，春江水暖鸭先知。"桃花和鸭子一起成为先知先觉的春天使者；一生倒霉的大明才子唐寅的"桃花坞里桃花庵，桃花庵下桃花仙。桃花仙人种桃树，又摘桃花换酒钱。"用桃花安慰了自己失意的灵魂，读来令人唏嘘扼腕。

桃子能成为水果界的第一，除了广受欢迎，还要让广大人民群众欢迎得起，"物美"之外还要"价廉"。桃几乎全国各地都可以种，产量也高，所以价格也一向亲民。在种桃这件事上，勤劳的中国人一向认真而且充满创意，《尔雅·释草篇》说："旎，冬桃；榹，山桃。"也就是说三千多年前桃最少就有两个品种。《西京杂记》载，公元前一世纪汉武帝在京城修建"上林苑"，群臣百官上贡的异果中就有秦桃、榹桃、缃核桃、金城桃、绮蒂桃、柴文桃、霜桃等桃树品种。嫁接技术的出现，让桃树品种变异百出，公元六世纪贾思勰《齐民要术》中记载的桃树品种已有近二十个，宋代周师厚《洛阳花木记》中，仅洛阳一地就有桃树品种三十多个，明代王象晋著《群芳谱》中记录的桃树品种有四十多个。

在种桃这件事上，国人不仅仅埋头苦干，而且还让桃子走出去又引进来。1876 年，日本冈山县园艺场从中国上海、天津引进水蜜桃树苗，并先后培育出四十多个优良品种，几经改良的"冈山白凤"和"大久保"，又返回中国入籍，现在，大久保桃成了中国北方种植最普遍的品种，白凤水蜜桃上市则是南方水蜜桃进入全盛期的标志。幅员辽阔的神州大地，适合蜜桃生长的地方不少，有的突出了甜，有的是酸甜平衡；有的软若柿子，几可用吸管吸桃汁，有的脆得更有口感。哪里的蜜桃更好吃，全凭个人喜好，毕竟，好不好吃，本身就是一种很主观的判断，适合自己的才是最好的，包括近年号称很贵的桃子，有些人除了讲究"不时不吃"，还喜欢"不贵不吃"，钱是自己的，当然有豪横着花的自由，愿意交点智商税，别人也没有拦着的权利。

桃子一向便宜，但桃胶却贵了起来，不少商家宣传吃桃胶美容，桃胶有个"胶"字，自然就联想到胶原蛋白。桃胶是桃树流胶的结晶物，是一种病理现象，我国有接近七成桃树有不同程度的流胶，当桃树受到真菌或细菌的侵染，或者是虫害、表皮损伤，就会导致流胶，这是一种很普遍的现象。桃胶的主要成分是大分子多糖，并没有胶原蛋白，通过吃桃胶增加胶原蛋白，从而达到美容的目的，是一个"美丽的神话"。桃胶富含的大分子多糖，经水解能生成阿拉伯糖、半乳糖、木糖、鼠李糖、葡糖醛酸等，这些糖在今天还算不算营养，你自己想想。再说了，我们人体缺乏相应的消化酶，因此难以消化吸收。不过桃胶也算膳食纤维，因此对于肠道健康可能有点好处，比如说方便排便，这倒可以与美颜扯上的关系，至于值不值那个价钱，你自己掂量掂量。原始桃胶有白色、浅黄、浅棕色、深红棕色等不同颜色，有的人说深色的是"老树胶"，更滋补，这也毫无道理，桃胶的颜色实际是少量酚类物质在光照、氧气的作用下形成的醌类色素，简单说就是，刚分泌的桃胶颜色浅，时间长了颜色就变深了，和营养、功效并没关系。

这个让国人喜欢了几千年的水果，承载着太多的美好，连"桃之夭夭"也引申出"逃之夭夭"，充满诙谐和欢乐。我喜欢"桃之夭夭"，对贵价的桃子和桃胶，我逃之夭夭。

饮馔札记

王　放

吴王的美味

今苏州一带的山川形势，上古时已基本形成。鲁哀公二十年（前475），越王勾践阴谋伐吴，问计于谋臣计倪，袁康等辑《越绝书·计倪内经》记下了勾践的一段话："吾欲伐吴，恐弗能取，山林幽冥，不知利害所在。西则迫江，东则薄海，水属苍天，下不知所止。交错相过，波涛浚流，沉而复起，因复相还。浩浩之水，朝夕既有时，动作若惊骇，声音若雷霆。"吴地不仅迫江近海，且河流纵横交错，湖泊星罗棋布。正因为如此，水产资源十分丰富，渔猎总在农耕之前，故当地先民很早以前就已渔鱼而食了。有人说"吴"字就是"鱼"字，或许说得太简单，但苏州人读"吴"字，确是读如"鱼"音的。

鲁昭公二十七年（前515），公子光使专诸行刺吴王僚，篡夺王位，践阼后改称阖闾。《公羊传》、《穀梁传》仅记是年"夏四月，吴弑其君僚"。惟《左传》说得比较详细："夏四月，光伏甲于堀室而享王。王使甲坐于道及其门，门阶户席，皆王亲也，夹之以铍。羞者献体，改服于门外。执羞者坐行而入，执铍者夹承之，及体以相授也。光伪足疾，入于堀室。鱄设诸置剑于鱼中以进，抽剑刺王，铍交于胸，遂弑王。"行刺的"鱄设诸"，即专诸。所上之鱼，至《史记·吴太伯世家》方明确为"炙鱼"。这次公子光招待吴王僚，当然是盛宴，炙鱼仅是其中一道。裴骃《史记集解·吴太伯世家》引服虔注"炙鱼"："全鱼炙也。"惟有炙全鱼，方可藏剑其中，此乃这一历史事件的重要道具，不得不提，其他菜肴都给省略了。后世则不断敷衍炙鱼这个故事，赵晔《吴越春秋·吴太伯传》说公子光与专诸商议刺吴王僚，"专诸曰：'凡欲杀人君，必前求其所好，吴王何好？'光曰：'好味。'专诸曰：'何味所甘？'光曰：'好嗜鱼之炙也。'专诸乃去，从太湖学炙鱼，三月得其味，安坐待公子命之"。相传专诸学炙鱼的地方，在今香山一带，徐崧先《香山小志·桥梁》说："中和桥，跨南宫塘。《吴越春秋》：专诸去从太湖学炙鱼。即此地也，故一名炙鱼桥，今俗呼捉鱼，讹。"

炙鱼，就是烧鱼或是烤鱼，究竟如何做法，今已不得而知。后世颇多炙鱼之法，如贾思勰《齐民要术·炙法》说："炙鱼，用小鲭、白鱼最胜。浑用。鳞治，刀细谨。无小用大，为方寸准，不谨。姜、橘、椒、葱、胡芹。小蒜、苏、榄，细切锻，盐、豉、酢和，以渍鱼，可经宿。炙时以杂香菜汁灌之，燥则复与之，熟而止，色赤则好。双奠，不惟用一。"又高濂《遵生八笺·饮馔服食笺上》说："炙鱼，鲚鱼新出水者，治净，炭上十分炙干收藏。一法，以鲚鱼去头尾，切作段，用油炙熟，每段用箬间，盛瓦罐内，泥封。"专诸的炙鱼，虽然更原始，但他学了三个月方得其味，可见是有一定技术含量的，在当时确是美味。不管如何，炙鱼是苏州历史上最早记录的著名食品，正德《姑苏志·土产》于"炙鱼"下按道："盖吴地产鱼，吴人善治食品，其来久矣。"

阖闾即位后，在越来溪西建造鱼城，《太平御览·居处部二十·城上》引《吴地记》："越来溪西鱼城者，吴王既游姑苏，筑此城以养鱼。"朱长文则以为不然，《吴郡图经续记·往迹》说："鱼城，在吴县西横山下，遗址尚存。盖吴王控越之地，宜为吴城，谓之鱼城，误也。横山之旁，冈势如城郭状，今犹隐隐然。"这也正是吴人"鱼"、"吴"两字纠缠不清的结果。当时吴大城环郭至鄙，散置着广大的庄田和副食品基地，如大疁、胥主疁、野鹿陂、鸭城、豨巷、豆园、鸡陂、鹿陂、鹿园、冰室、酒醋城、储城、麋湖城等。吴王和吴国贵族的食材，皆取诸于此。

鲁定公五年（前 505），东夷侵吴，吴王阖闾亲征，逐之入海，大批黄鱼，曾充吴军之饥，甚至石首鱼这个名字，也是吴王给起的。绍定《吴郡志·杂志》引《吴地记》："属时风涛，粮不得度。王焚香祷天，言讫，东风大震，水上见金色，逼海而来，绕吴王沙洲百匝。所司捞漉得鱼，食之美，三军踊跃，夷人一鱼不获，遂献宝物送降款。吴王亦以礼报之，仍将鱼腹肠肚，以咸水淹之，送与夷人，因号逐夷。夷亭之名昉此。吴王回军，会群臣，思海中所食鱼，问所余何在？所司奏云，并曝干。吴王索之，其味美，因书'美'下着'鱼'，是为'鲞'字。今从失，非也。鱼出海中作金色，不知其名，吴王见脑中有骨如白石，号为石首鱼。"程大昌《演繁露续集·谈助》"夷亭"条说："阖闾尝思海鱼而难于生致，乃令人即此地治生鱼，盐清而日干之，故名为鲞，其读如想。又《玉篇》《说文》无鲞字，《唐韵》始收入也。

鲞即鱼身矣，而其肠胃别名逐夷，为此亭之，尝制此鱼也，故以夷名之。《吴地志》仍有注释云：'夷即鲞之逐夷也。'"夷亭即今之唯亭，在阳澄湖南，历史上别作怡亭、彝亭。

鲞即干鱼、腌鱼，这是石首鱼的保藏办法，王羲之《薪茶帖》说："石首鲞食之消瓜成水。"其他的鱼也可用这种加工办法。

阖闾还发明了鱼脍，即将鱼肉斫切加工，《吴越春秋·阖闾内传》说："子胥归吴，吴王闻三师将至，治鱼为脍。将到之日，过时不至，鱼臭。须臾，子胥至，阖闾出脍而食，不知其臭。王复重为之，其味如故。吴人作脍者，自阖闾之造也。"李时珍《本草纲目·鳞四·鱼脍》说："鱼生，刽切而成，故谓之脍。"

也是因为阖闾，银鱼被称为脍残鱼，也称王余，《尔雅翼·释鱼二》说："王余长五六寸，身圆如箸，洁白而无鳞，若已脍之鱼，但目两点黑耳。《博物志》曰：'吴王江行，食脍有余，弃于中流，化为鱼，名吴王脍余。'《高僧传》则云：'宝志对梁武帝食脍，帝怪之，志乃吐出小鱼，鳞尾依然，今金陵尚有脍残鱼。'二说相似，然吴王之传则自古矣。"王余之说，虽然颇为荒诞，但反映了吴人对银鱼的认识，因其异样而敷衍神奇故事，乃是很自然的事。干宝《搜神记》卷十三说："今鱼中有名吴王脍余者，长数寸，大者如箸，犹有脍形。"吴伟业则认为这位吴王是夫差，《脍残》云："弃掷诚何细，夫差信老饕。微茫经匕箸，变化入波涛。风俗银盘荐，江湖玉馔高。六千残卒在，脱网总秋毫。"可见银鱼即脍残鱼的说法，已有很悠久的历史了。

俞樾则认为王余鱼与脍残不是一种，其有《王余鱼》一首，小序说："王余鱼与脍残异，脍残者，《博物志》云：'吴王江行，食脍有余，弃于江中，流化为鱼，长四寸，大者如箸，犹作脍形。'余谓此鱼即银鱼之大者，故亦有银鱼之名。今吴中银鱼极多，此吴王之说所自来也。王余则比目之别种，《吴都赋》云："双则比目，片则王余。'注云："王余鱼，其身为半也，俗云越王鲙鱼未尽，因以残半弃水中为鱼，遂无其一面，故曰王余也。'今此鱼在苏罕见，而杭州则多有之，盖出钱唐江，此越王之说所自来也。《临海异物志》云："比目鱼亦称箬鱼，而杭人呼王余，亦曰箬鱼，则其为同类明矣。今年春偶于吴下得食之，因为赋此诗。"诗云："双为比目片王余，古语流传信有诸。化作半人应姓习，妆非全面竟成徐。若呼箬叶形还肖，倘唤银刀誉转虚。两事相同吴越异，登盘莫误鲙残鱼。"

阖闾之女滕玉，因与父王食鱼事，愤然自杀。《吴越春秋·阖闾内传》说："吴王有女滕玉，因谋伐楚，与夫人及女会，蒸鱼，王前尝半而与女，女怒曰：'王食鱼辱我，不忍久生。'乃自杀。阖闾痛之，葬于国西阊门外。"为了吃鱼的小事而自杀，真是"轻生死"了，至于是否有其他背景，就不知道了。

相传范蠡辅越灭吴后，归隐五湖，养鱼种竹，著有《养鱼经》。可见苏州水产的养殖、捕捞和加工，都具有悠久的历史。

张翰的乡思

张翰，字季鹰，西晋吴郡吴县人，有清才，博学，善属文，挥笔即成，文藻新丽。性纵任不拘，时人号为"江东步兵"。惠帝元康末，入洛。永宁元年（301），齐王冏为大司马，辟其为东曹掾。时皇族攻伐，乱象已明，恐祸及己身，便与顾荣商议，欲求退。值西风起，作《秋风歌》（一作《思吴江歌》）云：

"秋风起兮佳景时，吴江水兮鲈正肥。三千里兮家未归，恨难得兮仰天悲。"于是借口思念家乡的菰菜、莼羹、鲈鱼鲙，就不告而归。《晋书·张翰传》说："翰因见秋风起，乃思吴中菰菜、莼羹、鲈鱼鲙，曰：'人生贵得适志，何能羁宦数千里，以要名爵乎？'遂命驾而归。"

张翰因思念家乡的菰菜、莼羹、鲈鱼鲙而弃官而还，当然是个借口。陆龟蒙《松江秋书》云："张翰深心怕祸机，不缘菰脆与鲈肥。如何徇世浮沉去，可要抛官独自归。风度野烟侵醉帽，雨来秋浪溅吟衣。无人好尚无人贵，吟啸低头又掩扉。"龚明之《中吴纪闻》卷三"张翰"条说："国初，王贽运使过吴江，有诗云：'吴江秋水灌平湖，水阔烟深恨有余。因想季鹰当日事，归来未必为莼鲈。'贽之意谓翰度时不可有为，故飘然引去，实非为鲈也。至东坡赋三贤诗，则曰：'浮世功名食与眠，季鹰真得水中仙，不须更说知几早，直为鲈鱼也自贤。'其说又高一着矣。"

虽说是借口，但菰菜、莼羹、鲈鱼鲙这三样食品，确实代表着张翰家乡的饮食精华。张翰的故家在今吴江，当时属吴县，至后梁开平三年（909），吴越王钱镠才奏请割吴县地置吴江县。因此，吴江地方一向是将张翰奉为乡贤的。

菰菜，也就是通常说的茭白，古称苽、蓲、蒋，别称菰笋、菰薹、菰首、菰手、菰蒋、茭瓜、茭笋、茭薹、茭肉、茭粑、茭耳菜、出隧、蓬蔬、绿节等。茭白属禾本科多年生宿根草本，它的根际有白色匍匐茎，由于菰黑粉菌侵入后，刺激细胞增生，基部形成肥大的嫩茎，也就是茭白。它的食用历史悠久，《礼记·内则》提到"食"，首先就是"蜗醢而苽食"，可见它很早就被视作溪毛中的佳品。前人咏茭白很多，如沈约《咏菰》："结根布洲渚，垂叶满皋泽。匹彼露葵羹，可以留上客。"朱熹《次刘秀野蔬食十三诗韵·茭笋》："寒茭翳秋塘，风叶自长短。刳心一饱余，并得床敷软。"陆游《邻人送菰菜》："张苍饮乳元难学，绮季餐芝未免饥。稻饭似珠菰似玉，老农此味有谁知。"茭白有种种吃法，如洪武《苏州府志·土产》说："味甘脆，可生啖。煮以苦酒，如食笋。今人用以为菹，或以为鲊，尤佳。"弘治《吴江志·土产》说："甘嫩，可生啖，杂鱼肉中煮之，如食笋。中有黑点斑纹，故刘屏山诗云：'应傍鹅池发，中怀洒墨痕。'今人作鲈羹，笔以此物，犹有风味。"后来关于茭白的菜肴越来越丰富了。历史上，人们提起茭白，总会想到张翰，如许景迁《咏茭》云："翠叶森森剑有棱，柔条松甚比轻冰。江湖若借秋风便，好与莼鲈伴季鹰。"

莼羹是用莼菜做成的羹汤，《世说新语·言语》记陆机和王武子的对话，王对陆夸示羊酪，认为没有比它更好吃的了，陆回答说："有千里莼羹，未下盐豉耳。"前代学者于此两句别有解释，如宋人曾三异《因话录》"莼羹"条说："'千里莼羹，未下盐豉。'世多以淡煮莼羹，未用盐与豉相调和。非也！盖'末'字误书为'未'，末下乃地名，千里亦地名，此二处产此二物耳。其地今属平江郡。"于是"千里莼羹"就成为维系人们乡恋的纽带。据贾思勰《齐民要术·羹臛法》介绍，莼羹以鱼和莼菜为主料，煮沸后加盐、豉而成。这是一种古老的烹调办法。莼菜又名茆、凫葵、露葵、水葵、锦带、马蹄草等，属多年生宿根湖沼草本，江浙不少地方都以出产莼菜闻名。宋时则多记咏吴江莼菜，李彭老《摸鱼子》词曰："过垂虹、四桥飞雨，沙痕初涨春水。腥波十里吴歈远，绿蔓半萦船尾。连复碎。

爱滑卷青绡，香裛冰丝细。山人隽味。笑杜老无情，香羹碧涧，空只赋芹美。　归期早，谁似季鹰高致。鲈鱼相伴菰米。红尘如海丘园梦，一叶又秋风起。湘湖外，看采撷、芳条际晓随鱼市。旧游漫记。但望极江南，秦鬟贺镜，渺渺隔烟翠。"此词上片赋吴江春莼，下片赋湘湖秋莼，可见当时吴江之莼已与湘湖齐名。自清中期以来，吴江莼菜以庞山湖所出最佳，嘉庆《同里志·赋役·物产》说："曰莼菜，产庞山湖滨燕浜内，甘滑肥美，比产太湖中者尤为风味。"范烟桥《茶烟歇》"莼"条也说："江浙间湖泽多产莼，惟吴江城东庞山湖所产紫背丝细瘦，与他处白背丝粗肥者风味有别。"又说："春日买棹看江村春台戏，以莼羹佐饭，可以急下数盂。故吾乡郑瘦山有'一箸莼香拥楫吟'之句，颇能状其妙趣。二月莼初生，三月多嫩蕊，秋日虽亦有之，顾不及春莼之鲜美，故因秋风而动念，不过季鹰之托词耳。莼之产地不广，故嗜者甚少，且有不识为何物者，有疑而不敢下箸者。西湖佳馔，宋四嫂醋鱼外，当推莼羹，惟黏液去之殆尽，减其柔滑，殊不及吾乡所制。江城及濒湖诸乡，每值春仲清晨，荷担呼卖莼菜者，悠扬相接，秋初则多掉舟问售，年来吴郡中亦有此声矣。"

鲈鱼鲙，乃是鲈鱼的一种特殊加工做法。隋大业时，吴郡进献松江鲈鱼干鲙，炀帝称之为"金齑玉鲙"。《太平广记·食》"吴馔"条引《大业拾遗》："作鲙法，一同鲍鱼。然作鲈鱼鲙，须八九月霜下之时，收鲈鱼三尺以下者作干鲙，浸渍讫，布裹沥水令尽，散置盘内，取香柔花叶相间细切，和鲙拨令调匀，霜后鲈鱼，肉白如雪，不腥，所谓金齑玉鲙，东南之佳味也。紫花碧叶，间以素鲙，亦鲜洁可观。"后世于鲈鲙的做法仍有记述，如宋雷《西吴里语》卷三说："鲈鲙，唐吴德昭善造，时人嘲之曰：'鲙若遇吴，缕细花铺；若非遇吴，费醋及葫。'江东呼蒜为葫。苏东坡云：'吴兴庖人斫鲈鲙，亦足一笑。'乡土以此为盛馔。制时铺成花草鸾凤，或诗句词章，务臻其妙。造虀亦甚得法，谓之金虀玉鲙。"高德基《平江记事》说："鲈鱼肉甚白，杂以香柔花叶，紫花、绿叶、白鱼相间，以回回豆子、一息泥、香杏腻拌之，实珍品也。"前人对鲈鲙颇多赞美，如梅尧臣《送裴如晦宰吴江》云："吴江田有粳，粳香舂作雪。吴江下有鲈，鲈肥鲙堪切。炊粳调橙虀，饱食不为饕。月从洞庭来，光映寒湖凸。长桥坐虹背，衣湿霜未结。四顾无纤云，鱼跳明镜裂。谁能与子同，去若秋鹰掣。"苏轼《和文与可洋川园池三十首·金橙径》云："金橙纵复里人知，不见鲈鱼价自低。须是松江烟雨里，小船烧薤捣香虀。"叶茵《鲈鲙》云："团团洞庭阴，西风苦不情。堕罾云叶乱，落刃雪花明。列俎移桃菊，香虀捣桂橙。四腮传雅咏，巨口窃嘉名。误上仙翁钓，羞陪虏使甑。甘腴殊机肉，鲜脆厌侯鲭。银鲫将同调，丝莼久共盟。只缘乡味重，自觉宦情轻。风度偏宜酒，头颅尚可羹。谪仙空汗漫，何处鲙长鲸。"

与《晋书》记载不同，《世说新语·识鉴》说张翰"在洛见秋风起，因思吴中菰菜羹、鲈鱼鲙"，并没有提到莼羹，只有菰菜羹和鲈鱼鲙。孙毂辑《古微书·春秋佐助期》，都乃汉晋时语："吴中以鲈鱼作鲙，菰菜为羹，鱼白如玉，菜黄若金，称为金羹玉鲙，一时珍食。"《吴郡志·土物》也说："《金谷园记》谓鲈鱼常以仲秋从海入江。菰叶，南越人以箭笋和为羹，甚珍。鱼白如玉，菜黄如金，隋人已呼为金羹玉鲙。"按此说来，"菰鲈之思"比之"莼鲈之思"来得更切，那才是真正的乡味。

虎丘花露

花露是从花瓣中提取的液汁，可作饮料，可作调味品，可以点茶，可以醒酒，既有明显的药用功效，又能起香肌护肤的作用。

最早提到花露的药用功效，尚在唐代，王仁裕《开元天宝遗事》卷四"吸花露"条说："贵妃每宿酒初消，多苦肺热，尝凌晨独游后苑，傍花树以手攀枝，口吸花露，藉其露液润于肺也。"这是天然花露，尚未经过蒸馏技术的加工。

到了后周显德五年（958），经过蒸馏的花露，由占城（今越南中部及南部）传入。《新五代史·四夷附录三·占城》说："显德五年，其国王因德漫遣使者蒲诃散来贡猛火油八十四瓶、蔷薇水十五瓶。其表以贝多叶书之，以香木为函。猛火油以洒物，得水则出火。蔷薇水云得自西域，以洒衣，虽敝而香不灭。"赵汝适《诸蕃志》卷下"蔷薇水"条说："蔷薇水，大食国花露也。五代时蕃使蒲诃散以十五瓶效贡，厥后罕有至者。今多采花浸水，蒸取其液以代焉。其水多伪杂，以琉璃瓶试之，翻摇数四，其泡周上下者为真。其花与中国蔷薇不同。"蔡絛《铁围山丛谈》卷五也说："旧说蔷薇水，乃外国采蔷薇花上露水，殆不然。实用白金为甑，采蔷薇花蒸气成水，则屡采屡蒸，积而为香，此所以不败。但异域蔷薇花气，馨烈非常，故大食国蔷薇水虽贮琉璃缶中，蜡密封其外，然香犹透彻，闻数十步，洒着人衣袂，经十数日不歇也。至五羊，效外国造香，则不能得蔷薇，第取素馨、茉莉花为之，亦足袭人鼻观，但视大食国真蔷薇水犹奴尔。"

　　由此可见，自占城贡大食蔷薇水后，国人就开始仿制，在素馨、茉莉花的蒸露上，取得了成绩。至于蔷薇露，向被认为是花露的极品，但由于没有波斯一带的蔷薇，无法尝试。到了明代，发现了野蔷薇可以蒸露，于是就改进工艺，制造出当时标准中的蔷薇露。徐光启《农政全书·种植·种法》说："野蔷薇，取其刺可却奸，取其花可蒸露，可插可移。"朱彝尊《鸳鸯湖棹歌》有云："白花满把蒸成露，紫葚盈筐不取钱。"自注："野蔷薇，开白花，田家篱落间处处有之，蒸成香露，可以泽发。"

　　至明末清初，蒸露技术有了很大发展，花露生产的品种越来越多，工艺和经验都在不断总结和归纳。

　　方以智《物理小识·饮食类》"蒸露法"条说："铜锅壶，底墙高三寸，离底一寸，作隔花，钻之使通气，外以锡作馏盖盖之，其状如盆。其顶圩使盛冷水，其边为通槽，而以一味流出其馏露也。作灶以砖二层，上凿孔以安铜锅，其深寸，锅底置砂，砂在砖之上，薪火托砖之下。其花置隔上，故下不用水，而花露自出。凡蔷薇、茉莉、柚花皆可蒸取之，收入磁瓶，蜡封而日中暴之，干其三之一，露乃不坏。服一切药，欲取精液。皆可以是蒸之。近法以砖上砌臼，置沙石厚一二寸，铺花其上，而以锡盆盖之，但以盐泥泥其外缝。陈则梁曰：以重汤蒸锡甑取露，更无焦气。"其子方中履按道："锡甑顶作中低，滴露甑中石子上，置一礶接之，验顶上冷水暖，则起盖取中，其花露尽矣。须白石圆径五分者，铺底，热则易之。"

　　顾仲《养小录》卷上"诸花露"条说："仿烧酒锡甑木桶减小样，制一具蒸诸花露。凡诸花及诸叶香者，俱可蒸露。入汤代茶，种种益人，入酒增味，调汁制饵，无所不宜。稻叶、橘叶、桂叶、紫苏、薄荷、藿香、广皮、香橼皮、佛手柑、玫瑰、茉莉、橘花、香橼花、野蔷薇（此花第一）、木香花、甘菊、松毛、柏叶、桂花、梅花、金银花、缲丝花、牡丹花、芍药花、玉兰花、夜合花、栀子花、山矾花、蜡梅花、蚕豆花、艾叶、菖蒲、玉簪花。惟兰花、橄榄二种，蒸露不上，以质嫩入甑即酥也。"

当时，蒸露技术已很普及，晚明女子董小宛就擅长此道，冒襄《影梅庵忆语·纪饮食》说："酿饴为露，和以盐梅，凡有色香花蕊，皆于初放时采渍之，经年香味颜色不变，红鲜如摘，而花汁融液露中，入口喷香，奇香异艳，非复恒有。最娇者为秋海棠露，海棠无香，此独露凝香发，又俗名断肠草，以为不食，而味美独冠诸花。次者梅英、野蔷薇、玫瑰、丹桂、甘菊之属，至橙黄、橘红、佛手、香橼，去白缕丝，色味更胜。酒后出数十种，五色浮动白瓷中，解酲消渴，金茎仙掌，难与争衡也。"

与此同时，对花露的使用和鉴赏，达到了一个新的水平。李渔《闲情偶寄·声容部·修容》说："富贵之家，则需花露。花露者，摘取花瓣入甑，酝酿而成者也。蔷薇最上，群花次之。然用不须多，每于盥洗之后，挹取数匙入掌，拭体拍面而匀之。此香此味，妙在似花非花，是露非露，有其芬芳，而无其气息，是以为佳，不似他种香气，或速或沉，是兰是桂，一嗅即知者也。"

明代中期后，虎丘山塘已成为一个很大的花木市场，这就为花露生产提供了丰富的原料。袁学澜《吴郡岁华纪丽》卷三"虎阜花市"条说："至于春之玫瑰，夏之珠兰、茉莉，秋之木樨，所在成市，为居人和糖熬膏、点茶酿酒煮露之用，色香味三者兼备，不徒供盆玩之娱，尤足珍也。"

迟在清初，虎丘就开始制售花露，不但行销四方，还进入宫中。康熙三十二年（1693）前，常熟顾瑶光《虎丘竹枝词》就已咏道："玉指纤纤撮早黄，满衣抛散不知香。要量百斛蒸花露，飞骑明朝进上方。"乾隆中叶后，以虎丘仰苏楼所制最有名，顾禄《桐桥倚棹录·名胜》说："仰苏楼自僧祖印创卖四时各种花露，颇获厚利。"另外虎丘静月轩僧人也制售花露，"静月轩，在二山门花神庙内，今僧人鬻四时花露于轩"。《桐桥倚棹录·市廛》又说："花露，以沙甀蒸者为贵，吴市多以锡甀。虎丘仰苏楼、静月轩，多释氏制卖，驰名四远。开瓶香洌，为当世所艳称。"仰苏楼花露确实是个品牌，如朱尔澄《友人自金阊回以虎丘竹枝词索和》云："花满山塘妒绣裙，仰苏楼上倚斜曛。阿郎买得蔷薇露，粉面匀来香泽闻。"舒位《虎丘竹枝词》云："韦苏州后白苏州，侥幸香山占虎丘。四面红窗怀杜阁，一瓯花露仰苏楼。"

时人题咏花露，虽未提及仰苏楼，但确实出自虎丘无疑，郭麐《虎丘五乐府》有《天香·花露》，词曰："炊玉成烟，揉春作水，落红满地如扫。百末香浓，三宵夜冷，无数花魂招到。仙人掌上，进铅水、铜盘多少。空惹蜂王惆怅，未输蜜脾风调。

谢娘理妆趁晓。面初匀、粉光融了。试手劈笺重盥，蔷薇尤好。欲笑文园病渴，似饮露、秋蝉便能饱。待斗新茶，听汤未老。"又尤维熊和词曰："候火安炉，量沙布甀，蒸成芳液盈匕。凉沁荷筒，冷淘槐叶，输与山僧佳制。瓶罂分饷，倾一滴、便消残醉。却笑辛勤蜂酿，只供蜜殊留嗜。 试调井华新水。面才匀、扫眉还未。惯共粉奁脂盏，上伊纤指。向晚妆台一晌，又融入、犀梳枕双髻。梦醒余香，绿鬟犹腻。"

据《桐桥倚棹录·名胜》记载，自祖印后，"至其法嗣绍基，坏乱清规，有司责令还俗，楼遂封固"，且嘉庆二年（1797）仰苏楼已移址白公祠。想来真正由仰苏楼出品的花露，已经没有了。虽然依然有人咏及，如袁学澜《续咏姑苏竹枝词》云："堤上春留白傅舟，茶烹花露仰苏楼。胜游风月忙无了，养济贫民衣食谋。"潜庵《苏台竹枝词》云："酿花作露细香浮，小小宣瓷贮一瓯。携得银铛瀹新茗，绿鬟笑上仰苏楼。"但仅是历史的记忆。咸丰以后，虎丘花露还有出售，更有多处供应花露茶，袁学澜《虎阜杂事诗》云："鸭泛萍茵月浸池，茶香薇露沁花瓷。年时红袖同消夏，转眼人间换局棋。"自注："吴中豪贵家，夏日每携姬人避暑于虎阜花神庙及甫里祠，庙中花露茶最芳烈，祠中有斗鸭栏诸胜。"

《红楼梦》第三十四回说宝玉挨打后，吃糖腌的玫瑰卤子汤，嫌吃絮了，不香甜，王夫人知道了，对袭人说："前日有人送了几瓶子香露来，原要给他一点的，我怕胡遭塌了，就没给。既是他嫌那玫瑰膏子絮烦，把这个拿两瓶子去，一碗水里只用挑得一茶匙，就香的了不得呢！"彩云去取了来，交给袭人。"袭人看时，只见两个玻璃小瓶，却有三寸大小，上面螺蛳银盖，鹅黄签上写着'木樨清露'，那一个写着'玫瑰清露'"。袭人笑道："好尊贵东西，这么个小瓶儿，能有多少？"王夫人说"那是进上的，你没看见鹅黄签子？你好生替他收着，别遭塌了。"这木樨露、玫瑰露确乎是有进上的，康熙三十七年（1698）十月，苏州织造李煦的《进果酒单》上，就有"桂花露"、"玫瑰露"、"蔷薇露"各一箱的记录。

关于花露的药用功能，顾禄《桐桥倚棹录·市廛》说得比较详细："其所卖诸露，治肝胃气，则有玫瑰花露；疏肝牙痛，早桂花露；痢疾香肌，茉莉花露；祛惊豁痰，野蔷薇露；宽中噎膈，鲜佛手露；气胀心痛，木香花露；固精补虚，白莲须露；散结消瘿，夏枯草露；霍乱辟邪，佩兰叶露；悦颜利发，芙蓉花露；惊风鼻衄，马兰根露；通鼻利窍，玉兰花露；补阴凉血，侧柏叶露；稀痘解毒，绿萼梅花露；专消诸毒，金银花露；清心止血，白荷花露；消痰止嗽，枇杷叶露；骨蒸内热，地骨皮露；头眩眼昏，杭菊花露；清肝明目，霜桑叶露；发散风寒，苏薄荷露；搜风透骨，稀莶草露；解闷除黄，海棠花露；行瘀利血，益母草露；吐衄烦渴，白茅根露；顺气消痰，广橘红露；清心降火，栀子花露；痰嗽劳热，十大功劳露；饱胀散闷，香橼露；和中养胃，糯谷露；鱼毒漆疮，橄榄露；霍乱吐泻，藿香露；凉血泻火，生地黄露；解湿热，鲜生地露；胸闷不舒，鲜金柑露；盗汗久疟，青蒿露；乳患肺痈，橘叶露；祛风头证，荷叶露；和脾舒筋，木瓜露；生津和胃，建兰叶露；润肺生津，麦门冬露。"

晚近以来，依然为人们熟悉的花露，大概只有金银花露、青蒿露了，中药铺里有售，那是夏日里解暑清热的妙品。

粤菜风光背后的危机

——《风味岭南》序

罗　韬

　　钱锺书先生治学，以"打通"二字为尚。卫辉兄的岭南美食研究，之所以迥异众流，高树一帜，亦在"打通"二字。

　　就从这本《风味岭南》来看，他作了四重"打通"：就研究主体而言，他向纵深探寻，打通化学分析师、烹饪师与品尝师三者的角色，知行合一，既能道其然，更能道其所以然；就粤菜的领域而言，他突破原有"狭义粤菜"的概念，打通了广府菜、潮州菜、客家菜的局限，形成一个"大粤菜"的新范畴；就品尝的层次而言，打通了家常菜、街头风味与高级饭馆的界限，他以舌头为宗，作美美与共的美食平等观。而最有深度的是，从历史来看，他打通了粤菜的来龙、现况和去脉；以当下的品尝为原点，细说它当下的滋味，由此溯源其衍化的来路，再分析当下问题，对粤菜的未来发展，作出了"盛世危言"式的警示。

　　所以，在我看来，《风味岭南》一书，实在隐涵三元：既是粤菜来龙的《渊源录》，又是当下滋味的《舌华录》，更是观其去脉的《忧思录》。

卫辉兄点出了粤菜的三大隐忧：创新乏力，去精致化，和人才培养不力。其中《有一种美好终将流逝》一文，对"某记"今不如昔的叙述，可谓尝一脔而知一鼎，发出暮鼓晨钟之鸣。

凡一个菜系之兴衰史，背后莫不连着该区域经济及商帮的兴衰史。或许有人会说，粤地居山海之会，南北奇货聚集，华夷巨贾交往，商贸发达，粤菜亦因之勃兴，历经世变，一直高歌猛进，一帜领先，未尝输给任何菜系，所谓忧思者，不是杞人之忧吗？非也。其长盛二三百年而不衰，自有其不衰之由；而未来堪忧者，自有其不容乐观之因。

自清初"一口通商"政策，"广州是世界上最大的城市之一，也是中国最大的商业市场"（姚贤镐编《中国近代对外贸易史资料》第一册第 545 页），以此为背景，珠履华筵，山珍海错，自不待言。乾隆年间著名诗人赵翼任广州知府期间，就记下了当时粤食之奢华，这在本书的第七页已有很好的阐述。但到了咸丰年间，五口通商，中国的开放进一步扩大，十年之间，广州经济一落千丈，从 1844 年的外贸进出口三千三百四十万美元，到 1855 年降至六百五十万元（许涤新、吴承明《中国资本主义发展史》第二册第 66、148 页）不足以前的二成，广州经济之凋敝，可想而知。广州商贸从一枝独秀到落后于上海，乃至天津、汉口、大连、青岛。这期间广州本土的民生，当是断崖式下降的。但令人意想不到的是，粤菜并没有因广州之衰落而衰落，反而北上拓土开疆。这是因为粤地商贸下滑，而粤籍商帮不衰。

香港、上海之发达，乃至后来汉口、天津的兴起，粤派商帮都有开辟草莱之功，粤菜之兴，也如影随形，成为当地城市的美食标杆。北京则因清末粤籍官僚集团的崛起，民国初年北洋政坛所谓交通系（亦称粤系）的势力独强，粤派官府菜（谭家菜之主持者谭篆青甚至可认为是交通系中人，热心食客陈垣则是横跨交通系与学界之长袖善舞者）也不因广州之衰而衰，牢牢地在北京立稳了脚跟。而到了陈济棠治粤八年，广东经济元气回复，物阜民丰，名食府林立，连邓小平在八十年代接见陈氏儿子陈树柏时也说："老一辈的广东人都怀念他"。怀念陈济棠，当然也包括那一个风行五岭内外的粤菜第一个黄金时代。

经过长期战乱之新中国，进入一个艰难的恢复时期，计划经济自是短缺经济，各大菜系都因之处于历史低潮，厨师们没有不苦于"巧妇难为无米之炊"的。惟有粤菜有"双城记"特征，东方不亮西方亮，粤菜在香港进入一个新的繁荣阶段，成为八大菜系中惟一一面不退反进的红旗。到了改革开放，粤港汇流，双城合力，广东在经济上先行一步，"东西南北中，发财到广东"，经济地位上的倾斜，当然引起饮食文化的倾斜，粤菜与粤歌携手北伐，无论家常菜、街头风味与高级饭馆，都开始了粤菜的第二个黄金时代。今日我们仍然自我感觉良好，都是这一高光时刻的美好斜阳。卫辉兄品尝并大赞的六婶"阿二靓汤"，信记的"土茯苓炖龟"，都可视作是对这一斜晖的悠悠眷恋。

总之，在过往的一两百年间，无论经济之盛衰如何，粤菜都处于长盛状态。但说未来"盛"字难以为继，绝非危言耸听。在全国饮食界，将迎来一个千年未遇之大变局。何解？第一是全民饮食结构出现了巨大的改变，肉食比例大幅提高，主粮比例下降，这是汉民族空前未有的大转变。第二，食物结构改变引起口味的改变，其中最明显的便是嗜辣口味风靡全国，这一口味的变化，在年轻人中尤为突出，附带一句题外话，广州本土年轻人连广州话也讲不利索了，口舌相通，"粤味"正在减退。第三，是互联网、物联网时代带来的变化，厨艺知识交流和获得的便利性，已经改变了师徒手口秘传的方式，其普及性、交融性大有代替独占性和独特性的趋势；冷链物流的便利，及其技术不断进步的可能，也将改变广东"独得河海生鲜之丰，尽聚山岳干货之奇"的独特优势。第四，随着内地经济的发展，粤港经济上的明显优势亦逐步下降，与内地的经济差距逐步缩小。内地文旅产业得天独厚，这给了当地菜系以重新出发的机缘，后发优势日益显现。而此时粤菜系统已处于守势，川菜湘菜江淮菜花样翻新，正以咄咄逼人之势兵临城下，不，实际上已攻入城中。一句话，就是食客市场、竞争市场都改变了。粤菜体系正面临空前的挑战。

　　食客的口味正在改变，传统深厚的粤菜如何应对？是厨师听食客的，还是食客听厨师的？我们且从"舌文化"转向一下"耳文化"，粤剧的一次成功改革或许有一定启示：观众是演员的学校，演员是观众的导师。演员受"校风"的熏陶，必须因应观众的口味变化；但观众也在演员的杰出表演中提高自身的品味，练出自己的好耳朵。二十世纪三十年代以前，粤剧还是唱官话的，它与粤菜一起北伐，在上海，足与京剧争雄，连陈三立、朱孝臧都是粤剧的戏迷。但后来粤剧顺应观众对"大戏"本土化的要求，在坚持梆黄体系的前提下，逐步改官话为白话，从而更贴近新的观众，而改用白话后，薛觉先、马师曾等人乘势崛起，薛马争雄，演出了新戏码，唱出了新腔调，让观众品出了更浓的"粤味"，从而创造了粤剧新的黄金时代（有趣的是，此时，江孔殷既是"太史菜"的主导者，也是当年戏班的大班主，有"戏霸"的恶谥）。这就是学校（观众）与导师（演员）之间良好互动的结果。

今天食客口味正在发生新的变化和新的需求，粤菜应如何作出变化？如果厨师只知徇众，出品难精，风斯下矣；只守传统，不能新变，无以代雄。在产生过锺权、梁瑞、杨贯一、黄振华之后的粤菜界，谁将继起？既顺应食客的口味，又点醒食客的舌头；既是粤菜滋味中的"梆黄"坚守者，又是口味一新的"薛腔"、"马腔"的创造者呢？

卫辉兄在品鉴今天粤味时，既赞赏潮汕宵夜中各种精致的"糜"，它守住那一份无敌的魅力，抗衡住当今火锅宵夜"吃嗨"的潮流；对炳胜酒楼那道"肉汁炳胜辣蒸波士顿龙虾"则大加表彰，说是达到辣不掩鲜，以辣提鲜的效果。其中"炳胜辣"三字尤可深味，它不是川辣湘辣的简单移植，而包含了创新"粤味"的密码。一守一创，各有千秋。这些，或许就是卫辉兄在"忧思录"中留下的一抹微曦？

唐人街的朱大厨

刘荒田

一

星期天午间，我和几位乡亲在唐人街企李街靠近天后庙街的"兴鸿"餐馆，一边大快朵颐，一边高谈阔论。在社交稀少、生活单调的异国生涯中，这种聚会差不多是惟一的奢侈。不定期举行，两年下来，形成了模式：位置固定——靠角落的大圆桌，基本成员固定，语言固定——正宗的台山乡音。不固定的是话题，天南海北，过去未来，骂街调侃，文学哲学，素荤雅俗。每次我们踞案大嚼时，从厨房里忙活得差不多的老板拖一张椅子，在密匝匝的吃客群打个塞子。他还没落座，朋友已替他面前状如佛像肚皮的白兰地酒杯倒上橙红色的"人头马"。碰杯声起，大呼小叫一阵，吃饱了油烟气的老板举了几次筷子后，专心喝酒，脸上泛起红光，开始海吹。他，就是这里的老板。但"朱大厨"被我们叫惯了。

"1973 年，从台山申请到香港去，难不难？"朱大厨问。一乡亲答："还用说？登天容易多了。台山这侨乡，文革时似乎一个也出不了，七十年代也关死大门，成千上万的青年人只好'交脚'（'偷渡'的暗语）。""你猜我是怎么出去的？"大家无不静听。

"我偷渡三次，1968年第一次，成功了，进了澳门水域，却落在水警手里，被遣送回来。第二次，在中山的翠眉被抓。最后一次，步行到中山三乡，白天躲在山坳，夜晚被巡逻的民兵抓住，给押回县城看守所。公社的武装部长陈瑞昂骑单车把我领回村里。我在家躺着休息，等候随时举行的批斗会。想不到陈部长上门来，坐在床铺对面，细声软气地说：'不跑行不行？太危险嘛，摔死淹死值么？还害得本公社一次次挨县里点名批评。这样吧，你先找个对象，成个家。下次来了名额，我保证帮你就是。'部长的亲切口吻教我惊诧半天。公社动不动开斗争偷渡犯的万人大会，选几个最会打人的基干民兵，专往肋下下重拳，疼得你死去活来。这回，不可一世的官儿来求我。他和我无任何关系，我压根儿不懂行贿，他纯粹是好心。"

朱大厨和黄美玲1969年在穷乡村成亲。那年，他的养父结束在菲律宾的洗衣店，退休后在香港定居。他以"和父亲见面"为理由，拿父亲从马尼拉飞往香港的机票为证明，结果获得批准。

二

朱大厨名振鸿，中等身高，圆脸，偏胖。据我在华洋社会三十余年所见，厨师无论中西，到领导一级，无论广东人所称的"头厨"，还是大旅馆内主理上千人宴会的"行政总厨"，身形多宽广，腹部近于"便便"。说到脸孔，鉴于当今硅谷的科技新贵，有的是从健身俱乐部打造的肌肉男，"面团团作富家翁"一说未必成立，但"面团团作大厨"却差不多放诸四海而皆准。朱老板满月般的脸，并非横生的肥肉，而是象征着和谐与满足的丰腴，皱纹当然没多少，除了无肉的眼角。如果不是头发灰白且极少遭梳子和发型师修理，你也许以为他才四十出头。

　　我每次步下十来级石阶，进入餐馆，必遇到朱老板的另外两位家庭成员——他的太太、老板娘黄美玲，小儿子辉棠。老板娘是大管家。我悄悄问朱大厨："说说，你当年是怎样把太太追到手的？"大厨瞥了一眼在桌子间忙于带位、点菜、送菜、收钱的贤内助，嘻嘻笑了笑，不大好意思地说："那是1968年，我在村里务农，那时会议多，大队的头头看我做的菜好吃，三天两头把我调到大队部当伙头军。美玲从县城的中学回来不久，当大队辅导员，上台讲课，口才硬是了得，下面几百人，静静地听。我想，这清秀女子不简单，越看越中意，托大队的书记去说亲。就这样，谈起恋爱来，简单得很。"朱老板边说边看着执手超过四十年的太座，"她过门时是肥人，生下第一个崽以后，苗条到现在。"旁边走来走去的太太听到大意，微笑着点头。小儿子是母亲手下的侍应生，圆脸，身架偏胖，脸相在厚重中透着俊秀。青年时代的朱大厨，该是这模样。

　　当然，兴鸿餐馆内干活的不只他一家子，还有几名原籍也是台山的女侍应生，都年轻，伶俐。厨房里有五位，洗碗、炒锅、抓码、打杂。传统的家庭式小店，拢共六七十个座位，侍应生没有统一的制服，女性穿深色花围裙。它不但代表职业，而且实用，举凡点菜用的簿子、账单、圆珠笔，连同至关重要的小费，都放在正中的口袋。老板娘亦然,她的与众不同,显示在雍容的气度上。

兴鸿的生意很好,中档餐馆长期维持这样的局面,在唐人街的同行们被金融海啸整得叫苦连天之际,算得风毛麟角。它的优胜处,在于平衡,不但各同乡会口味正宗的元老们,嘴巴刁且善于捕捉"好吃又便宜"机遇的业余美食家们,都爱来这里摆酒席,吃工作午餐或小聚;而且,众多的洋人,从金融区里不辞劳苦地赶来的西装客,颈下晃着照相机的游客,到操西班牙语的中南美洲移民,前来光顾。可见它对付中西顾客的两套菜单,都投其所好。

三

兴鸿餐馆开在三层高砖造楼宇的底层,离地面两米多高。因没有自然光,也没窗户,须整天开电灯和抽风机。朱大厨说,九年前选上它,是看中"旺财"的位置。他东到纽约、波士顿,西到雷诺、沙加缅度,在许多华人聚居地,发现开在"土库"的餐馆,生意都不错。从风水学看,符合老子"江海为百谷王者,以其善下之"的说法,一如侨乡的祖屋,多取"四水归塘"的格局。

不过,朱大厨成气候,并非靠风水。他的厨艺是数十年间练出来的,名气是由"好菜"产生的。1973年,他拿着单程通行证从家乡到香港,两年间,当过跟车员、送货员,都干不长,在酒楼却兢兢业业,从洗碗工到杂工,再到泡制鱼翅、鲍鱼、海参,技术含量相当高的"上杂",最后当上炒锅工,月薪两千多美元。1975年清明节，朱老板通过早年来美的妹妹担保，从西雅图入境，在奥克兰机场下机。从此，这位拿绿卡的年轻人，雄心勃勃地闯荡，一个行李箱，一套专用刀具，伴他从纽约到波士顿，从马天那到盐湖城。其中不乏"自作孽"，最为刻骨铭心的一次，是1983年在旧金山唐人街，进赌场输个精打光，小儿子又因摔伤被送进医院，叫天不应，呼地不灵，惟一的支撑是忠实的妻子。

朱大厨在旧金山找到的第一个职业，是在华盛顿街"金龙"当杂工。这家餐馆因帮派凶杀案而名震全美乃至全球，是后来的事。朱老板在这里，厨艺出现飞跃，是因为先后师事四位香港名厨。不是猛龙不过江，那年代，唐人街的大型餐馆有眼光且有财力的老板，都到香港招聘，继而在门口贴的海报和报纸登的广告，写上"香港著名食府×××主掌厨政多年的×××师傅到任"，以求轰动效应。"金龙"尤其大手笔，一下子把伍旺、谭四、何阿矢、大蛇鬼四条汉子罗致旗下。这些在香港喜相逢、海城、六阁等名店独当一面，都是各擅胜场的好手，在这里合作愉快。朱大厨不声不响，处处留心，学习前辈的独门功夫。谭新操持数百乃至上千人的婚宴、寿宴、侨社春宴，善从大处落墨，注重总体调度，小节全交给手下便宜办理；阿矢则相反，每一菜式，从选料、刀工到火候、卖相，务求色香味无一不备。两年密集的训练，他不但掌握了领导厨房的全副本领，师傅们的"拿手小菜"，比如陈冠英的黑椒牛仔骨、蓑衣蛋、大肠炒芽菜，叶强的百鸟归巢，都学到诀窍，并有所改进，收入他的私房菜谱。

1977年9月4日，"金龙"上了全美新闻头条——唐人街两对立青年帮派火拼，两位少年枪手趁对立派的人马在里面吃夜宵，以冲锋枪扫射餐厅，造成五死十一伤，死者包括两名游客。枪声大作时，朱老板在厨房的粉面档煮馄饨面，流弹在肩膀旁飞过。三十多年后，有一天他返旧地，弹孔犹在。

离开金龙以后，朱老板和友人在"金龙"附近开了"顶好"餐馆。他使出看家功夫，以首创的"咸鱼鸡粒饭"、"琵琶豆腐"和"骨香龙利球"打响招牌。干了两年，欣欣向荣之际，因和合伙人产生纠纷，只好出让。

四

1983 年起，朱大厨成了加州华人饮食界出名的"游侠"，哪家餐馆新开张，哪家食府岌岌可危，老板们便想起这个善于制造奇迹的头厨。旧金山的"美丽宫"，沙加缅度市的"荣华"、雷诺市的"颐和园"，奥克兰市的"新香港"……许多家粤菜重镇的厨房，留下这位寡言少语、埋头苦干的大厨的手迹。

旧金山一家大型港式茶楼，以刁钻出名的女老板倚重他的威望，不敢卸磨杀驴；他也尽量容忍她的唠叨，待了四年。此外，在其他食肆，都待不长，少则几个月，多则半年，老板一来心疼每月付出的四千美元以上的高薪，二来以为"朱仔鸿"不过"程咬金三板斧"，随便找个亲戚朋友便可取代，时机成熟便让他走路，连借口也懒得找一个。有的老板心存愧疚，不敢面对有功之臣，躲起来，委托手下给他交上最后一张工资支票。

朱大厨领教"过河拆桥"多了，渐渐学会自保。他在沙加缅度最大的中餐馆当家时，花了三个月，使它起死回生。可容纳七百名食客的大餐厅，天天爆满。越南裔老板喜不自胜，每次进厨房，都拍着朱老板的肩膀说好话。一次，推心置腹地道："当初你来见工，我和你一谈完话就拍板，要你明天上任，够干脆吧？为什么？就冲着你长相有福气，能旺市。我眼光不错嘛！"干到第四个月，朱老板看出蹊跷来，咦，干吗老板的小舅子动不动闪进办公室，把预订酒席的菜单翻来覆去地看，还做笔记？这活计，放在平时，除了头厨，是没人过问的。朱老板警惕起来，很快发现是老板授意的，下一步，这进厨房才一年的愣头青将取而代之。朱大厨看情势，揣测还可待一段短时间，于是，不动声色，向越南裔老板建议：目前生意虽好，但要注意，主流社会的食客以西餐为主，如今我们吸引他们的，仅仅是"新鲜"而已。在洋食客吃腻之前，菜单必须重新设计。老板连连点头。几天后，头厨以"出新"为宗旨的烫金菜单出笼。

　　不出所料，一个月后，老板让朱大厨卷铺盖走路。往下，轮到新上任的半拉子大厨吃苦了。前任坐镇时，准备充分，各样新奇菜式，要么从电冰箱搬出急冻的备用品，要么即时制作，有条不紊，轮到他，一遍遍地看中英对照的菜单，急出一头汗。别说"仙鹤神针"、"龙穿凤就"、"富豪伴太子"，闻所未闻；就连"良乡桂花鸽"、"麒麟海参"、"荷包大海参"、"豆腐嵌江瑶柱"、"银钩炒海蜇"也似懂非懂。热衷于尝新的食客点的菜，写在侍应生的单子上，潮水般涌进厨房的抓码台。抓码工搔着头，问新头厨怎么配料。新头厨手足无措，恨不得马上搬来救兵。为了遮掩，粗制滥造一盘盘"杂烩"搪塞。顾客摔筷子骂娘，疲于奔命的餐厅经理挂出暂停营业的牌子。半年以后，餐馆关门。

谈到当年那份刻意打埋伏，叫小气老板吃苦头的"革新型"菜单，朱大厨眉飞色舞。"翡翠华腿镶大虾"，容易做吗？把金华火腿和冬菇泡软，切丝，铺在剖开的大虾上，这你做得来；老猫收老虎做徒弟，没教爬树一招，我的绝技没亮出来——把好多种佐料混起来，快炒，加秘制酱汁，浇在蒸熟的大虾上，又香又好看！"仙鹤神针"如今失传了，功夫太繁琐，耗不起呢——要把乳鸽的骨头去掉，里面填满鱼翅，这才是第一道工序。再说，像"麒麟石斑"这种有口皆碑的菜式，"半桶水"的角色没法把功夫做全，不会在蒸熟的石斑鱼上铺上一层"极品"菜，什么叫"极品"？官燕、银芽、鱼翅的杂锦，教食家赞不绝口的恰恰是代价高昂的陪衬物。说到兴头上，朱老板呷了一大口朋友带来的加州纳帕谷"撒吞腻"红葡萄酒，哈哈大笑，并不理会坐在旁边、专心吃咕噜香肉的洋情侣投来惊诧的目光。

五

2000年，朱老板夫妇买下兴鸿餐馆。兴鸿的多位前任东主，有一位是李磐石先生，他经营了三十多年。晚年给家乡捐款七十万美元，创立教育电视台，成为备受尊敬的慈善家。他的财富的一部分，就是在这里积累的。李磐石退休后，九位中国人集资二十七万元，将它装修一新，起名"香雅"，这些参股者，伙计、老板一身二任，一起干了九年，直到其中的大多数到了退休年龄，才转让给早就被公认为"厨艺了得"的头厨朱仔鸿。

近十年间，"兴鸿"成了唐人街的品牌。生意上了轨道以后，朱老板心情轻松。朋友来了，他就着花生米喝点白兰地或青岛啤酒。兴起时高唱青年时代在家乡滚瓜烂熟的《大海航行靠舵手》，还能捏着嗓门唱粤剧《搜书院》里的"一轮明月照海南"，高吟鬼才伦文叙的歪诗，什么"先生放学我回来，睇见天门大打开"。座中的乡亲起哄：跳个"忠字舞"如何？朱老板跃跃欲试，要把在收款机前忙于算账的太太拉来合舞，太太轻轻骂他一句，他才讪讪走开。

六

2010年3月中旬，离朱大厨退下来不到两个星期。一群乡亲在兴鸿，吃罢他巧手烹调的"梅子排骨"，把杯闲聊。朱老板追述了他的童年。他原本姓谭，家在台山市白水乡，父亲是摆摊小贩，养下四子二女，他是老三。朱老板自豪地说，谭家出了三个大厨，我之外，大哥先在香港，后来又到波士顿，两家酒楼都叫"龙凤"，名气可大！弟弟也是白水乡最有权威的厨师。

他七岁那年，当上朱洞乡朱应贺夫妇的螟蛉子。朱应贺在菲律宾经营"立华"洗衣馆。他和养母、妹妹在村里生活。因有侨汇，家境不错，振鸿从小不爱上学，1959年在台城侨中上初中，两年间，以贪玩闻名全校，天天逛街，看电影，打台球。每个星期天从学校回到家，养母给他的两三元零用钱都花在玩上，有时连月初母亲给的八块钱膳费，也在台球室花光。旷课之多，到了学校无法容忍的地步，终于受到退学的处分。回到家乡后，他能不出勤就不出，以捉田鸡捕蛇为生，带上花一百元买来的猎狗，见天在山野闯荡。看到蛇洞，便用火攻。蛇无法忍受，从洞里窜出，猎狗穷追。（他说，狗可有灵性呢！如果是毒蛇，它的颈毛高耸，停在不远处，回头看主人的神色。如果是无毒蛇，它纵身一跃，咬着蛇来邀功。）每"一番墟"（为期五天），都捉到一笼。不摆摊卖，嫌琐碎，拎着笼子到台城牛屎巷，批发给蛇贩，每次都赚上二三十元。这数目，在上世纪六十年代，可抵上国营商店售货员工资的两三倍。不过，他赚来的钱，都和朋友下馆子散掉，并没有节余。

多年以后，朱大厨回乡，第一个愿望是找到前武装部长陈瑞昂，但恩人早已去世。他给家乡捐出人民币二十多万元，用于修路，建文化楼，修整村貌，寄托对恩人的怀念。

朱大厨如此热爱烹调，在出让餐馆的合约上，额外加上一项：他可以随时带食物进厨房，自行炮制。多年过去，他的身影仍然不时出现在厨房里。

老锺叔

胡洪侠

一

　　大家都称当今汕头潮菜大师锺成泉为"老锺叔"。前年我在汕头妈屿岛邱成龙（龙少）的饭局上拜识他，从此也跟着这么叫，觉得亲切，方便表达发自内心的敬重，顺便还可满足一下虚荣心，仿佛几声"老锺叔"叫过之后，再在美食江湖行走，就显得格外内行和专业了。

　　某日在深圳南山一家潮汕酒家会朋友，朋友介绍酒家女老板和我认识，说她如何如何冰雪聪明又能干，这家潮菜馆食材如何新鲜、味道如何正宗。我忽然想起老锺叔，于是假装不经意地提了一句，似乎我和老锺叔交道很深似的。谁知"老锺叔"这三字果然管用，女老板高兴地指点着满桌菜看说，这个菜的材料是从老锺叔那里进货，那个菜的烹饪得了老锺叔的指点，"你给老锺叔提'蟹后'，他一定知道。"

　　我发微信通报，老锺叔果然和"蟹后"熟悉。这让我见识到他在江湖上的广大声名与宽阔人脉。

老锤叔 2018 年 7 月写过一篇公号《黄油蟹》，正好讲到他和这位"蟹后"的邂逅。他说自己第一次吃到黄油蟹是 1995 年 8 月，在香港铜锣湾阿一鲍鱼店，当时感觉整只蟹是黄油膏脂绕缠满身，味纯气香，回喉甘甜，自此留下美好印象，"一直在想，蟹类中有此品种，我居然一点都不知道，真是枉为饮食之人，于是我一直耿耿于怀。"

且说 2017 年秋的一天，老锤叔在广州和一帮人相聚，席间有人提起黄油蟹，他就说自铜锣湾之后再也没吃到过真正的黄油蟹了，尽管也曾努力寻找，但结果始终不理想。

"有一位美丽女士接话了。"老锤叔写道："说明年送两只真正黄油蟹让老锤叔尝尝鲜吧。经过客气寒暄，方知她是在深圳专门经营黄油蟹兼一些餐饮合作、营销、策划的生意，拥有多家合作机构，自己取微信号称'蟹后'。"

"蟹后"果真不食言，第二年黄油蟹当季时，老锤叔收到了深圳寄去的真正黄油蟹。

其实老锤叔公号里我最感兴趣的文章，不是这篇《黄油蟹》，而是另外一篇《深圳市的潮味轨迹》，我前后读了好几遍。

虽然人在深圳，我也经常得以品尝汕头牛肉火锅和潮汕老鹅头的美味，读了老锤叔这篇文章我才知道，原来"牛肉按部位卖，鹅头按年龄卖"，这种种前所未有的新鲜吃法，都是在潮汕风生水起，在深圳发扬光大，然后才生意火爆走向全国的。

他又提到一家"深运大食堂"，极力称赞店主的思路与境界，简直上升到了哲学高度："事实上潮汕人一碗白粥才是真正代表着潮菜潮味的一切，如果我们顺着一碗白粥，一碗番薯丝粥，一锅砂锅海鲜粥寻找下去，可能会牵扯出更多地方性和更多味道来，这才有着更宽阔的饮食天地。深运大食堂的创办者一定是潮汕人，他便是一例典型大碗白粥例子。……我与深运大食堂任何一个人都不认识，当第一次踏进深运大食堂的时候，随即被他们的经营仪式和手法镇住了。"

然后老锺叔欣喜地介绍食堂熟食物料等等的摆法，认定这种模式能让顾客亲自体会到潮味菜肴的多样化，继而感受到潮菜的方便快捷，质鲜价廉。"记得当年从深运大食堂回来后，我心里一直不平静。"老锺叔写道："潮菜潮味在深圳市从档次上、仪式上的场面都不比其他菜系逊色。……深运大食堂以一碗白粥的经营模式，让很多人另眼相看了，此后在深圳被一些酒楼食肆纷纷效仿着，纷纷在大厅堂设立此种格式来吸引顾客。"

潮汕风味菜馆把熟食物料、生猛海鲜等等在店内"一字摆开"这种阵势，相信很多人都不陌生，乃至习以为常。原来在深圳饮食界，却是深运大食堂开其端的。我打开媒体数据库，想查查这店在哪里。不料结果却是零。老锺叔认为对深圳饮食文化演进很重要的这件事，数据库里竟然搜不到。这太让我惊讶了：媒体不把这类事当新闻。

二

2022 年 4 月 30 日夜间，我登上了汕头港入海处的一个小岛，名叫妈屿岛。这里有一家即将竣工的民营书店妈屿蓝，它倚山而建，面海而立，凭栏北望，脚下是沙滩，近处是海，远处是住宅楼重重叠叠的东海岸新区，再远处是夜空下的满城灯火。书店外墙通体白色，建筑有主有副，有平顶有尖顶，设计可谓别致精巧。店里有个书架专门展示朋友们送来的"岛书"，我一眼看见醒目位置摆放着一本《潮菜心解》。来汕头前我正读此书，且读得入迷，因为这本书写得实在太有趣。你很容易把此书当作一本潮菜菜谱、烹饪指南，那就对了，它也确实是一本潮菜烹饪指南。但是不止于此，书中不仅有菜谱和菜图，还有作者老锺叔的"心解"文字。我正是让这"心解"给迷住了。

书前勒口的"作者简介"说，锺成泉，潮商学潮菜学术研究专委会主任，韩山师范学院客座教授，汕头东海酒家创始掌门人，潮菜高端料理的领军人物。已出版专著《饮和食德——传统潮菜的传承与坚持》《饮和食德——老店老铺》。

老锺叔由烹者而成学者，由学者而成作者，而他的"心解"文字，分明又透露出他的另一重"身份"——智者。如"榄仁海鲜炒饭"一节的"心解"，他先是说炒饭的方式方法太多了，然后笔锋一转：

"在汕头市标准餐室学厨时，有一天，罗荣元师傅忽然说要烹制要给菜远活肉炒饭给大家开眼界。只见他切了几片猪肉，择得几片嫩菜新叶，配上几个香菇，迅速下鼎炒熟，含着芡汁淋在一碗热腾腾的白饭上，即刻宣布完成。罗荣元师傅继续说道，炒饭冠名容易，主要看食材变化，取生鸡蛋去壳放入热饭中，再淋上料汁即可起名叫活蛋炒饭……"

本来我是先看图，然后读"心解"文字，之后就直接去找读"心解"了，至于这段文字是配合哪道菜而写变得完全不重要了。

下面一段还是罗荣元的故事：

二十世纪六七十年代，物资匮乏，猪肉都是按额配给的，连饮食店的售卖也是按一定的额度供给，厨师们只好把猪肉切得如风吹竹叶片一样，大家叹为"风吹肉"。真是：观其肉薄如丝纸，品其味入口即化。记得有一次，我与罗荣元师傅为富人家烹制酒席赚取红包，原计划在酒席上烹制芋香扣肉，但由于时间紧迫，来不及制作。罗荣元师傅灵机一动，把肉切薄了，用南乳汁腌制，同时也将芋头切薄片炸了——一道传奇菜肴南乳风片肉就此诞生，自此我便记住了这道菜。

读着读着，我猜想这老锺叔是否从小爱看武侠小说呢？不然他如何能把厨房往事写得像江湖故事那么好看？于是翻到卷尾，果然，老锺叔在"后记"里说，我年轻时候喜欢看带有侠骨仗义情怀的书，对书中一群好打抱不平的人物有特别的感情，然后再看到他们智慧和武功的发挥，不由自主跟着欢呼雀跃。《水浒传》便是其中一部……

我这才发现书的护封上有一行小字："一百零八种潮汕味道"；再翻目录，发现我刚才看的"心解"都属于"三十六天罡"，后面还有"七十二地煞"。原来如此。

几天之后，由妈屿蓝主人龙少主持，一场"书宴"就要登场。

三

妈屿岛上的这场夜宴，是名副其实的一场书宴。

硕大的一张圆桌，在即将正式营业的妈屿蓝书店的西侧摆开。桌之四周，全是顶天立地的书架。龙少手舞足蹈地招呼各路朋友，店内笑语不绝。"这可是妈屿蓝的第一顿饭啊！"龙少兴奋地绕桌转圈，边安排座位边连连感叹，"太好了！太有意义了！"

他手按一个椅背招呼我说，"你在这里。"他手一挥，"坐这里看过去，全是书。"我往左右一看，也都是"书"。右边是老朋友陈益群，他爱美食爱旅游也爱读书，现在是汕头媒体大佬，而左边就是老锺叔了。于我而言，老锺叔既是一本"新书"，也是一本"大书"：书中有潮汕文化，有潮菜传统，有时代时尚，有风土风味，有人情人性，有故人故事。

为赶这场宴会刚刚我匆匆跨进店内，朝正围坐喝茶的几个人望去，第一眼就看见一个光亮的头顶，心下立刻明白：这就是老锺叔！老锺叔的发型虽是传统的光头，然身上脚下的穿戴都很"潮"，不愧是当今潮菜宗匠。他站起身和我握手，我虽然比他略高些，可是他站在那里，我觉得周围的空间变得拥挤很多。他一派江湖大门派掌门人的气势，说话的语调，看你的眼神乃至时隐时现的笑容，都透着一种不容置疑的霸气。我送了一本我的新书给他，他接书在手，站起身说："咱们去那边。"旁边立刻有朋友说，老锺叔要和你合影。

我正求之不得，赶紧跟过去，迅速准备好笑容。忽然发现老锺叔拿着我送的书等着拍照，"等等！"我即跑向左边一个书架，把他的《潮菜心解》捧在手上。拍完照我接着和他聊《潮菜心解》。我说如果让我做责任编辑，我会把书中每一道菜的"心解"文字排在前面，菜谱小一号字排在后面，而不是像现在这样，先是菜谱，"心解"文字像注解或附录一样跟在后面。老锺叔笑了："我的稿子本来就是我的文字在前，菜谱在后，出版时他们调整了一下顺序。"

　　而现在，不是读《潮菜心解》了，是要吃《潮菜心解》中的菜了。我坐在老锤叔身边，对将要登场的菜品，心怀期待与好奇，又觉忐忑不安。这菜究竟是怎么个吃法呢？又怎么个说法呢？面前摆好了红黄白黑几小盘调料，到底哪个蘸哪个呢？每上一道菜，该不该夸赞一两句呢？可是，在老锤叔面前，面对东海酒家的出品，我哪里知道该怎么夸呢？

　　正心神不宁间，老锤叔用筷子指了指，说了一个字，"吃"，我一下子就释然了。菜是用来吃的，再好的菜也是要吃的，吃就对了。

　　几道菜过后，我和这桌菜好像也混熟了，真是越吃越觉得好吃，每一道菜我都不管三七二十一先吃光再说。我高声宣布："今天晚上，就让减肥、节食、七成饱、晚餐要少、不暴饮暴食之类的规矩统统都见鬼去吧！"

　　"好！"老锤叔听我如此"胡说"，非常开心。

　　当然，我也没有一味胡吃海塞。有的菜上桌后，我也不管深浅地问几句。有时不等我问，老锤叔也会简单讲几句这一菜式的烹饪或食材特色。老锤叔于酒似也不甚热爱，别人敬酒他不过浅饮而已，或者就做个喝酒的动作，仿佛"无招胜有招"。他嗓音洪亮，说话从不作窃窃私语状，而是打开天窗说亮话那样的堂堂正正。他不同意你的说法时，也不会马上打断你，而是会静静听你说完。然后他也不说"我不同意你的意见"，他只说"我认为如何如何"。不知是不是他讲惯了潮汕话，讲普通话还需斟酌的缘故，他的每一句话都像是经过深思熟虑。

四

前些年来汕头，去老市区福合埕露天摊档大嚼海鲜是必选项，老锺叔和他的东海酒家却一直未有机会结缘。我对饮食文化素无研究，于美食寻味一道，从未登堂入室，关于潮菜的认识，仅停留在愿吃、敢吃、经常吃的水平。原以为《潮菜心解》一类的书我会读不下去，没想到一读之下，竟然爱不释手，尤其书中"心解"段落，我读出了人情冷暖、历史沧桑与江湖风雨。

拜识老锺叔后，我在网上找齐了他另外两本书《饮和食德：老店老铺》和《饮和食德：潮菜的传承与坚持》，时时翻阅，对潮菜文化兴趣渐浓，感觉找到了一个深探潮汕文化的新入口，领悟了一种观察城市文化演变的新视角。我也常去浏览他的公号"老店老铺"，读他那些看似信手写来实则包含深谋远虑的新旧图文。

在写于2021年10月的那篇《深圳人的潮味轨迹》文章里，老锺叔提到了一件深圳人也该关注的事，即潮汕菜是如何融入深圳饮食文化演变中的。

他说他曾和师兄弟一起梳理潮菜潮味在深圳的发展脉络，细数几十年间曾有哪些店铺沉浮在深圳特区。其中有名刘文程者，1980年代初即南下深圳闯荡。刘文程说，那时深圳大兴土木，到处都有潮汕籍民工，潮式白粥摊和鱼饭、杂咸、小炒卖之类应时而生。后来不少香港潮籍商人、汕头老板纷纷来深圳寻求发展，街边的摊档难以满足港商的胃口和宴客招待需求。按刘文程的说法，深圳第一家有规模、上档次的正规潮菜餐厅要算汕头人陈焕荣创办的荣华餐厅。

读到这里，我就去数据库查"荣华餐厅"。果然查到一条，是 1986 年 4 月的一则消息《出售烟酒须挂专卖许可证，七家违章门店受罚》，其中就有"荣华餐厅"，可见当时汇食街的荣华餐厅还在经营。

然而，在刘文程回忆中，在老锺叔笔下，荣华餐厅就鲜活、生动起来了，像是深圳黄金时代的一朵繁花：

当时餐厅聘请全国十大名厨之一的潮州菜大师朱彪初为总顾问，大厨则有汕头名厨刘文程、蔡孝文，同时又聘请卤味世家传人纪楚浩为卤味档师傅。还有汕头飘香小食店翁木贵掌勺，也有后起之秀李华生、汤松坚组成潮菜班底助阵，阵容强大，出品正宗。荣华餐厅开张后即刻受到客人认可，他们出品中有潮州大裙翅、油泡角螺、大龙虾、活鲍鱼等生猛海鲜，还有卤鹅、鱼饭、蚝烙、水晶球、反沙芋砖及金瓜芋泥等一批纯味潮菜潮味。许多潮籍人士前来品味，其中有侨商周泽荣、吴开松等。

老锺叔还给我看过他的另外两本书稿，一本是《轨迹》，另一本是《厨人》，都属于"我理解中的潮菜"系列。两本书延续了他对名店与名厨的关注，一心勾画"轨迹"：人的轨迹，店铺的轨迹，味道的轨迹，潮菜转折的轨迹，潮味延伸的轨迹，食材增减的轨迹，菜系形成的轨迹。我在字里行间读到的，仍是老锺叔的使命感和历史感。他总觉得自己有责任记录下店面的兴衰与人事的沉浮，有义务唤醒记忆，传承记忆。

老锺叔的文字，让我们认识到没有厨师的创意和创造，美食文化从何谈起？他以激活的记忆和活生生的形象提醒我们，不能无视历史上那些重要厨师的创造；烹饪可以市场化、地方化、大众化，同时，我们也要重视将名厨名店学术化、历史化、艺术化。关于美食，我们看见的是菜，是顾客的评分，是美食家的品评，但是，我们看不到厨房内的风景，看不到食材的变迁，看不到名菜的诞生以及烹饪过程中太多的高妙之处，看不到名厨的绝活，名店的兴衰。老锺叔用他的书让我们看到了这一切。

五

汕头在上世纪二三十年代曾相当繁华。据 1934 年版《汕头指南》介绍："菜馆分潮属、梅属及广州三种……潮属多设于升平、国平两路。除国平路之醉月楼、安平路之醉白楼，因门庭冷落相继倒闭外，现在尚有醉西园、醉琼楼、醉乐园皆创于升平路上中两段……梅属即客籍也，其菜馆有二，为和茂及经济，皆创于至平路。"这一时期汕头市区的菜馆，还有凤记、华记等十六家，酒楼有中央、中原、永平、陶芳、楼外楼、亚洲六家，饭店有光兴、合记等二十三家；旅馆酒店有中央旅社等二十八家，客栈有倍盛等一百三十家，西餐饮冰有十四家（其中四家附设）。至 1949 年前夕，因战乱和货币贬值，生意难做，不少都歇业了。

按老锺叔的说法，1922 年，汕头永平酒楼建成，标志着汕头埠上有了第一家比较上规模的酒楼，地址在永平路头。后来永平酒楼发生火灾，酒楼老板弃用旧址，选择在前面重建酒楼，楼高八层，配有电梯，可远望海湾和礐石山，改名擎天大楼。经营一段时间后，可能觉得还是永平酒楼叫得顺口，遂重新改回原名。永平酒楼一直经营着潮州菜，厨师来自潮州意溪镇橡埔村，最著名的是许香桐、许香声两位。1956 年公私合营后，改名汕头大厦。以城市名字命名的大厦，多是一个城市的标志性接待酒店，且多是由当地政府掌控。汕头大厦则不然，它还是潮州菜酒楼。老锺叔说，"汕头大厦是潮菜的黄埔军校"，乃"近代潮菜的最高殿堂"。

汕头老市区，原是老锺叔的伤怀之地。这里有几处他年轻时工作过的地方，汕头标准餐室、飘香小吃餐室、老妈宫粽球店、汕头旅社餐厅、汕头大厦（永平酒楼）、汕头市第二招待所（陶芳酒楼旧址）等，"如今脑间存留的旧影仍然挥之不去……"

老锺叔说，上世纪六七十年代，汕头大厦是很多学厨人梦寐以求的地方，他也曾有幸在那里工作过四五个月。后来有很多次走在老市区，"看到这座破落了的汕头大厦，心中难免五味杂陈，曾经让厨师们仰望的潮菜殿堂早已失去往日的光彩……"

可喜的是，汕头大厦终于修复了。老锺叔说："如果再把潮菜这张饮食文化名片，用修复后的汕头大厦来作为展示馆，那将更完美。"他甚至为"汕头大厦饮食文化展示馆"设计了四部分内容：其一，回溯潮菜形成与发展轨迹；其二，展示汕头著名酒楼以显示潮菜开枝散叶过程中汕头的枢纽与中心地位；其三，广泛介绍"大潮菜"视野内所有的宴席菜式与摊档小吃；其四，推介潮菜名师。这篇文章的结尾说："如果有一天，我们的想法成真了，汕头大厦的能量再次发挥作用了，那将是潮菜潮味的灵魂不灭。"

作为当今潮菜大师，老锺叔的写作已显得身手不凡，迄今已出版专书多部。据他"夫子自道"，他经营酒楼、传道授艺之余，写作不辍，为的是探寻潮菜演进轨迹，在文字中留住名师高徒，留住名店故事，留住古早潮味。他一直在主动地做一个潮菜潮味的招魂者。经营东海酒家之余，他心里其实一直装着一座"汕头大厦"。在这座他想象中的大厦里，老店老铺纷纷复活，四大酒楼争奇斗艳，几代潮菜师傅住满了大厦的每一层，穿行在大厦的每一个房间；每一层楼都有自己的传奇，每间屋子都有自己的故事。我们随着老锺叔的文字，登上八楼，四下眺望，看到了潮菜潮味不仅继续飘在潮汕，也正在继续飘得更远，轨迹正变得如此清晰，以至于我们看到了深圳、广州、香港、北京、海外……

六

老锺叔的微信名中有"独孤寻味"字样，这透出两层意思，其一：他喜欢读武侠小说，熟知"独孤求败"等江湖名梗；其二，他自称"寻味者"，这比"烹饪大师"、"一代名厨"之类名号显得低调而又意味深长。

谈到老锺叔和城市的关系，我想说一句话："每座城市都应该有一位锺成泉。"理由——

其一，他为一座城市缔造了一家美名远扬、味飘四方的酒楼，这酒楼兴旺三十年而今依然兴旺，早已成了城市形象、城市文化、城市味道的一部分。入厨五十年，他以"古法炭烧大响螺"、"鸽吞燕"、"荷包鸡翼翅"等名菜让东海酒楼成了汕头饮食界的金字招牌，成就潮菜一代传奇。

其二，他身跨业界与学界，宝爱传统，珍视记忆，勤于搜访，善于著述，不仅以宗师身份为业界存留大厨故事、名店佳肴，为学界贡献菜系发展轨迹、演变文献，还以"寻味者"视角为城市历史填空白，为都市文化增细节，为烹饪江湖续传奇。

第一条容易理解，如今人口迁徙便捷，流动因之加剧。城市无人不兴，"抢人"大战于是此起彼伏。人要生活，要美好的生活，这其中就包括美食。美味，是可以替城市留人的。难的是第二条，能写的大师名厨太少了。能把烹饪和城市、时代、记忆等等一起用文字呈现出来的人就更少。自古厨人烹饪，文人总结，而老锤叔独能以一人而兼两任。

老锤叔写食话，兼及厨师、环境、对食材的理解、烹饪过程、师徒传承。别人写回忆文章说留住过去的人与事，老锤叔比别人多一样：留住味道。所以，老锤叔可称为一种"轨迹写作"：味道的轨迹，移动的轨迹，兴衰的轨迹，城市的轨迹。我也因此更加体悟到像老锤叔这样一位集烹饪者、寻味者、记忆收集者与写作者于一身的大师对于一座城市的意义。

编后赘语

王稼句

"美食"一词由来已久,它有两个意思,一是指美味的食物,《墨子·辞过》说:"今则不然,厚作敛于百姓,以为美食刍豢,蒸炙鱼鳖。"二是指吃美味的食物,《韩非子·六反》说:"今家人之治产也,相忍以饥寒,相强以劳苦,虽犯军旅之难,饥馑之患,温衣美食者必是家也。"人都是喜欢美食的,虽然古人言"高飞之鸟死于美食,深泉之鱼死于芳饵",但像老饕苏轼吃河豚,终以为是"直那一死"。

对美食的理解,因社会阶层、宗教信仰、年景丰歉等不同而各有情形,更由于我国幅员辽阔,各地气候、地理、食材、风俗、嗜好等不同,饮食活动有很大差异,何谓美食,就各各不同了。

魏晋时张华《博物志》卷一"五方人民"条说:"东南之人食水产,西北之人食陆畜。食水产者,龟蚌螺蛤以为珍味,不觉其腥也;食陆畜者,狸兔鼠雀以为珍味,不觉其膻也。"

清钱泳《履园丛话·艺能》"治庖"条就说:"饮食一道如方言,各处不同,只要对口味。口味不对,又如人之情性不合者,不可以一日居也。"又说:"同一菜也,而口味各有不同。如北方人嗜浓厚，南方人嗜清淡；北方人以肴馔丰、点食多为美，南方人以肴馔洁、果品鲜为美。虽清奇浓淡，各有妙处，然浓厚者未免有伤肠胃，清淡者颇能得其精华。"

近人柴萼《梵天庐丛录》卷三十六"嗜好不同"条也说："国人嗜好不同，述之颇饶趣味。如苏人喜食甜，无论烹调何物，皆加以糖；鄞人喜食臭，列肴满席，非臭豆腐臭咸芥，即臭鱼臭肉也；赣人、楚人喜食辣苦，每食必列辣椒一器，有所谓苦瓜者，其苦如荼，而甘之若芥焉；鲁人好食辛，常取生葱、生蒜、生韭菜等夹于馒饼中食之；晋人喜食醋，有家藏百年以前者，其宝贵不亚于欧人之视数世纪前之葡萄酒也；粤人嗜好最奇，猫鼠蛇豸，皆视为珍品，酒楼菜馆有以蛇鼠作市招者；鄂人喜食蝎子，捉得即去其毒钩，以火炙而食之，云其味之美，逾于太羹。前清时，襄阳某关兼课蝎子税。又鲁人亦食蝎子及蝗螟，常去其头于油中炸食之，谓有特殊风味。而潮州人尤奇，常取鲜鱼鲜肉任其腐败，自生蛆虫，乃取而调制之，名曰肉芽鱼芽，谓为不世之珍。"

一九四八年，范烟桥《食在中国》更作了通俗的解说："中国的肴馔，因地域的不同，与人民嗜好的不同，各有其不同的烹馔方法，而最大的差别，是甜酸苦辣，各趋极端。大概黄河流域以及长江上游，都爱辣的，长江下游都爱甜的，易地而处，便觉得不合胃口，虽出名厨，也不会津津有味的。所以孟子说的'口之于味，有同嗜也'，大约他没有到过江南来，所尝到的，都是黄河流域差不多的滋味，按之实际，是不合理的，口之于味，不尽同嗜的。还有动物、植物的取舍，也是不同的。江南人爱虾蟹，西北连虾蟹都没有见过，或许要怀疑，和江南人见广东人吃蛇猫一般,舌挢不下了。有几个广东青年,不敢吃西湖莼菜,是同一理由。”

正因为如此，美食世界才呈现出斑斓绚丽的景观。

自古以来，关于各地饮食的专著和散篇，层出不穷，都是现状的记录和经验的归纳。时至今日，物质生活水平日益提升，交通条件日益完善，移民规模日益扩大，食材来源也日益丰富。因此，各地饮食活动出现了前所未有的繁荣，饮食文化交流更加频繁，饮食品种结构出现很大变化，饮食消费指数也大幅上升。与此同时，城乡社会普遍出现大众追求美食、商家创造美食、政府推广美食的现象，描述、记录和研究美食，渐成风气。

有鉴于此，九州出版社拟编辑出版《美食》丛书，今年二月发布“稿约”,其中有两条介绍了丛书主旨,提出了文章要求:

“《美食》以反映全国范围的饮食生活为主题，兼及海外华人的饮食活动。内容包括流派、风味、食材、市廛、家常、菜肴、小食、糖果、蜜饯、茶酒、饮料、水果、习俗、行风、掌故、食单、著述，以及司厨、司灶等技艺传承人的介绍。”

“《美食》要求的文章，记述真实，文字生动，讲究原创性、可读性、趣味性、文献性，古今兼收，厚今薄古。每篇以八千字以下为宜，或可连载，或可开辟专栏。谢绝高头讲章、学术论文，谢绝单纯的食品制作工艺介绍，谢绝企业和个人的软性广告文字。”

“稿约”发布后，来稿纷纷，出乎意料之外，正说明这个话题受到广泛关注。来稿作者，不少都是当下名家高手，在文章界、美食界有相当影响，出手自然不凡，所谈内容纷繁，观点独特，文笔各有路数。由于文章之杂，丛刊就不设栏目，大致按类隶之，仅在目录上间空一行，以作分别。

《美食》丛书，不定期出版，视来稿情况，每年将出版二至四集。谨向海内外作者约稿，亦望于编辑、装帧、发行诸事宜多多赐教。

2024 年 7 月 28 日